दिलो-दानिश

दिलो-दानिश

कृष्णा सोबती

राजकमल प्रकाशन

ISBN : 978-81-267-1192-5

मूल्य : ₹499

पहला संस्करण : 1993
आठवाँ संस्करण : 2018

प्रकाशक : राजकमल प्रकाशन प्रा. लि.
1-बी, नेताजी सुभाष मार्ग, दरियागंज
नई दिल्ली-110 002

शाखाएँ : अशोक राजपथ, साइंस कॉलेज के सामने, पटना-800 006
पहली मंजिल, दरबारी बिल्डिंग, महात्मा गांधी मार्ग, इलाहाबाद-211 001
36 ए, शेक्सपियर सरणी, कोलकाता-700 017

वेबसाइट : www.rajkamalprakashan.com
ई-मेल : info@rajkamalprakashan.com

मुद्रक : बी.के. ऑफसेट
नवीन शाहदरा, दिल्ली-110 032

DILO-DANISH
Novel by Krishna Sobti

दिलो-दानिश

1

इस बार जो चिल्ला पड़ा तो शहर-भर को कँपकँपी लग गई। गहराता जाड़ा लाल किले की महराबों को फलाँग जामा मस्जिद की सीढ़ियों पर पसर गया। रज़ाइयों, दुलाइयों और निहालियों के ढेर। हवा में झिलमिलाती पतली धूप। रंग-बिरंगी रज़ाइयों में पड़ते डोरे मानो दिल्ली के बाशिन्दों पर आड़ी-तिरछी खींचने लगे।

साटनी छींट की चार रज़ाइयाँ सिलवा-भरवा मुंशीजी हवेली पहुँचाने गए तो उन्हें देख वकीलनी .खुश हुईं।

—मुंशीजी, रज़ाइयों का छापा तो बड़ा सज़ा है।

सिर हिलाया मुंशीजी ने—वकील साहिब की पसन्द है, जनाब।

कुटुम्ब ने अस्तर पर हाथ फिराया—डोरे भी अच्छे डले हैं।

—जी साहिब, दो में लहरिया है और दो में टुकड़ी। नियाज़ के यहाँ काम अच्छा होता है। दो धूप-छाँह की और बन रही हैं। उनमें निगन्दा और भी अच्छा उभरेगा।

मुंशीजी की काँइयाँ बेमुरव्वती नज़र के सामने कुटुम्ब दिल-ही-दिल

तमतमाईं। फिर अपने को सँभालकर पूछा—हिसाब तो बाक़ी नहीं ? पैसे देने हों तो कहिए !

—जी नहीं। कमरे से ही भुगतान हो जाएगा। हाँ, जो दो तैयार हो रही हैं उनकी लम्बान-चौड़ान ज़रा इनसे कम ही बैठेगी।

जाने कुटम्ब प्यारी समझीं कि नहीं।

—मुंशीजी, चार रज़ाइयाँ तो ये रहीं। दो पिछले जाड़ों में बनी थीं ! जो दो और बन रही हैं, भला किस काम आएँगी ! गद्दों और दुलाइयों-रज़ाइयों के तो घर में ढेर लगे हैं।

मुंशीजी अपने चेहरे को घीया-कद्दू बनाए रहे, फिर चुप्पे-सी गोट डाल दी—शायद फ़राशख़ानेवालों के लिए बनवाई गई हैं।

मुंशीजी को अन्देशा था, सुनते ही वकीलनी साहिबा फट पड़ेंगी, पर ऐसा कुछ न हुआ।

बन्दगी कर क़दम उठाया ही था कि पीछे से आवाज़ पड़ गई—मुंशीजी, याद आया। छोटी दोनों रज़ाइयाँ हमें पम्मो और दम्मो के लिए चाहिए होंगी। आप न उठवाइएगा। हम ही ले आएँगे। भला क्या-क्या रंग हैं उनके !

—साहिब, एक तो लाल-नीली है, दूसरी हरी-उनाबी; और दोनों में संजाफ़ गुलाबी है।

—नियाज़ के यहाँ ही तो !

मुंशीजी ने सिर हिला हामी भरी और हवेली के बाहर हो गए। डाह। औरत को भला लशाना भी क्या मुश्किल !

मुंशीजी सीधे नियाज़ के यहाँ पहुँचे। रज़ाइयाँ झल्ली में रखवाईं और नियाज़ के कान में हँसकर कुछ फुसफुसा दिया।

—मुंशीजी, वकील साहिब के घर से आन ही पहुँचीं तो हम भी क्या सफ़ाई देंगे !

मुंशीजी मकर से मुस्कुराए—इसी रंग के दो टुकड़े सिलाई में और रखवा दीजिएगा। वैसे आने से रहीं। एहतियातन आपको बता दिया है।

नियाज़ के बड़े भाई फ़ैयाज़ हँसे।

—मुंशीजी, आपके वकील साहिब का भी जवाब नहीं। मुक़द्दमे के बहाने

लाखों का क़ीमती हीरा मार लिया।

अनसुना-सा कर मुंशीजी ने क़दम भरा और लपककर झल्लीवाले के साथ हो लिये। नुक्कड़ पर पहुँचते-न-पहुँचते तेज़ हवाएँ चल निकलीं। दूकानों के बाहर लटकते रंग-बिरंगे चमकीले सूती-रेशमी-ऊनी कपड़े उड़-उड़ लहराने लगे। जितने में दूकानों से निकले हाथ उन्हें झपटकर समेटें, बड़ी-बड़ी पनीली बूँदों की बरखा होने लगी। पटरियों पर तेज़-तेज़ भागने की होड़-सी लग गई। बौछार से बचने के लिए छज्जों तले अधगीलों की टोलियाँ पानी थमने का इन्तज़ार करने लगीं।

सामने से टनटनाती ट्रैम सड़क के बीचोबीच सरकती आई तो भीड़ से खचाखच भरी थी। रुकी और रुकते ही सरक गई।

मुंशीजी ने झल्ली पर तिरपाल डलवाई। सवारी का ताँगा रोका और झल्लीवाले के समेत घोड़े की सरपट चाल पर फ़राशख़ाने की ओर निकल चले। सड़कों पर फैली रोशनियों की लम्बी-गीली परछाइयाँ अपने में न जाने कैसे-कैसे रंग-रूप उभारने लगी थीं।

मुंशीजी ने हस्बेमामूल कनखियों से चावड़ी के जगमग छज्जों की ओर देखा और दिल में सेंक महसूस कर दिल-ही-दिल मखमली बिछौने और तोशक की सुनहरी झालरों का नज़ारा बाँधने लगे। कभी मौक़ा लग गया तो हम भी देख लेंगे।

ज़ीने के नीचे सिकुड़कर बैठे बब्बन मियाँ फ़तुही में भी ठिठुर रहे थे। मुंशीजी को देखा तो देखते ही हड़बड़ाकर उठ खड़े हुए।

—ऐसी बारिश में कैसे आना हुआ, मुंशीजी ! यह झल्ली में क्या रखवा लाए ?

—बब्बन मियाँ, ऊपर जाकर इत्तला करिए, वहीं खुलेगा यह राज़।

आवाज़ सुनकर बदरू ने सीढ़ियों से झाँका।

—अजी मुंशीजी, इस मूसलाधार बारिश में ! भला झल्ली में क्या है ? गजरेला तो हो नहीं सकता ! न तिल के लड्डू, न गज़क और न रेवड़ियाँ। गरमाई मेवे भी नहीं। उसे तो आप थैले में ही डाल लाते।

मासूमा भाई के साथ आन खड़ी हुई।

—हम बताएँ, मुंशीजी बड़शाह बूले की नानखताई लाए होंगे।

बदरू बहन के सीधेपन पर हँसे—झल्ली और नानखताई ! क्या मुंशीजी

हमसे खोमचा लगवाएँगे !

बदरू मुंशीजी की .खुशामद करने लगे—अब देर न कीजिए, मुंशीजी ! दिखा डालिए ! कहीं जामा मस्जिद से हमारे लिए तीतर-बटेर तो नहीं ले आए ?

मासूमा बोली—मैना होगी। बुलबुल होगी।

मुंशीजी ने आँख के इशारे से त्रिपाल उठवा दी तो भाई-बहन .खुशी से रीझ-रीझ गए।

—हाय अल्लाह ! कितनी ख़ूबसूरत ! अम्मी, देखिए तो, नए लिहाफ़ हैं !

मुंशीजी ने बन्दगी की तो बेगम साहिबा ने एक नज़र-भर देखा और भीगी बयार की तरह हँसकर कहा—मुंशीजी, इन्हें इतना तो समझाइए कि सवालों की इतनी भरमार क्यों। कुछ नज़र से भी तो देखा-समझा जाता होगा।

मुंशीजी ने एक झुकी-झुकी चिराग़ नज़र बेगम साहिबा पर डाली और बच्चों को रिझाने के लिए कहा—अपनी-अपनी पसन्द कीजिए। दोनों सदाबहार हैं। देखिए तो, हज़ूर ने क्या-क्या उम्दा रंग मिलाए हैं।

तश्तरी में गज़क रखकर महक बानो ने मुंशीजी के आगे की—लीजिए, मुँह तो मीठा कीजिए। आप तो बच्चों के लिए जाड़े की बरकत ले आए हैं।

—हाँ अम्मी, अब तो कोहरा छोड़, दिल्ली में बर्फ़ पड़ती रहे !

बदरू के साँवले शोख़ चेहरे पर नटखटपन फैल गया।

मासूमा बोली—दिल्ली में बर्फ़ पड़ ही नहीं सकती।

—हूँ ! यह तो ठीक कह रही हैं आपा ! पहाड़ यहाँ से बहुत दूर हैं। हम जुगराफ़िया में पढ़ चुके हैं।...मलाई की बर्फ़ ऊनी कपड़े में जमती है न, लकड़ी की पेटी में। मुंशीजी, क्या मज़ा आए अगर रज़ाई ओढ़कर बस बर्फ़ की चुस्की चूसते रहें, रात-भर।

मासूमा ने टोका—ठंड में बदन अकड़ जाएगा।

—रज़ाई ओढ़े होंगे तो कैसे अकड़ेगा ! चुस्की ज़बान में घुलती रहेगी। बदन लिहाफ़ में लिपटा रहेगा।

—बच्चू, आपकी .खुद की कुल्फ़ी बन जाएगी।

बदरू मुंशीजी के कन्धे पर झूल गए।

—हमारी कुल्फ़ी तो बन ही नहीं सकती। आपा गोरी-चिट्टी हैं, इन्हीं की बर्फ़ जमेगी।

मासूमा चिढ़ गई—ऐसी महीन चुटकी काटूँगी कि...

महक ने आँखों से तरेरा।

—बच्चो, मुंशीजी जाने को खड़े हैं। नई रज़ाइयों के लिए शुक्रिया तो करिए।

बदरू ने मुंशीजी के कान में कहा—इन दोनों का शुक्रिया, मगर अम्मी के लिहाफ़ का क्या हुआ ? बनेगा न ?

इन कानाफूसी में महक के पल्ले कुछ न पड़ा।

—मुंशीजी, यह शैतान लड़का क्या कहे जा रहा है आपको ?

मुंशीजी ने बड़ी संजीदगी से सिर हिलाया—माफ़ कीजिए, यह हम दोनों की आपसदारी की बात है। इसे हमारे बीच ही रहने दीजिए।

मासूमा बोली—हमें मालूम है अम्मी, मुंशीजी से लाल-नीली पैंसिल की फ़रमाइश कर रहे होंगे।

अम्मी ने टोका—लाल-नीली पैंसिल तो उस्ताद रखा करते हैं। आपको क्या ज़रूरत आन पड़ी ?

बदरू चहकने लगे।

—मुंशीजी, एक बार मौक़ा तो लगने दीजिए। उस्तादों को भी हम इसी पैंसिल से नम्बर देंगे। ऐसे कि एक-एक का चेहरा लटक जाए। जैसे वह लड़कों को सताते हैं, वैसे ही हम भी उन्हें सताएँगे।

महक ने बेटे को डाँट दिया।

—उस्तादों के बारे में यूँ कहा जाता होगा ! कान पकड़कर नसीहत निकालिए, नहीं तो इल्म आपसे कोसों दूर रह जाएगा।

मासूमा खीझकर बोली—अम्मी, बदरू बेकार की बघारा करते हैं।

अम्मी के माथे पर तेवर चढ़े देखे तो बदरू को अचानक कुछ सूझ गया :

ग़र मुझसे ख़फ़ा हैं तो
उसे दीजिए निकाल
आप कौन रखनेवाले हैं
दिल में मलाल को।

महक बानो मुंशीजी की ओर देख मुस्कुराई—जाने अपने स्कूल के कमाल-जमाल से क्या-क्या सीखते रहते हैं।

—अम्मी, हम तो उन जुड़वाँ भाइयों के पास तक नहीं फटकते। उनके तो मोंछ आ चुकी है।...मुंशीजी, दोनों भाई पिछले तीन साल से आठवें दर्जे

में चिपके हुए हैं। स्कूल-भर उनसे डरता है।

कहवा पी मुंशीजी नीचे उतरे तो सोचा, ऊपरवाले के रंग हैं। कहाँ हवेलीवाली ऐसी गुस्साई रहती हैं और कहाँ यह सिदक़ का ऐसा पानी पिए हैं कि जो देखे सलीक़े पर क़ुर्बान हो-हो जाए।

उधर वकील साहिब हवेली पहुँचे तो छूटते ही पूछा—मुंशीजी, लिहाफ़ तो पहुँचा गए न ! चिल्ला शुरू हो गया लगता है। आज तो कड़ाके की सरदी है।

वकील साहिब ने पलंग पर रज़ाइयाँ पड़ी देखीं तो उलट-पलटकर हाथ से छुआ और कुर्सी पर बैठते हुए कहा—नियाज़ के यहाँ काम बढ़िया होता है। ज़रा निगन्दा तो देखिए ! कितना महीन है !

बीवी की ओर से जवाब न आया। रुखाई से कहा—चाय के लिए आवाज़ दीजिए। हमें घंटे-भर में बाहर जाना है। खाने का इन्तज़ार न कीजिएगा।

महाराज चाय की ट्रे मेज़ पर रख गए तो कुटुम्ब प्यारी ने चाय का प्याला बनाया, चीनी हिलाई और वकील साहिब की ओर सरका दिया।

आमने-सामने बैठे मेज़ पर कोई शोर न उभरा तो कृपानारायण बड़े रुआब से बोले—क्यों, ख़ैरियत तो है ? इस जाड़े में कोई ढंग का कपड़ा पहना होता। आपकी साड़ी देखकर तो दहलीज़ पर बुढ़ापा खड़ा नज़र आता है।

कुटुम्ब प्यारी तुनक गईं।

—क्या हरदम गोटे-किनारी के कपड़े पहने रहें ? हमें घर-गृहस्थी के दस काम हैं। आप हैं कि वकालत के अलावा बस एक ही काम सूझा करता है।

कृपानारायण साहिब ने ख़ाली प्याला मेज़ पर रखते हुए बड़ी नरमी से कहा—महरी है, महाराज है, बर्तन-भांडे को लड़का है। कपड़ों के लिए धोबन है, घर चलाने में अब कौन-सा काम बाक़ी है जो हमें आपकी मदद के लिए करना चाहिए।

इस अदालती ठस्से से कुटुम्ब प्यारी ख़फ़ा हो गईं—आप क्या करेंगे ! नौकर तो हमीं हुए। हज़ार दिन-रात हल्कान होते रहें पर हमें तो शिकायतों से ही नवाज़ा जाएगा।

वकील साहिब की ओर से न हाँ और न ना। कुछ देर आँखें मूँदे बैठे रहे, फिर उठे। हाथ-मुँह धो कपड़े ताज़ा किए। इत्र का फोहा लगाया और बिना कुछ कहे कमरे से बाहर हो गए।

कुटुम्ब के दिल में हड़कम्प-सा मचा और आँखों के रास्ते बहकर थिर

हो गया। कपड़ों की अलमारी खोल ली और एक-एक करके साड़ियाँ चुनने लगीं। वकील साहिब ने 'शाहजानपुरी' से रोटी-गोश्त रखवाया, गजरैले का मटकैना बँधवाया और जाड़े की भरपूर गीली शाम में अपनी मंज़िल की ओर बढ़ चले।

बग्घी में बैठे-बैठे कभी बाज़ार को देखते, कभी पलटकर अपने दिल को। एक-दूसरे से सटी दूकानें क्या रोशनी टपका रही हैं ! भरी हुईं। मालामाल। यह क्या ? खिलौनों की दूकान पर गुड़िया और गुड्डे लटक रहे हैं ! डोर बँधी है। रात को उठाकर अन्दर रख दिए जाएँगे। अगले दिन फिर इसी जगह। लेकिन यह सड़कों और पटरियों पर फैला हुजूम कहाँ जा रहा है ? अपने घरों को ही तो ! और हम ? कभी कुटुम्ब के किनारे और कभी महक के। क्या समझाएँ ! जिस्म को राहत चाहिए होती है। पर दिलो-दिमाग़ भी कुछ माँगते हैं। सारा खेल खाने-पीने-सोने और घर चलाने का ही तो नहीं। अगर है ही तो उसकी अदायगी भी क्या हमीं को करनी होगी ! क्या सिलसिला है ! कुछ पाबन्दियाँ अपने साँचे में ढाल देती हैं और कुछ बिना साँचे के भी चल निकलती हैं। इतनी-सी बात हमारी बीवी की समझ में नहीं आती। चिड़िया बनी आईने में अक्स को कोंचे चली जाती हैं।

महक के ज़ीने तक पहुँचते-न-पहुँचते वकील साहिब ने कुटुम्ब को गृहस्थी के ख़ानदानी तख़त पर बिठा दिया और हल्के दिल सधी चाल में सीढ़ियाँ चढ़ ऊपर जा पहुँचे।

छींट के जोड़े पर गोट लगी उनाबी ओढ़नी में महक बानो किंगरी-सी खिल रही थी।

—तशरीफ़ रखिए !

वकील साहिब ने बूँदों से गीली हुई शेरवानी उतारकर खूँटी पर टाँग दी। महक ने बाँह बढ़ा गरम चद्दर पकड़ा दी।

—जानम, पहले मटकैने में से पुए निकालिए। आज शीरा कुछ ज़्यादा ही डला लगता है।

महक कमरे में कोयले की अँगीठी उठा लाई। रूमाली रोटी सेंक तश्तरी में डाली और मटकैने खोल आगे सरकाए—लीजिए।

वकील साहिब ने बुरकी बना महक की ओर बढ़ाई—जानम, चखकर देखिए, सभी पकवानों का मज़ा एक साथ।

महक ने गस्से का ज़ायका उठाया और मुस्कुराकर सिर हिलाया—मान गए साहिब !

अँगीठी के आमने-सामने बैठे वकील साहिब और महक। दोनों में से किसी को भी न कुछ अटपटा लगा, न नया ही। जाड़े की इस बारिश में दोनों जैसे हमेशा से इसी जगह बैठते आए हों।

—बच्चे आज जल्दी सो गए ?

—देर तक नए लिहाफ़ों की .ख़ुशी करते रहे। उनका बस चलता तो रात-भर न सोते, पर साहिब, नींद को तो आना ही था।

महक को बर्तन उठाते-समेटते देख कृपानारायण कुछ ऐसे मगन-से हुए रहे कि बीते बरसों को इस एक शाम में जीते हों।

महक छिपे-छिपे वकील साहिब की ख़ामोशी पढ़ती रही। इस सम ताल के पार जाने क्या देखा जा रहा है ! कौन-सी तान उठ खड़ी हो ! झूले या झकोले की !

महक के उभारों से लगी स्वेटर पर नज़र पड़ी तो कहा—आपके लिए शाल लाना चाहते रहे। घंटाघर पर हाकमतानी की दूकान पर रुके भी, पर तेज़ बारिश की वजह से इरादा बदल दिया। कल भिजवा देंगे।

महक बानो ने वकील साहिब की आवाज़ में जाने क्या पा लिया कि मगन होकर कहा—दुनिया में दो ही नेमतें हैं साहिब, बेटा और बेटी। आपने हमें दोनों दिए।

सुनकर वकील साहिब का दिल भर आया।

—हमसे पूछो जानम, तो हम तुम्हारे लायक़ ख़ास कुछ भी नहीं कर सके।

महक बानो ने आज दुपहर ही सोचा था कि बच्चों के लिए वकील साहिब से कुछ कहेगी, पर यह सुनते ही रुख पलट लिया।

—नए लिहाफ़ों में ज़रा बच्चों को देखिए तो सही ! रंगों की दमक से घर खिला पड़ता है।

वकील साहिब से बेहतर भला और कौन जानता था कि बानो अपनी ही दिलजोई कर रही है। कई पल बच्चों के कमरे में ठिठके रहे। खिड़की के काँच पर पड़ती बौछार ने उन्हें जाने ऐसा क्या सुझा दिया कि बाँह से घेर बानो को अपने साथ लगा लिया। बारी-बारी बच्चों को चूमा और महक को उसके कमरे की ओर लिवा लाए।

पलंग पर बैठी सूज़नी को तहाती महक उन्हें ग़ज़ल-सी लगी। नज़र ओढ़नी में उलझी रही। महक के ख़ूबसूरत मुखड़े पर उन दो आँखों को देखते रहे, जिनकी आँच से उनमें आँधियाँ दौड़ने लगती हैं।

महक अपने अन्दर के तनाव को लम्हे के उस पसोपेश में खोजने लगी जो घुलकर बाहर घिर जाता है।

अचानक गली में आवारा कुत्तों का भौंकना सुनकर कृपानारायण साहिब के माथे पर बल पड़ गए। कान चौकन्ने हुए—जानम, यह कैसा शोर है ?

—गली में नए राहगीर को कुत्ते पड़े लगते हैं। मेहमान होगा किसी का।

वकील साहिब ने कुछ अजीब हल्केपन और झुँझलाहट से कहा—हम जब भी आते रहे, हमारा तो इन कुत्तों से कभी वास्ता नहीं पड़ा।

बानो वकील साहिब से छेड़छाड़ करना चाहती रही, पर वकील साहिब के चेहरे का असमंजस भाँपकर सरसरी आवाज़ में कहा—पानी बरस रहा है। देर भी हो चुकी है। कितना बजा होगा भला ?

वकील साहब ने अचकन की जेबघड़ी देखी—सवा-ग्यारह का वक़्त है। जानम, हम भी तो अक्सर इतनी ही देर से आते रहे।

—आपके आने का वक़्त तो ठीक-सा ही रहा। न ज़्यादा देर न ज़्यादा जल्दी। आख़िर कामकाज से फ़ुरसत पाकर ही आइएगा।

कृपानारायण साहिब कुछ देर ख़ामोश रहे, फिर कहा—पास-पड़ोस में ख़बर तो रहती ही होगी, किसके यहाँ कौन आता-जाता है ?

महक बानो दिल-ही-दिल मुस्कुराई और जुम्ले को तरतीब देकर कहा—मुहल्ले में हमने किसी से बढ़ा नहीं रखी। कोई ख़ुद ही नतीजों पर पहुँचे तो पहुँचा करे।

वकील साहिब ने कहे गए के पीछे झाँकने की कोशिश की, फिर ग़ैर-ज़रूरी समझकर महक को ही आजू-बाजू से निहारने लगे। छज्जेवाली टीन की छत पर बारिश का पानी लगातार शोर करता रहा। मेंह के इस लबालब बहते हुए शोर को कृपानारायण अपने अन्दर सुनने लगे। तौबा ! क्या आवाज़ है ! बरसते पानी के तमाम उछाल जैसे जिस्म में आ उगे हों। मेंह है। शोर है। बरसात है। रात है। महक है। तेज़ हवाओं ने जैसे अन्दर के झुरमुट को अपनी गिरफ़्त में ले लिया हो।

कृपानारायण साँस रोके जैसे किसी इन्तज़ार में बैठे हों।

महक ने बीच में पसरी ख़ामोशी को पलटा देने को कहा—बला की सरदी है। कहें तो इलायचीवाली कश्मीरी पत्ती बना लाएँ।

वकील साहिब हँसने लगे—जानम, आपको भी यह शौक़ चर्राया ! एक जगह तो ऐसी रहने दीजिए जहाँ पहुँचकर कुछ देर को रोज़मर्रा की 'स्थायी' भूल जाए।

बावर्चीख़ाने से उठता गीली लकड़ी का धुआँ बानो के कलेजे में जा समाया। ओंठों पर धूनी-सी फैल गई।

—किसका ज़िक्र है साहिब ? कहानी आपबीती कि जगबीती ?

वकील साहिब को भी भला क्या जवाब देना था और क्यों देना था !

महक बानो ने वकील साहिब के चेहरे पर नज़र फिराई तो किसी छिपी बेगानगी ने सर उठा लिया। शोख़ी से कहा—आप तो साहिबे-नज़र हैं, पर यह सोचना तो कुछ सही न हुआ। गुस्ताख़ी माफ़, घर-गृहस्थी की क़ीमत तो बेघरों, डेरेदारों, और सराय में रहनेवालों से पूछिए। घर की दहलीज़ लाँघने को बिचारे क्या से क्या कर डालें।

सहसा कृपानारायण की आँखों के आगे महक की माँ नसीम बानो आन खड़ी हुई तो बदन में झुरझुरी-सी उठ आई।

—जानम, घर के दरवाज़ों के पीछे हमेशा मोती-मरकत के अम्बार नहीं हुआ करते। वहाँ बहुत-कुछ तो ख़ानापूरी के तहत ही होता रहता है।

ढपली की गत भाँपकर महक बोली—आपसे भी क्या कहें हम ! घर की चाहत के बारे में तो उन ग़रीबों से पूछिए जो ताउम्र सराय का दरवाज़ा पीटा करते हैं और कभी घर नहीं बना सकते।

—जानम, दूर के ढोल सुहावने ज़रूर लगते हैं, पर हमेशा वैसे होते नहीं।

महक की आँखों में कोई फड़फड़ाता-सा साया देखा तो अपने पास घेर लिया और बालों को सहलाकर कहा—इसे छोड़ दें। फ़रीक़ैन जब तक बोलते रहेंगे, आपस में कोई समझौता न कर पाएँगे।

महक ने अपने बच्चों के बाप को चूमकर कहा—वकील साहिब, एक तरफ़ सच कहना चाहती है पर झूठ बोलकर ही दम लेती है। दूसरी का दम घुटता है तो सच बाहर निकल ही आता है।

कृपानारायण अन्दर फ़िक्रमन्द हुए और बाहर हँसते रहे। अपने से लगाकर कहा—जानू, यह कचहरीवाली इबारतें आप तक क्योंकर पहुँच रही हैं, इतना

तो बताइए ही बताइए !

—वकील साहिब, आपकी सोहबत में भला हम इतना भी न सीखते !

कृपानारायण खेल पर उतर आए। ओढ़नी उतार अलग की और महक को चूमते चले गए।

पगडंडियों पर उतरते-न-उतरते महक ने हाथ रोक दिया—बताइए न कि आप हम तक पहुँचे तो कैसे पहुँचे। क्या अम्मी ने हमारी सिफ़ारिश की थी !

सोचा, क्या सवाल है ! बानो क्या सचमुच इतनी भोली है !

—महज़ इत्तफ़ाक है। तक़दीर थी कि तबदीर, क्या कह सकते हैं। आपकी अम्मी का मुक़द्दमा हमारे हाथ में न होता तो हम आप तक कैसे पहुँचते। इतनी बड़ी दुनिया में आपको कहाँ ढूँढ़ते।

महक बानो अनमनी-सी हो गई। पास लेटे शख़्स पर एक नज़र डाली तो लगा कोई गोश्त और पोस्त का आदमी न हो, तहख़ाना हो, जिसमें बरसों पुरानी मिसलों के ढेर लगे हों।

—क्या अम्मी ने ज़ेवरों की सन्दूक़ची के अलावा भी आपको कुछ सौंपा ?

—यह घर उन्हीं का है, जानम !

—कुछ और ?

वकील साहिब चौकस हो उठे। दिलासा देने के अन्दाज़ में कहा—ज़ेवर थे सो आपके हैं। यही समझिए बैंक में पड़े हैं। जब चाहें आप तक पहुँचाए जा सकते हैं।

—और वह शालीमारवाला बाग़ ?

—मुक़द्दमे की पैरवी में ही बिक गया था, जानम !

महक ने हलके से धीमी-सी आवाज़ निकाली—साथ लगी एक कोठी भी तो थी न, छोटी ईंट की ?

वकील साहिब ने धारदार आवाज़ में शक-सुबह दूर कर दिए—दोनों एक ही शख़्स ने ख़रीदे थे।

फिर वकील साहिब ने महक को थपथपाया—पुरानी बातें याद करने में तकलीफ़ के सिवाय कुछ नहीं।

महक रुलाई को रोककर हँस दी—ग़म तो हमारी घात में बचपन से लगा रहा। उससे भी क्या डर ! हाँ, आप दादी के यहाँ हमें लेने आए तो...

कृपानारायण मतलब भाँप गए। पुख़्ता आवाज़ में कहा—उन्हीं की

इजाज़त से। उनके वकील की हैसियत से।

महक अजीब दीवानगी में हँसती गई—जहाँ तक आपका ताल्लुक़ रहा वकील साहिब, आपका तो हर क़दम बाक़ायदगी के साथ ही उठता रहा। आप भी कहीं ग़लती कर सकते थे कभी !

—जानम, वफ़ा में छोटी-बड़ी गवाहियों का क्या काम ? कि है कुछ ?

दोनों के आसपास कुछ उमड़ने-घुमड़ने लगा। रात ने दोहराने की ठान ली थी। वकील साहब पर ज़ोर ज़ोम छा गया। महक को कसकर बाँहों में भर लिया और चूमते चले गए—जानम ! जानम !

सबसे ख़तरनाक दफ़ा लगनेवाली थी कि बानो ने आजिज़ी से रोक दिया—इतना बारीक न सूतिए कि हमारी जान पर बन आए।

इस नाजुक अदा पर वकील साहिब ने दिलो-दिमाग़ को फिर से पाक-साफ़ कर लिया। इस बेसहारा लड़की को हम कैसे अकेली छोड़ देते ! इंसानी फ़र्ज़ बनता था।

वक़्त थमकर फिर शुरू हुआ तो वकील साहिब ने काँच पर झरती रोशनी में फिर से महक को पहचाना। गोरा रंग। सुतवा नाक। बड़ी-बड़ी आँखें और सज़ा-भरा बदन, जो सोहबत में हरा हो-हो उठता है।

लाड़ से चूमकर कहा—बानो, तुम्हें कुछ कहना भी है !

बानो ने वकील साहिब को ओंठों से ढक लिया। चूमकर फुसफुसाई—बन्दे की नहीं, देवता की सवारी थी।

वकील साहिब .खुश हुए। मन-ही-मन देवी का ध्यान किया। उसी की बख़्शीश है कृपा !

रंगदार चूड़ियों-भरी कलाइयों में महक उन्हें लरज़ती-मचलती परी-सी लगने लगी। सहलाकर पूछा—क्यों ?

महक बानो ने साँवली हँसी हँसकर कहा—फ़क़त तवज्जो से काम नहीं चलता, हज़ूर ! कमर में भी बूता होना चाहिए।

कृपानारायण एक बार फिर ताज़ा हुए। अलसाई आँखों को मूँदते ही दिमाग़ में कौंधा—यही बात हमारी बीवी हमसे कहती तो ? नहीं, ख़ानदानी औरतें इस मामले में मुँह नहीं खोलतीं। हाँ, बानो कहती है तो अच्छा लगता

है। क़द ऊँचा हो उठता है।

वकील साहिब रेतीले सुकून में खोए थे कि अँधेरे के किसी कोने में लुका कुटुम्ब का चेहरा दीखा और उन्हें मुँह चिढ़ाकर बिछौने के नीचे गुम हो गया।

वकील साहिब ने हड़बड़ाहट में अगला-पिछला बिसरा महक को फिर बाँहों में भर लिया।

सुबह उठे तो धुली-सँवरी महक उनके सामने बैठी गुनगुनाती थी। कृपानारायण रागों के रसिया। सुर-बोल, स्थायी-अन्तरा, आलाप-ताल की सही पहचान।

महक की सधी आवाज़ में भैरवी गूँजी तो वकील साहिब आँखें मूँदे बोलों से आनन्द पाने लगे। सुबह की सरगम में राग के धुल जाने पर भी कमरे में कुछ ख़ामोशी से गूँजता राहा।

वकील साहिब ने आँखें खोलीं—वाह-वाह बानो, दिल में अब कौन-सी चाहना बाक़ी है !

—न, हमारे सिर पाप न चढ़ाइए। हम तो किस क़ाबिल ! अब तो रियाज़ भी कब का छूट चुका।

कृपानारायण कहे गए के पीछे कुछ खोजने की कोशिश करने लगे—जानम, अपनी तालीम को न बिसराइए। आपका घराना तो...

महक को जैसे अपनी साँस झपट लेनी हो। तेज़ी से हाथ बढ़ा वकील साहिब के मुँह पर रखा और सहमी हुई तल्ख़ी में कहा—अब और न कुछ कहिए !

—जानम, ऐसा क्या ! संगीत तो सुध है अपनी। तानपूरा निकालिए, मासूमा को भी जोड़ी सिखाइए।

—नहीं, हम अपने बच्चों की ख़ातिर हरगिज़-हरगिज़ ऐसा न करेंगे।

बदरू लपककर अन्दर से आए और अम्मी के गले से झूलकर पूछा—अम्मी, अब्बू से क्या कहा जा रहा है ? आप क्या न करेंगी, हमें भी तो बताइए।

महक जैसे हाँफ गई हो ! मदद के लिए वकील साहिब की ओर देखा और धीमी आवाज़ से कहा—अब्बू से ही पूछिए। वही बताएँगे।

कृपानारायण किसी ख़याल में गुम थे। बदरू के चेहरे पर नज़र गड़ाए देखा तो कुछ सोचने के अन्दाज़ में कहा—आप दोनों के बिना आपकी अम्मी

हमारे संग आगरा नहीं जाना चाहतीं।

बदरू को कोई घपला नज़र आया। तीखी नज़र से अब्बू का चेहरा टटोला—नहीं अब्बू, एक बार आपकी बात मान भी ली जाए तो भी हरगिज़-हरगिज़ वाली बात का क्या चक्कर हुआ ?

बदरू कभी अब्बू और कभी अम्मी को नज़र से उलटते-पलटते रहे। फिर हू-ब-हू वकील साहिब के अन्दाज़ में बोले—अब्बू, हमने जान लिया है कि आप हमसे कुछ छिपा रहे हैं और अम्मी आपसे !

ख़ालिस अक्स अपने ख़ानदान का !

वकील साहिब बच्चों के बाप बने तेवर चढ़ाए रहे। बदरू के वहीं जमने के इरादे भाँप रौबीली आवाज़ में कहा—जाइए, कुछ पढ़िए-लिखिए।

बदरू ने खूँटी पर लटकती अब्बू की शेरवानी पर आँखें टिका दीं।—अब्बू, आपकी तरफ़ हमारी अभी दो और बाक़ी हैं।

सवालिया इरादे से पूछा—किस बात का ज़िक्र है ?

—आप क्या सचमुच भूल गए ? अगर आपको याद ही नहीं, तो अब्बू, हम तीन क्यों न माँग लें !

—तीन और दो की क्या बहस है ? खुलासा करके बताइए।

—अब्बू, एक चवन्नी जयरामजी की, एक चवन्नी आदाबअर्ज़ की।

—बानो, ज़रा हमारा बटुआ दीजिए।

वकील साहिब ने दो चवन्नियाँ निकालीं और बदरू की ओर बढ़ा दीं—अब जाइए।

—अब्बू यह क्या ? अभी तो आपको दो और देनी हैं।

—माँगते ही जाइएगा ? पढ़ाई में ध्यान लगाइए। पतंग और माँझे का सिलसिला तो शुरू नहीं ?

—अब्बू, हम तो कभी-कभार लाते हैं। हमारे स्कूल के कमाल और जमाल पूरी शाम इसी में ! हाँ, अब तो दे डालिए दो और, अब्बू !

—क्या ख़रीदिएगा ?

—अब्बू, आपके कान में कहेंगे। अम्मी को पता न लगना चाहिए।

महक मुस्कुराई—लड़के को देखो, पेंच पर पेंच ! बाप ही के बेटे हैं !

बदरू अब्बू की ओर झुक फुसफुसाए—एक क़लम ख़रीदेंगे। अपने लिए नहीं, रज्जो भाई के लिए।

आवाज़ की सख़्ती को मुलायम कर वकील साहिब ने पूछा—कहाँ मिल गए वह आपको ?

बदरू ने वकील साहिब के चेहरे पर जाने क्या पढ़ लिया कि बड़ी शायस्तगी से कहा—अब्बू, हमने थोड़े ढूँढ़ निकाला उन्हें ! गए थे चार लाइनोंवाली कॉपी ख़रीदने रघबरदयाल बिशनदयाल के यहाँ। वह भी खड़े थे। बिशनदयाल साहिब हमसे बोले—आपके बड़े भाई खड़े हैं, राजनारायण।

—फिर ?

—अब्बू, हमने आगे बढ़कर आदाब किया और कहा—रज्जो भाई, हम बदरू हैं। फ़राशख़ाने में रहते हैं।

—फिर ?

—उन्होंने हाथ मिलाया और हमें थपथपा दिया। अब्बू, रज्जो भाई हमें ख़ूब अच्छे लगे। दोस्तों में भी ख़ूब ठनक से रहते हैं।

—यह भी इतनी जल्दी जान गए आप ?

—जी हाँ। उनके दोस्त उनसे दावत माँगने लगे : यार, कल तो सालगिरह पर पराँठेवाली में ही हो जाए। ऊपर से मीठे के लिए घंटेवाले की लौज। अब्बू, हमने तभी सोच लिया था कि हम रज्जो भाई की सालगिरह पर नया क़लम देंगे।

वकील साहिब दुपहर खाने पर हवेली पहुँचे तो रज्जो से पूछा—कल दावत की तैयारी है न ! क्या दोस्तों को बुलाइएगा ?

—नहीं दादा, घर का जमघट ही क्या कम है !

—हूँ ! इस बार बदरू और मासूमा को भी बुलाइए। नज़्में खूब याद कर रखी हैं। 'रीछ का बच्चा' तरन्नुम से गाते हैं।

कृपानारायण अपने कमरे की ओर बढ़े तो ख़ुद ही गुनगुनाने लगे :

जिस वक़्त बड़ा रीछ हुआ
रीछ का बच्चा !

2

बदरू और मासूमा बब्बन मियाँ के साथ हवेली पहुँचे तो रज्जन भाई की सालगिरह पर ख़ासी धूम मची थी ! हर उम्र के बच्चों की टोलियाँ। छोटे-बड़े और बड़े। जवान-बुज़ुर्ग सभी बच्चों की मस्ती में मस्त। उम्र ही कुछ ऐसी है कि जो है सो बादशाह है ! हर कोई अपनी ढपली पर अपनी ही गत बजा रहा है। कोई रो रहा है। कोई माँ की गोद में सो रहा है। कोई घुटनों चल रहा है। कोई बेवजह ही चैं-चैं। कोई रुलाई के पहले रूँ...रूँ...

मासूमा-बदरू बैठक में दाख़िल हुए। आजू-बाजू कोई जाना-पहचाना चेहरा न दीखा ! छुन्ना बुआ ने दूर से देखा तो हाथ का काम छोड़ लपकी चली आईं !

दोनों को प्यार से थपथपाया और बाँह से घेर रज्जो के पास ले आईं—लीजिए साहिब, आज के ख़ास मेहमान तो आन पहुँचे।

बदरू और मासूमा ने हरे-पीले काग़ज़ों में किनारी से बँधे तोहफ़े आगे किए तो रज्जो भाई ने शुक्रिया किया।

बच्चों ने एक साथ शोर किया—खोलिए ! रज्जो भाई खोलकर दिखाइए !

रज्जो भाई का हाथ ज्यों ही खोलने को गोटे के फूल पर गया, बदरू ने उचककर हाथ रोक दिया—नहीं रज्जो भाई, अभी नहीं। जब सबके खुलेंगे तभी इन्हें खोलिए।

रज्जो भाई ने .ख़ुशी से इज़हार किया—अच्छा कुछ अता-पता तो दीजिए, है क्या !

—हब्शी हल्वा ?

—नहीं।

—सोहण हल्वा ?

—नहीं।

—पतंग-माँझा ?

—नहीं।

—किताब ?

—नहीं।

—क़लम ?

बदरू रज्जो भाई से झूठ-मूठ का .ग़ुस्सा करने लगे—आपको ज़रूर अब्बू ने बताया होगा।

इस बीच कुटुम्ब प्यारी सरककर बच्चों के नज़दीक आन खड़ी हुईं। तीनों को बतियाते देखा तो जाने क्यों पाँव में कमज़ोरी-सी महसूस की। चेहरे पर अजीब ख़ौफ़ और ख़फ़गी उभरे और अन्दर कोई गुमनाम-सी आँधी चलने लगी।...ताऊजी के साथ बैठे वकील साहिब की ओर देखा। साड़ी का पल्लू ठीक किया—भला हम यहाँ कौन ! मालिक हैं, जो चाहे किया करें।

छुन्ना बुआ बच्चों को घेरे बउआजी के पास ले आईं—बउआजी, यह बदरू हैं और यह मासूमा।

बारी-बारी दोनों ने आदाब किया। फिर बदरू ने बुआ की ओर चहककर देखा—छुन्ना बुआ, क्या बउआजी के पाँव छूने होंगे ?

बुआ हँसने लगीं—इसमें हम क्या कहें ? आपकी मरजी है।

बदरू के पाँव छूने पर बउआजी को बड़ा लाड़ आया। कुरती से निकाल एक सिक्का हाथ पर रख दिया—जीते रहो !

बदरू ने मासूमा की ओर देखा—बउआजी, मासूमा भी साथ खड़ी हैं। इन्हें क्या भूल जाइएगा ! अकेले में रोएँगी।

बउआजी ने एक और सिक्का निकाला तो दर्जनों आँखें इस कोने पर अटक गईं—लो साहिब, दादी होने का फ़र्ज़ निभाया जा रहा है।

बड़े चचा, मँझले चचा, रायसीनावाली कामिनी दीदी, गुंजन बुआ, फूफाजी, नन्हे मुन्नन, गप्पू, मालती, आरती। माँ का हाथ छुड़ा गुलगुले-से चुन्ने ने आकर मासूमा की ओढ़नी पकड़ ली तो महफ़िल में रौनक़ दौड़ गई—वाह साहिब, वाह ! क्या कहने हैं चुन्नू साहिब की पसन्द के ! सबसे ख़ूबसूरत ओढ़नी पर हाथ लगा दिया। ख़ुश रहो प्यारे !

मासूमा पहले शरमाई, फिर बड़ी बहन की तरह चुन्नू को अपने पास बैठाल लिया।

वकील साहिब ने अपने कुनबेवालों की नज़र से मासूमा की ओर देखा तो आँखें वहीं-की-वहीं ठिठक गईं। महक। वही नाक-नक़्श। वही रंग।

बदरू बरेलीवाले मौसाजी को बन्दगी कर रहे हैं।

सरताज बहादुर सबको सुनाकर बोले—बच्चों का सलीक़ा तो देखिए ! अभी आगरावालों से जैरामजी की चल रही थी।

वकील साहिब ने बात बदली—इनसे नज़्म की फ़रमाइश कीजिए, 'रीछ का बच्चा' ! अच्छा सुनाते हैं।

वकील साहिब के दोनों साले दिल-ही-दिल खीझ उठे। ख़ानदान में और भी बच्चे हैं। यह रहे दम्मो-पम्मो। रज्जो साहिब से तो इन दोनों की ज़्यादा ही लगी-बँधी है।

किसी ग़ैबी तार से खिंची कुटुम्ब प्यारी की दोनों भाभियाँ उठकर ननद के पास जा बैठीं और आँखों-ही-आँखों में कहा—यह वकील साहिब की ओर से ज़्यादती हो रही है। मालूम तो हो आख़िर खेल क्या खेला जा रहा है !

वकील साहब के सबसे बड़े साले बोले—चाट-पकौड़ी तो शुरू करवाइए। देर ज़्यादा हुई तो बच्चे खाने से पहले ही सोने लगेंगे।

कुटुम्ब ने वकील साहिब की ओर देखा। आँखों-ही-आँखों में कहा—किसी की न सुनिए, मनमानी ही कीजिए।

रज्जो साहिब ने ऐलान किया—सुनिए साहिबान, 'रीछ का बच्चा' पेश किया जा रहा है। बदरू और मासूमा, आइए !

कल राह में जाते तो मिला रीछ का बच्चा
ले आए वही हम भी उठा रीछ का बच्चा

सौ नेअमतें खा-खा के पला रीछ का बच्चा
जिस वक़्त बड़ा रीछ हुआ रीछ का बच्चा

छोटे-बड़े-सयाने सब नज़्म की लय में बँधे 'रीछ का बच्चा' कह-कह बच्चों का साथ देने लगे।

जब हम भी चले साथ चला रीछ का बच्चा
था हाथ में इक अपने सवा-मन का जो सोंटा
लोहे की कड़ी जिसपे खड़कती थी सरापा
काँधे में पड़ा झोलना और हाथ में प्याला
बाज़ार में ले आए दिखाने को तमाशा
आगे थे हम और पीछे था रीछ का बच्चा।

तालियों की गड़गड़ाहट से बैठक गूँज उठी।

वाह ! रीछ के बच्चे ने भी क्या रंग जमाया है। तर्ज़ और बोल ऐसे कि जैसे आप ही अपने हाथ में रीछ के गले की रस्सी थामे हुए हैं।

रज्जो ने बड़े भाई होने के तेवर से बदरू से पूछा—'हर आन में, हर बात में, हर ढंग में पहचान'—यह नज़्म याद है क्या ?

—जी हाँ।

—तो सुनाइए।

आशिक़ है तो दिलबर को हर इक रंग में पहचान
फल पात कहीं शाख़ कहीं फूल कहीं बेल
नरगिस कहीं सौसन कहीं बेला कहीं है खेल
आज़ाद कोई सबसे, किसी का है कहीं मेल
मलता है कोई राख, चमेली का कोई तेल
करता है कोई जुल्म तो लेता है कोई झेल
अदना कोई आला कोई सूखा कोई डंडपेल
जब ग़ौर से देखा तो उसी के हैं ये सब खेल

बच्चों की पूरी भीड़ साथ मिलकर दोहराती चली—

हर आन में, हर बात में, हर ढंग में पहचान
आशिक़ है तो दिलबर को हर इक रंग में पहचान।

मासूमा और बदरू चुपके-चुपके एक-दूसरे को देख .ख़ुश होते रहे।

वकील साहिब ने आगरेवालों से बँधी बीवी की निगाहों को भाँपा तो

कुछ कहने के बहाने उठकर पास जा खड़े हुए। मुख़्तसर-सा खाने की तैयारी का पूछा और कुटुम्ब को हाथ से घेरकर कहा—आइए, आप बैठिए ! नौकर-चाकर देख लेंगे।

दोनों साथ-साथ बैठे तो चुन्नू अपनी तोतली ज़बान में शुरू हुए :

> एक थी तो एक थी चिड़िया। एक था तो एक था चिड़ा। चिड़िया का घरवाला। एक दिन दोनों ने मिलकर खिचड़ी पकाई। चिड़िया ने पहले तो दाल-चावल धो लिए। फिर कटोरे में भिगो लिए। चूल्हा जलाया। चूल्हे पर हँडिया रखी। नमकदानी खोली तो चिड़े से कहा—देखो साहिब, हींग-लौंग-जीरा तो अपने पास हैं, पर घी तुम्हें लाना होगा। उसके बिना तो खिचड़ी गले से न उतरेगी। चिड़ा निकला घी लाने को तो चिड़िया ने दरवाज़ा बन्द कर लिया। ढक्कन सरका हँडिया में झाँका। चटोरी को आया लालच तो घी के बिना ही खिचड़ी चट्ट कर सो गई।

विद्या बुआ की बेटी गुड्डो माँ से लगी बैठी थी। कहानी बड़े ध्यान से सुन रही थी—नहीं, नहीं, आपकी कहानी ग़लत है। डिब्बे में थोड़ा-सा तेल-घी तो बचा होगा। चिड़िया उसी से छौंक लगा देती। क्यों खाती बिना घी के !

इस पर सबको हँसते देख चुन्नू साहिब बिगड़ गए—गुड्डो जिज्जी, क्यों बोलीं हमारी कहानी में ! गड़बड़ कर दी। हम अब आगे नहीं सुनाएँगे !

सबने हँसकर समझाया—नहीं साहिब, बीच में न छोड़िए। चलिए, आगे बढ़िए।

चुन्नू ने एक चपत गुड्डो के सिर पर लगाई और फिर कहानी पर हो गए :

> हाँ, पीपी में घी लेकर चिड़ा बाज़ार से लौटा तो दरवाज़ा बन्द देखकर सकपकाया। साँकल बजाई। किवाड़ खटखटाया—चिड़िया, चिड़िया, दरवाज़ा खोलो। हम घी लेकर आए हैं।

चिड़िया कुछ न बोली। चद्दर ओढ़े और आँखें मूँदे गुमसुम पड़ी रही।

इस बात पर सयानों में ख़ूब हँसी-ठट्ठा रहा—मन्नो बीवी, आपके बेटे साहिब आप पर छींटाकशी कर रहे हैं। ज़रूर आपको ऐसा करते देखते होंगे।

चिड़िया न बोली तो चिड़े का दिल बहुत धसका। दरवाज़ा पीट-पीटकर कहा—अरी बोलती क्यों नहीं ? मर तो नहीं गई !

—दुर मुए, मैं क्यों मरने लगी। मैं सोई पड़ी हूँ। चुप रहो जी ! मुझे रात-रात भर परेशान किया करते हो। आराम करने दो !

लड़कियाँ शरारत से मुस्कुराने-शरमाने लगीं।

चिड़िया की चालाकी पर चिड़े को आया ग़ुस्सा। आव न देखा ताव और रोशनदान से अन्दर घुसकर अपनी चोंच से चिड़िया के पंख नोंच डाले।

कहानी ख़त्म।

पैसा हज़्म।

बुआ-भतीजियाँ-मौसियाँ ख़ूब हँसीं।

वकील साहिब ने अपने सामने बैठे बदरू-मासूमा की ओर देखा तो दोनों इधर ही नज़र जमाए थे।

कुटुम्ब प्यारी हँसी-क़हक़हों से अलग अपनी ही ख़ामोशी में खोई बैठी थीं। वकील साहिब ने अपनी ओर ध्यान खींचना चाहा तो वहाँ कुछ ऐसा आलम कि :

कौन-सा ऐसा सितम है
जो न हम पर हो गया
जो न होना था वह सबकुछ
आज हम पर हो गया।

गुनहगार बनाती बीवी की दो निगाहों ने उन्हें नातों-रिश्तों से अलग-सा कर दिया।

महाराज स्वरूप के बेटे राजा बाबू नज़्म सुनाने लगे :

एक मियाँ थे मोटे ख़ाँ
नाम था जिनका छोटे ख़ाँ
छोटे ख़ाँ बाज़ार गए
चलते-चलते हार गए।

राजा बाबू जाने क्यों यहाँ अटक गए। सबने समझाया—साहिब आगे बढ़िए। यह न हो कि बारी हाथ से निकल जाए।

रज्जो भाई को राजा बाबू बड़े भाते हैं। पास आकर राजा को

थपथपाया—बोलिए, बोलिए, ख़ाँ साहिब को हुआ क्या ? थक गए होंगे तो भी कुछ तो किया होगा।

—हमें याद नहीं—यह कहकर राजा बाबू अम्माँ की गोदी में जा लुके।

आफ़ताब दादा ने दम्मो का नाम पुकार दिया—आइए साहिब, अब आप कुछ सुनाइए।

दम्मो बड़े भाई रज्जो की नज़र बचा बदरू और मासूमा को घूर-घूरकर देख रहे थे। अनमने-से कुछ सोचते रहे, फिर शुरू हो गए :

मेरी भैस के डंडा क्यों मारा,
वह रोज़ चरन को जाती थी,
वह किसी से कुछ ना कहती थी,
और लौट शाम घर आती थी।
तेरे बाप का साले क्या जाता,
गर पेट में बच्चा मर जाता।

बदरू को बाप का ज़िक्र पसन्द न आया। दम्मो के पास झुककर कहा—'साले' की जगह 'बोलो' कर लीजिए। बेहतर रहेगा।

दम्मो ख़फ़गी से मुँह लटकाए माँ के पास जा बैठे।

वकील साहिब ने माँ-बेटे के चेहरों पर कोई खटका लगा देखा और आगरा वालों के माथों पर तेवर, तो एक ही फ़िक़रे से पेंच को ढीला कर दिया।

—कुँवर बहादुर, हारमोनियम और जोड़ी लाइए। अब आपकी भाभी कुछ सुनाएँगी।

कुँवर बहादुर ने जोड़ी सँभाली और कुटुम्ब ने हारमोनियम का परदा खोल लिया। मन-ही-मन कुछ सोचने लगीं। हमेशा की तरह वकील साहब से न पूछा कि क्या गाएँ तो उन्होंने आप ही उन तक पहुँचाया—आप तो दाग़ की ग़ज़ल सुनाइए।

सधी हुई महीन आवाज़ में कुटुम्ब प्यारी शुरू हुईं :

बुत को बुत और .खुदा को .खुदा कहते हैं
हम भी देखें तो उसे देख के क्या कहते हैं
जो भले हैं वो बुरों को भी भला कहते हैं
न बुरा सुनते अच्छे न बुरा कहते हैं

—तालियाँ ! तालियाँ ! वाह भाभी, क्या बात है ! क्या ग़ज़ल पेश की है !

कुटुम्ब कुछ ऐसे मुस्कुराई कि नाते-रिश्तेदारों के दिलों में बहूजी के लिए लाड़ उमड़ने लगा। सामने बैठे दो बच्चे एकाएक आँखों में खटकने-से लगे।

—भाभी अपने को सँभाले हैं, नहीं तो यह सिरदर्दी तो उन्हें बिछौने पर लिटा देती।

बदरू कान खड़े किए थे और कुटुम्ब के मुखड़े पर आँखें जमाए थे।

कुटुम्ब ने हारमोनियम पर से हाथ उठाया, परदा बन्द किया कि बदरू ने बेतकल्लुफ़ी से कहा—अभी तो कुछ बन्द बाक़ी थे। आपने जल्दी कैसे ख़त्म कर दिया !

फिर मासूमा की ओर मुड़कर कहा—अम्मी, यह ग़ज़ल बहुत अच्छा गाती हैं।

तड़ाक-से बदरू के गाल पर तमाचा पड़ा—चुप बे मुसलमानी के !

मारनेवाले थे दम्मो भाई।

मासूमा ने बाँह बढ़ा भाई को गले से लगा लिया और चुपचाप ख़ामोशी से वकील साहिब की ओर इमदाद के लिए तकती रही।

कोई न हिला, न कुछ बोला। ताव खाए रज्जो भाई उठकर पास आए और दम्मो का कान उमेठ एक सिर पर दिया—बात करने का शऊर नहीं, ऊपर से मार-पीट।

कसकर और दो जमाए तो कुटुम्ब ने रज्जो का हाथ झटक दिया—मारते ही चले जाइएगा क्या ?

बदरू ने अपने गाल पर से हाथ हटा लिया और तमककर दम्मो को घूरते रहे। फिर रज्जो भाई की ओर मुड़े—रज्जो भाई, अभी तो हम इन्हें कसकर मारेंगे, ऐसा कि छठी का दूध याद आ जाए।

बैठक में अजीब गर्द-सी छा गई, जो बच्चों की लड़ाई से बिल्कुल अलग थी।

मासूमा रोने लगी तो रज्जो भाई ने घेरकर कहा—मासूमा, आँखें पोंछ डालिए। दम्मो को बदतमीजी की सज़ा ज़रूर मिलेगी।

बदरू ने रुलाई रोक पहले अब्बू की ओर देखा, फिर रज्जो भाई से कहा—हम अम्मी से क्या कहेंगे ! वह हमें भेजना न चाहती रहीं, हमी ने ज़िद

की थी। पहली बार यहाँ आने पर मार खाई, भैंस की नज़्म सुनानेवाले से गाली सुनी सो अलग। रज्जो भाई हमें घर पहुँचाइए, अब हम यहाँ न रुकेंगे।

कृपानारायण इस अदा पर मन-ही-मन मुस्कुराए। महफ़िल के बुज़ुर्ग लड़के की तारीफ़ में सिर हिलाते रहे। बात करने का ढंग, सलीक़ा तो देखिए ! क्यों न हो, कृपा के बेटे हैं !

रज्जो भाई ने समझाया—इस बेकार की बात को तो यहीं भूल जाइए। घर लौटकर कुछ भी बताने की ज़रूरत नहीं। रंज होगा।

—ज़रूर होगा रज्जो भाई, पर यह बात अम्मी से कैसे छिपी रह सकेगी। आपका कहा मानकर हम न कहें तो भी आपा ज़रूर कहेंगी। वह भी न कहें तो भी हमारे मुँह पर पड़ा तमाचा .खुद-ब-.खुद बात खोल देगा। हमारा गाल ज़रूर लाल हुआ पड़ा है, इसे हम कैसे छिपाएँगे !

वकील साहिब और ताऊजी दोनों आँखों-ही-आँखों में बदमाश बच्चे का मज़ा लेते रहे।

कुटुम्ब प्यारी ने मियाँ के चेहरे पर एक पल को विभोर होती छवि देखी ज्यों उनके अन्दर कोई सरगम-सी उभरी हो।

रज्जो ने दम्मो को आवाज़ दी, बड़ों का लिहाज़ रखते हुए सख़्त मगर करारी—इधर आइए, बदरू और मासूमा से माफ़ी माँगिए।

दम्मो ने मुँह फेर पहले माँ की ओर देखा, फिर दादा की ओर कि किसकी तरफ़दारी पर हैं। कहीं से कुछ ज़ाहिर न हुआ तो इमदाद के लिए माँ को टटोला।

कुटुम्ब ने बैठक-भर को सुनाने के लिए दानेदार आवाज़ में कहा—जैसा रज्जो भाई कह रहे हैं वैसा ही करिए।

दम्मो उठकर रज्जो के पास आए। बहन-भाई का सामना कर पछाड़ी-सी आवाज़ में कहा—हमसे ग़लती हुई, माफ़ी माँग रहे हैं।

—बस। अब ग़ुस्सा-गिला ख़त्म।

रज्जो ने चुपके से माँ की ओर देखा तो आँखें डबडबाई हुई थीं। सरताज बहादुर नई सड़कवाले ताऊजी से इशारा पाकर बोले—.खुशबू से घर महक रहा है। अब इन्तज़ार करना मुश्किल है। भाभी, खाना लगवाइए। इतने में दो-चार पहेलियाँ और हो जाएँ। रज्जो साहिब, अब आप कुछ कहें। आज के नौशा तो आप ही हैं।

—हमने अपनी बारी बदरू को दी...

बदरू की आँखें चमकने लगीं—रज्जो भाई, हम आपका कहा मानते हैं, क्या इसीलिए दे रहे हैं !

रज्जो बड़े भाई बने मुस्कुराते रहे। सरताज बहादुर बदरू को उकसाने लगे—सुना डालिए, खाना लगने ही वाला है।

कुछ याद करने के अन्दाज़ में बदरू ने चुटकी भरी। बूझिए साहिब :

नमाज़ पढ़ी नहीं
रोज़ा रखा नहीं
शराब छोड़ी नहीं

बताइए, क्या बात बनी ?

—कुछ अता-पता दीजिए साहिब !

—जी नहीं, आप लोग बच्चे नहीं। यहाँ तो बड़ों की जमात है। न-न, अता-पता क़तई नहीं।

मासूमा ने बहाने से भाई के कान में कहा—आप बहुत बढ़-बढ़कर बोल रहे हैं। अम्मी ने कुछ कहा था न आपसे !

—जी हाँ, याद है।

भला किसको न आती होगी यह बुझारत। मगर बच्चों में हो चुकी बदमग्ज़ी भुलाने के लिए सबने हँस-हँसकर कहा—पहेलियाँ तो बूझ ही लेते हैं लेकिन बदरू साहिब, आपकी यह कहावत अपने बस की नहीं।

बदरू ने वकील साहिब से इशारा चाहा, फिर उनके पास हो नटखटपन से कहा—अब्बू, हमें ख़ूब मालूम है आप जानते हैं यह पहेली हमने कहाँ से निकाली है, पर आप चुपका रहेंगे और कुछ न कहेंगे।

वकील साहिब हँसे—आप ही कहिए।

दम्मो और मँझले पम्मो ऐसे घूरने लगे ज्यों बदरू उनका ख़ज़ाना लूट रहे हों।

—अब परदा उठा दीजिए।

—तो कह दें !

—कहिए।

—सबने हार मान ली ?

—मान ली।

—तो सुनिए :

नमाज़ पढ़ी नहीं
रोज़ा रखा नहीं
शराब छोड़ी नहीं

जिनके बारे में यह कहावत है वह हुए दिल्ली के मशहूर शायर मिर्ज़ा ग़ालिब। दिल्लीवालों के सिरमौर।

तालियाँ। तालियाँ।

लड़कियों के गुच्छे में से आरती ने सिर उठाया :

काकुल ज़री
मोतियों की लड़ी।

केतकी जिज्जी की लड़की बुलबुल बोली :

शेर की माँद में
पानी के बताशे।

इस पर बहुत क़हक़हे लगे तो छोटी रुक्मणी ने अपनी बारी की छलाँग मार ली—सिर्फ़ भाई लोग ही बोलते रहेंगे तो हम क्या सुना पाएँगे ! हमारी सुनिए :

एक ग़लीचा
एक सुरमेदानी
एक ज़रदोज़ी का बटुआ।

रसोईघर की घंटी में कहावत गुम। खाना परसा जा चुका। बच्चे सरपट खाने की ओर लपके।

कसोरों की कुल्फ़ी-फलूदा के बाद तिमंज़िले पर दुबारा रौनक़ लगी।

बदरू रज्जो भाई से ख़ूब घुले-मिले रहे। इनको साथ-साथ देख ऐसा लगे कि दोनों के चेहरों पर दादा के नक़्श ही ठिठके पड़े हों।

बदरू से फिर नज़्म की फ़रमाइश होने लगी।

रज्जो भाई से इशारा ले पुराना झगड़ा भूल-भाल बदरू ने चहककर कहा—नहीं, हम नहीं, हमने अपनी बारी पम्मो भाई को दी।

पम्मो जाने किस फाँस में फँसे थे, कुछ याद करने के अन्दाज़ में कहा—

गुल गए, गुलशन गए, जग में धतूरे रह गए
बाज़ गए, हुम्मा गए, उल्लू के पट्ठे रह गए।

पूरी मंडली हँसती रही, पर बदरू न हँसे।

अपनी बारी में बदरू ने पेश किया—अर्ज़ किया है :

कलिया पुलाव खाके मरे तो भी मरे
बिना बघार की दाल खाके मरे तो भी मरे।

मुरारी भाई और सरताज बहादुर का हँसते-हँसते बुरा हाल हो गया। बुजुर्गों में दिल्लगी होने लगी।

—लीजिए साहिब, बदरू बेटे तो फ़लसफ़े पर उतर आए। ज़िन्दगी का निचोड़ ही निकाल दिया।

बदरू के हाथ में इनाम की रेजगारी इकट्ठा हो गई। दौड़कर वकील साहिब के पास पहुँचे और बड़ी तमीज़ के साथ—अब्बू, हमसे छुट्टा लीजिए और सिक्का दे दीजिए।

बन्ने चचा ने भारी गले से हँस-हँसकर सारी बैठक को गुँजा दिया।

—कृपा भाई, बड़े होकर भतीजे समुद्र की लहरें गिनेंगे और गिनती में ख़लल पड़ने पर जहाजों से वसूली करेंगे।

बदरू बिना आँख झपकाए बन्ने चचा की ओर देखते रहे। फिर उनकी ओर झुककर पूछा—चचा साहिब, हमारा मज़ाक तो नहीं उड़ाया जा रहा !

—लाहौलवला भतीजे, आज तो आपकी तारीफ़ आसमान को छू रही है।

दम्मो-पम्मो के बड़े मामा बड़ी संजीदगी से बोले—हम बिट्टो के यहाँ जा रहे हैं, फ़तेहपुरी तक। इन बच्चों को भी छोड़ते जाएँ क्या ?

वकील साहिब ने सबके शक-शुबहे दूर कर दिए—बदरू-मासूमा को आज यहीं रोका जा रहा है।

सुनते ही दम्मो-पम्मो के चेहरे लटक गए और बदरू मस्ती में आ गए—रज्जो भाई, अम्मी अकेली कुछ खाएँ-पकाएँगी नहीं। बब्बन मियाँ के हाथ कुछ भिजवा दिया जाए तो कैसा रहे !

रज्जो भाई ने बदरू की पीठ पर हल्की-सी चपत लगाई—कुछ दूसरों के सोचने के लिए भी रहने दिया करें। यह काम पहले ही किया जा चुका है।

मासूमा जाने कब से छुन्ना बुआ को देखे जा रही थी। मौक़ा देखकर रज्जो भाई ने कहा—छुन्ना बुआ के गले में बहुत मिठास है। इनसे कुछ सुनें

तो कैसा !

इससे पहले कि कोई फ़रमाइश करे, शंकर दादा की पोती केवड़ा ने सुर निकाल लिया :

अरी मेरी बहनजी
हल्दी मसालेवाली कैसे पीसूँ
हाँ कि जिज्जी ऐसे ऐसे।
अरी मेरी बहनजी
बाबाजी बुलाएँ तो कैसे जाऊँ
हाँ कि जिज्जी ऐसे ऐसे !

ताईजी ने टोक दिया—अरे किस इदारे का गाना ले बैठी हैं। लड़कियो, ध्रुव के नामकरण पर जो स्वाँग खेला था, वही दिखाओ।

हँसती-खिलखिलाती लड़कियों का गुच्छा अन्दर गया और फुरती से नाटक के कपड़े पहन बाहर आया।

जावित्री ने भाई की शेरवानी पहनी। जेब में राम चचा की घड़ी लगाई और हाथ में ले ली ताऊजी की छड़ी। ताईजी की .ख़ुशामद की—थोड़ी देर के लिए अपनी ऐनक हमें दे दीजिए। इसके बिना तो हम बाबाजी क़तई न लगेंगे।

विष्णु दादा की बेटी नयना छोटे किनारे की धोती पहन दादी अम्माँ बन आई।

मालती दीदी ने अँगरखा पहन सिर पर अँगोछा लपेटा और मुसद्‌दी बन गई। बाबाजी आँखों पर चश्मा लगाए कुर्सी पर बैठे हैं। हत्थे पर घड़ी लटकी है।

कुछ देर गले में खाँसी उठती रही। रुकी तो मुसद्‌दी को आवाज़ दी—मुसद्‌दी, टहलने का वक़्त हो गया, सैर के जूते ले आओ।

—बाबा साहिब, जूते तो आप वही पहने हुए हैं।

—हूँ ! ज़रा उन्हें आवाज़ दो।

—उन्हें किन्हें साहिब !

—हमारे पोते-पोतियों की दादी को।

मुसद्‌दी अन्दर झाँककर—साहिब, अम्माँजी हमें नहीं मिलीं। हम ऊपर सब देख आए।

—अहमक़, घर में दर्जन-भर बहुएँ हैं। भला तुमने किस एक कमरे में झाँका ?

—जनाब, सलीक़ा बहू के कमरे में।

—सलीक़ा बहू क्या कर रही थीं ?

—थाली पर आँखें गड़ाए मगज़ बीन रही थीं।

—जाओ, अब उन्हें पलीता बहू के यहाँ देखो। वहीं बैठी होंगी।

—साहिब, अम्माँजी वहाँ भी नहीं हैं।

—पलीता बहू क्या कर रही थीं ?

—क्या बतावें साहिब ! पानदान खोला, बन्द किया। फिर खोला। अचानक तमाम कत्था-चूना तोशक पर फैलाकर रोने लगीं, हाय ! हठीली बहू के शहज़ादे ने मेरा सबकुछ बरबाद कर दिया ! यह दाग़ कैसे छूटेंगे ! क्या करूँगी !

बाबाजी तनिक-सा मुस्कुराए, फिर तेवर चढ़ाकर बोले—मुसद्दी, पलीता बहू से जाकर कहो कि बैठकर कुछ लिखें और हमें इस्लाह के लिए भेजें।

—जी साहिब।

—ख़लीफ़ा बहू के कमरे में भी झाँकते आना।

—साहिब, अम्माँजी ख़लीफ़ा बहू के यहाँ भी नहीं हैं।

—क्या ख़लीफ़ा बहू अपने कमरे में थीं ?

—जी साहिब, मास्टरनी बनी बच्चों को पढ़ा रही थीं।

—मुसद्दी, कितने बच्चे पढ़ रहे थे ?

—होंगे कोई बीस-पच्चीस।

—बहुत अच्छे। हैडमास्टर साहिब की बड़ी बेटी हमारे ख़ानदान के लिए फ़ायदेमन्द साबित हुई है...मुसद्दी, अब हमारी अम्माँ को ख़रचीली बहू के यहाँ जाकर देखो।

—माफ़ कीजिए सरकार, वह आपकी अम्माँ तो नहीं !

—एक ही बात है। अब हमें उनमें हमारी अम्माँ ही नज़र आती हैं।

बाबाजी हँसने लगे—सच पूछो तो अब हमारी बीवी कहाँ रखी हैं ! अब तो वह दिन-रात पोते-पोतियों पर जान छिड़का करती हैं। अब शौहर की उन्हें कोई फ़िकर नहीं।

—नहीं साहिब, ऐसा न कहिए...

—ख़ानदान बढ़ाने के लिए कभी हम तैनात किए गए थे उन पर। मगर अब उन्हें हमसे क्या ग़रज़ !

—साहिब, ख़रचीली बहूजी बाज़ार गई हैं।

—और मुकन्दी ?

—वह भी उनके साथ गए हैं।

—नालायक। बीवी के इशारों पर नाच रहा है। पछताएगा। मुसद्दी, सजीली बहू के कमरे में बैठी होंगी वह। जाकर कहो, हम बुला रहे हैं उन्हें ! फ़ौरन नज़र आएँ हमें।

अम्माँजी सीढ़ियों पर से झाँककर—अय हय, क्या तूफ़ान आ गया ! मार आवाज़ों पर आवाज़ें ! बहू कपड़े निकाले बैठी थी, मैं घड़ी-भर को वहीं बैठ गई...मुसद्दी, सुबह बनारसी पत्ता तो ले आए थे न !

बाबाजी सिर हिला-हिला बोले—बहुत ख़ूब। पान के पत्ते के अलावा अब हमारा कोई दूसरा काम आपके ज़िम्मे नहीं !

—कुछ रुका पड़ा हो तो बताइए।

बाबाजी कुछ देर अम्माँ को घूरते रहे, फिर जवाब तलब किया—क्यों, बहुएँ किधर हैं ? क्या घर में नहीं ? अपने-अपने पीहर गई हैं कि किसी की शादी में ?

—क्या बात कर रहे हैं साहिब ? सब अपने-अपने कमरों में मौजूद हैं।

—हम घंटों से इस सन्नाटे में बैठे हैं। सीढ़ियों पर न किसी की पाज़ेबों की झनक और न चूड़ियों की खनक। यह बताइए कि बियाबान क्यों बना रखा है घर को ?

—अजी आप होश में तो हैं ! यह बहुओं की झनक-झनक क्या ख़याल में उठ आई ! भला उनसे आपको क्या लेना-देना ? कहे देते हैं, यह झरोखे न खोलिए ! अच्छा न होगा !

बाबाजी ताज़ा दम हो उठे—भगवती, लकड़ी के दरवाज़ों और ईंट-गारे की दीवारों में क्या रखा है ! रूह को मुसर्रत मिलती है तो घर की इन आवाज़ों से ही।

अम्माँजी ने कमर पर हाथ रख लिया—साहिब, जवानी के झोंके तो आने से रहे अब। यह 'तुम्हारी ख़ातिर' 'हमारी ख़ातिर' वाली पतंगें न उड़ाइए। ख़ाक पड़ेगी ख़ाक।

बाबाजी के माथे पर नर्म-सी दमक उभर आई। छेड़-छाड़ करने के अन्दाज़ में कहा—अजी कुछ हक़्क़-दस्तूरी हमारी भी रहने दीजिए।

फिर हुक्म देने के अन्दाज़ में बोले—ज़रा सलीक़ा बहू को तो बुलाइए।

अम्माँजी ने आवाज़ दी—बहू नीचे चली आइए। बाबाजी बुला रहे हैं।

सलीक़ा बहू ने सीढ़ियों पर पैर रखा तो पायल बजने लगी और चूड़ियाँ खनकने लगीं। शर्बत का गिलास बाबाजी की ओर बढ़ाया और धीरे से कहा—फ़ालसे का है। आज ही ताज़ा बना है बाबाजी !

बाबाजी घूँट भरते रहे और गिलास में जाने क्या-क्या देखते रहे।

बहूजी ने ख़ाली गिलास बाबाजी के हाथ से ले मेज़ पर रखा तो बाबाजी ने इशारा किया—बैठिए।

—भगवती, हम सलीक़ा बहू को यह सतलड़ी हार देना चाहते हैं।

अम्माँजी हड़बड़ा उठीं—क्या बहुओं में लड़ाई करवाने के इरादे हैं ?

—नहीं, हम उन्हें बताना चाहते हैं कि सलीक़ा बहू सारे ख़ानदान की महबूब हैं।

बहू के हाथ में हार देकर सासूजी का चेहरा गिर गया।

—बहूजी, आपने मोह लिया अपने ददियाससुर का दिल। हम तो उम्र-भर इनसे कुछ हासिल न कर सके।

बाबाजी अम्माँ को घूरते रहे।

—कुछ कहें तो बुरा तो न मानिएगा।

—कह डालिए साहिब, कहीं यह हसरत भी न बाक़ी रह जाए।

—बहूजी, आपकी ददियासास-जैसी सजीली गुलबदन बहू तो दिल्ली-भर में न थी। शोले भड़कने का अन्देशा अलबत्ता सुबह-शाम ज़रूर रहता था।

बहूजी सतलड़ी हार की चमक में कुछ ऐसा मुस्कुराईं कि बाबाजी और अम्माँ दोनों अफ़साना-सा बन गए।

—अजी कुछ एक-आध बात तो हममें भी अच्छी देखी होगी !

—देखने को तो भगवती, हमने तुम्हारा भी क्या-क्या नहीं देखा !

—देखो साहिब, जो आप जानते हैं वही हम भी। फ़रक होगा तो औन-पौन का ही।

—नहीं महारानी, आप हमसे बहुत ज़्यादा जानती हैं। आपके पुराने क़द्रदान हैं हम। आपने ख़ानदान के लिए तेरह बच्चे पैदा किए। जाने कितनी

.ख़ुशियाँ भुगताईं। कितनी ग़मियाँ। बाँकेबिहारी के मन्दिर में कितनी ही रसोइयाँ करवाईं। साहिब, बड़ी मेहनत से आपने कुनबा बनाया, सजाया। मगर भगवती, अब हम आपको कोई इनाम नहीं दे सकते। वह तो बहुओं का हक़ है।

बाबाजी देर तक पोपले मुँहवाली भगवती को प्यार से देखते रहे। फिर छेड़-छाड़ करने के अन्दाज़ में बोले—हाँ, अलबत्ता आपको मोतिए के गजरे तो लाकर दिए जा सकते हैं।

भगवती झूठ-मूठ जैसे हवा में कुछ सूँघने लगी। फिर हँस-हँसकर कहा—हम भी मोतिया की हर कली को मोती ही समझेंगे।

बाबाजी ने कहा—अजी सुनती जाइए। कुछ आपके लिए अर्ज़ किया है :

क्या बताऊँ कि क्या लिया तूने,
क्या कहूँ कि क्या दिया तूने।

सीढ़ियाँ चढ़ते-चढ़ते अम्माँजी पलटीं और बाबाजी की कुर्सी के हत्थे को छूकर कहा—यह भी तो कहिए कौन-सा पलड़ा भारी रहा ! लेने का कि देने का !

—इसका हिसाब-किताब तो आप जानिए। बहुओं की पूरी पलटन पर दरोग़ाई भी तो आप ही करती हैं।

कुछ देर पहले जहाँ चहल-पहल, हँसी-ठट्टा और क़हक़हे थे, वहाँ दावत ख़त्म होते ही धुएँ के गुबार उठाकर वकील साहिब की ख़्वाबगाह पर फैल गए। वही पुरानी कोसने, गिले और शिकायतों के अम्बार।

वकील साहिब ने बीवी को रोते-कलपते देखा तो निहायत ठंडी आवाज़ में कहा—बच्चों के लड़ाई-झगड़े उन्हीं तक रहने दीजिए। ऐसी रंजिश को रफ़ा-दफ़ा कर अब आराम करिए।

कुटुम्ब की आँखों से आँसू टपकने लगे। दिन-भर में छाई घटा आख़िर कब तक न बरसती !

कृपानारायण अन्दाज़ा लगाने की कोशिश करते रहे कि इस रुलाई में कितनी गहरी खरोंच है, घाव कि पीहरवालों की सिखावत। पुराने तजुरबे से इतना तो जान लिया कि यह सुपारी की किटकिट हस्बेमामूल ख़ामोशी से

टलनेवाली नहीं। मकर।

वकील साहिब की ओर से छेड़छाड़ करने की कोई आहट न आई तो ग़ुस्सैल आवाज़ में कहा—आप इस ख़ानदान की ख़ाक उड़ाने पर क्यों तुले हैं ! हम आपको नहीं भाते तो...

—सुनिए, बच्चों की तकरार से अलग रहिए। अपने को सताने से फ़ायदा ?

—कोई दूसरा नहीं, आप ही हमें सता रहे हैं। आख़िर आपने भरी बिरादरी में हमारा तमाशा बनाकर ही दम लिया ! अपने बच्चों से मुँह फेरे रहे। सारे नातों-रिश्तों ने देखा। अपनों से बेगानगी आख़िर तो दुश्मनों ने पैदा कर ही दी !

वकील साहिब दिल-ही-दिल कुछ न कहने का फ़ैसला कर चुके थे। किताब पर गहरी नज़र टिका ली।

एकाएक भभकता-सा हाथ उन तक पहुँचा और कुटुम्ब ने किताब झपट लड़ाई का एलान कर दिया।

—भरी महफ़िल में दम्मो पिटते रहे और आप अनजान बने चुपका हो रहे। उस पर तुर्रा यह कि माफ़ी भी दम्मो से ही मँगवाई गई।

—अजीब कैफ़ियत है आपकी भी ! जिस पर हाथ उठाया गया हो, गाली दी गई हो, क्या माफ़ी भी उसी को माँगनी चाहिए थी ?

वकील साहिब ने डपट दिया—यह न भूलिए कि बच्चे आज पहली बार हवेली आए थे।

—उन्हें पूरी बिरादरी के सामने पेश करना ज़रूरी था क्या ? शजरे में शामिल किए बिना आपके अरमान पूरे न होते थे ? हमारे दिल पर जो गुज़र गई वह दुश्मन के साथ भी न हो।

—इल्ज़ाम लगाने से पहले हमारी बात सुनिए। यह फ़ैसला सोच-समझकर किया गया था। बच्चे एक-दूसरे के बारे में जान ही गए हैं तो इन्हें मिला देने में भी क्या हर्ज था ? गली-मुहल्ले, स्कूल-मदरसे में लोग इनसे कहते फिरें कि देखिए साहिब, आपके भाई जा रहे हैं ? उससे अच्छा इन्हें मिला देना ही ठीक समझा गया। यह बात ठंडे दिल से सोचिए।

—ठंडक की बात न करिए, हम उबल रहे हैं। हमारा कलेजा जला जा रहा है। पहले नज़्म की तैयारी करवाई गई। अपनी औलाद को भूलकर उन्हीं

दोनों से आँखें जुड़ाए रहे। उस कोठे की इल्लत से आप अपनी गृहस्थी को रौंद रहे हैं।

बीवी को आगबबूला देख वकील साहिब ने पटरी बदल दी—बदगुमानी की हद है ? कितनी देर उसी एक नुक़्ते पर अड़ी रहिएगा ! हम दोनों के सिर पर से ख़ासा पानी गुज़र चुका है।

—इसके गुनहगार क्या हम हैं ?

—सुनिए, बीवी होने के नाते आपको यह अहसास तक नहीं है कि अच्छी गुफ़्तगू और देग़ का लुत्फ़ उठाने का हक़ भी शौहर का बनता है। मगर आपके पास वही एक पुराना दुखड़ा।

—हमारा हँडिया-चूल्हा अब भला आपको क्यों भाने लगा ! कभी आपने खड़े गोश्त की भी फ़रमाइश की हमसे !

—बहुत ख़ूब ! इसकी दरख़्वास्त क्या हमें देनी चाहिए थी ? .ख़ुशज़ायकी पहले दिल में होती है, बाद में देग़ में। दिल पर जमाकर रखा हो चिक्कट तो बताइए ख़यालों में कौन-सा रंग चमकेगा ?

—और चमकाइए, डाँटिए, हम तो आपकी गुलामी में हैं न ! स्याह-सफ़ेद जो भी करें, हमें आपकी बन्दगी करनी ही करनी है।

इस गुस्ताख़ी पर वकील साहिब कुछ .ख़ुश हुए, कुछ फ़िक्रमन्द। आवाज़ में नरमाई घोलकर समझाया—क्या बचपने की बातें कर रही हैं ! इतने बरसों बाद अब क्या 'तुम्हारी ख़ातिर हमारी ख़ातिर' का क़िस्सा लिखा जाएगा !

कुटुम्ब प्यारी रोने लगीं—हमारे कुछ भी कहने-करने से आप खीझ उठते हैं। हमारा गुनाह इतना ही कि हम आपकी बीवी हैं।

वकील साहिब ने झुँझलाकर अपने से कहा—बटी हुई रस्सी ! ख़ाकबाज़ी पर उतर आना इनके ख़बीस ख़ानदान का पुराना लटका है।

वकील साहिब को ख़ामोश देखा तो कहा—याद करिए, रज्जो हमारी गोद में थे तो आप हमें एक दिन को भी न छोड़ते थे। अब न आपका शौक़ हममें रहा और न हमीं वह रहे। पुराने रतजगों की तो याद ही रह गई है। आपने दिन-रात हमारा रोम-रोम सुलगाने का हक़ बना रखा है।

वकील साहिब सचमुच ढीले पड़े—समझने की कोशिश कीजिए। रज्जो छोटे थे तो दिन-रात आपकी छाँह में रहते थे। अब बड़े हो चुके हैं। आपकी गोद से अलग। हैं आपके बेटे और बेटे ही रहेंगे। मगर अब वह नन्हे-मुन्ने

नहीं जो आपके साथ दिन-रात लिपटे रहते थे। आदमी वही होता है पर हर लमहा बदलता चला जाता है। सरकता है। फैलता है। एक ही तस्वीर को कब तक पकड़े रहिएगा।

कुटुम्ब अजीब बेचारगी से मियाँ को घूरती रहीं। ख़ाली बातें-बातें, बातों में इनसे भला कौन जीत सकता है !

—देखिए, रज्जो शाम यार-दोस्तों में बिताएँगे तो भी बेटे वह आप ही के कहलाएँगे। उसी तरह हम हैं। वक़्त कहीं भी गुज़ारें, हम हमीं रहेंगे। आपके लिए कुछ दूसरा न बन जाएँगे।

अधूरे-से पल को कुटुम्ब के चेहरे पर कुछ खुला-सा अक्स उभरा फिर दुगुने ज़ोर से तिड़कने लगा—कमबख़्त इस डाह से आप ही हमें छुटकारा नहीं दिलवा रहे। नश्तर पर नश्तर लगाए जाते हैं। जीना हराम कर दिया। हरदम हमारे साथ दूसरी का साया चला करता है। हम पागल हुए रहते हैं।

वकील साहिब चौंके। किसी ने उन्हें जैसे ख़तरे से आगाह किया हो। भूली-बिसरी ताज़े दिनोंवाली आवाज़ को लाड़ में पिरोकर कहा—देखने की कोशिश में लगी रहती हैं, इसी से दीखा करता है। अब तक तो इससे लापरवाह हो जाना चाहिए था।

जाने क्या था वकील साहिब के चेहरे पर कि कुटुम्ब फिर से भड़क उठीं—यह भूलभुलैया किसी और को दिखाइएगा, मुहब्बत की बारादरी तक ले जाने के लिए।

—देखिए, मर्द ने अपना दर्जा .ख़ुद नहीं बना रखा। उसे कोसते रहने से आपको कुछ हासिल न होगा।

वकील साहिब मुस्कुराए जैसे अपने से कुछ कहना हो।

—सुनिए, हर मर्द के हाथ में एक जाल हुआ करता है। अपनी हिम्मत और मरदानगी से वह इस जहान में जितना समेट सके समेट ले।

—यह अपनी दिल्लगी का परचा पेश किया जा रहा है। जान रखिए, एक दिन आपके गुनाह .ख़ुद ख़ाक उड़ाएँगे।

—ख़ामोश ! उगालदान में थूकने की तरह कुछ-न-कुछ बोलती ही न जाइए ! आप अच्छी तरह जानती हैं कि महक हमारे नज़दीक है। उसके पास हमारे बच्चे हैं। कुछ दानाई से काम लीजिए।

बीवी की आँखों में फैली नफ़रत में गहरी सलवटें देखीं तो कृपानारायण

जाने क्यों अन्दर-ही-अन्दर फ़िक्रमन्द हो गए। कमरे में बेपनाह थकान, बेहिम्मती पसरी दिखाई दी। सोचा ऐसी ही कतरनों का ओर-छोर कहीं हमें भी तो समेटता नहीं जा रहा।

—हाँ-हाँ, आपके हिसाब से तो उनकी सालगिरह भी यहीं मनानी चाहिए। फिर सगाई, लग्न, शादी, बारात और ज़च्चगी।

—हम आपकी जगह होते तो ख़ुशी से ऐसा करते। इतना तो आप भी जानती हैं, बच्चे कोई भी हों उन्हें परवरिश का पानी चाहिए होता है। यह न भूलिए कि वह भी हमारे ही बच्चे हैं।

कुटुम्ब प्यारी की आँखें किसी घायल पंछी की तरह फड़फड़ाने लगीं। असमंजस में जैसे तय न कर पाई हों कि दोनों के दरमियान यह लड़ाई का ख़ात्मा है कि शुरुआत।

अँगुली पर की अँगूठी पर जाने क्या-क्या पढ़ती रहीं, फिर फुसफुसाकर कहा—हम आपकी जगह होते तो सैर-सपाटे के बहाने दोनों बच्चों को भूली भटियारन के तालाब में गुम करवा देते।

वकील साहिब के अन्दर की सब आवाज़ें ख़ामोश हो गईं। बौखलाए से ताका किए।

क़दम उठा कुटुम्ब पास आईं और वकील साहिब को झँझोड़कर कहा—उस छबीली गमक को जमुनाजी में बहा आइए। हम आपके नाम से मथुराजी में रसोई करवा आएँगे। सब अगले-पिछले पाप धुल जाएँगे।

कृपानारायण सिर से पाँव तक थरथरा गए। बीवी की साँवली माँग से जाने कैसी लाल-सी धार बहती नज़र आई। चाहा चीख़कर कहें, चौप्प। पर लफ़्ज ओंठों के अन्दर ही भिंचे रहे। फड़कते हाथ पर क़ाबू पाने की कोशिश में दोनों हाथ छाती पर टिका लिए।

भूली भटियारन...

जमुनाजी...

ओफ़्फ़ो !

3

नींद आने को ही नहीं आती। आएगी कैसे ! दिलो-दिमाग़ पर फैली औंधी-सीधी परछाइयाँ जाने किस ऊहापोह में एक-दूसरे को पटकने-झपटने पर लगी हैं। आमने-सामने पसरी पड़ी हैं दो बिछौनों की दो औलादें। औलादें भी क्या ! दो क़िस्में। दो मिज़ाज। दो गिरोह। यूँ देखें तो रज्जो और बदरू में क्या फ़र्क़ है साहिब ! दोनों भाई हैं। आधे भाई ही तो कहलाएँगे। इधर दम्मो उस्ताद इस छोटी-सी उम्र में बग़ावत करने पर तुले हैं। जो आज तक हमारे सामने किसी ने न कहा, वह दम्मो साहिब भरी महफ़िल में कह गए। माँ की सिखावत और क्या ! सच तो यह कि ये दोनों जमातें अलग हैं और शायद अलग ही रहेंगी। बीच में हद बनकर खड़ी रहेगी वह औरत जिसे दम्मो मुसलमानी के नाम से पुकारते हैं। फ़िरक़ापरस्ती, और क्या ! लेकिन साहिब फ़िरक़ापरस्ती है कहाँ नहीं ! पूरी तरह ज़िन्दगी को घेरे हुए है। अपनी बात करें तो एक मुसलमानी है; दूसरी मुसलमानी नहीं, हिन्दुआनी है। हक़ीक़त यह भी कि दोनों माँएँ हैं और दोनों ने बच्चे हमीं से पाए हैं।

दोनों औरतें हैं और हम औरत नहीं हैं, मर्द हैं। क्या मर्द होने से ही

हम इनकी तकलीफ़ नहीं समझ सकते ? क्या मर्द को औरत होना ज़रूरी है ? या औरत को मर्द ? सोचें तो .खुद क़ुदरत ने उन्हें एक-सा वुजूद नहीं दिया। एक-दूसरे का स्वरूप धारण कर भी लें तो यह ज़िन्दगी, ज़िन्दगी नहीं रामलीला होकर रह जाएगी। दूसरे सब झगड़े-झमेले निपटाने के लिए क़ानून है लेकिन इस मामले में क़ानून अन्धा है। हज़ार कोशिश कीजिए, गहरे में गोता लगाइए लेकिन इस तरह से इंसानी जज़्बातों के लिए क़ानून की कौन-सी दफ़ा मुकम्मिल तौर पर सही साबित हो सकती है।

कुटुम्ब हमारी ब्याहता है। हमारे बच्चों की माँ है लेकिन महक को बरदाश्त न करने की क़सम खाए है।

महक हमसे लगी-बँधी है। वह भी हमारे बच्चों की माँ है। हम उसके हालात में भी फेरफार क्यों करें। हमारे बाहर उसकी अपनी कोई तौफ़ीक़ नहीं। हमारे बेटे की माँ है लेकिन हवेली में उसके नाम का कोई पट्टा तैयार नहीं किया जा सकता। कोई नाम उस पर चस्पाँ नहीं किया जा सकता। बदरू और मासूमा की माँ है। बस !

हमारा रिज़क जिससे बँधा है उस क़ानून से भी क्या शिकायत। और इंसान से ही क्या ! ज़िन्दगी का खेल है साहिब, खेला ज़रूर जाएगा। आख़िर मुहब्बत को मुहब्बत भी क्यों न कहा जाए। एक सीधा-सादा इंसानी जज़्बा। यह भी क्यों ज़रूरी है कि एक ही रिश्ता पसरकर बन्दे की पूरी ज़मीन और ज़मीर को घेर ले ! छोटी-बड़ी पगडंडियों के बहाने क्या कुटुम्ब की ख़ाकबाज़ी पर उतर जाया जाए कि इसे चुपचाप दिल में उतार लिया जाए और किसी को कानोकान ख़बर न हो। किस .खुशकिस्मत को मयस्सर होगी ऐसी .खुशज़ौकी ! सच तो यह है कि घर-घर बीवियाँ हाल-बेहाल होती रहेंगी, शोर मचाती रहेंगी और महबूबाएँ हुस्न के ज़ोर से दिलों पर रंग जमाती रहेंगी। यूँ देखा जाए तो घिरने को हम भी घिर जाया करते हैं। तमाम पीहर, ससुराल और ख़ानदान का वजन डाल दिया जाता है सिर के ऊपर। बिरादरी के खटके-ख़तरे सो अलग।

घूँट की गरमाई, खुली हवा और .खुमारी की लहलहाट में कृपानारायण अपनी ख़्यालबन्दी पर मुस्कुराए। .खुदा जो जोड़े बना देते हैं वह ब्याहे हों या अनब्याहे—एक-दूसरे का रास्ता काटेंगे ज़रूर। इस कारगुज़ार को नाम कुछ भी दीजिए। क्या सोच रहे हैं हम भला ! जान-पहचान और नाते-रिश्ते का

सिलसिला एक-सा कैसे होगा। देखा जाए तो हमारी बीवी जो कहती है वह ग़लत नहीं। जो भी माँग ले उसका हक़ बनता है। महक बानो वह पाने की हक़दार है जो उसे हम दिल से देते हैं या जो देना चाहते हैं।

वैसे महक बानो-जैसी कोई भी हमसे कितना समेट सकती है ! कृपानारायण पहले .खुश हुए फिर परेशान ! क्या बतावें, किसी घटिया रईस की तरह हमने महक को ढंग का कुछ लिया-दिया भी नहीं। उधर स्त्री-धन के नाम बीवी के ज़ेवर-गहने सेरों में तुलेंगे।

यकायक किसी पुरानी फ़र्द का पन्ना कृपानारायण साहिब की तिजोरी के अन्दर से उनके दिल को खटखटाने लगा—खोलिए साहिब, अब तो खोल ही डालिए। हमें भी अपनी मंज़िल तक पहुँचना है।

वकील साहिब ने जैसे अपने को ही घुड़क दिया—ख़ामोश ! बेवक़्त सिर मत उठाया करें। दूसरे बखेड़े पहले ही कुछ कम नहीं। हाँ, बाबाजी बहुत कुछ सिखा गए। जो क़ायदा उनका था वही हमें अपनाना था। क़िस्सा कोताह इतना ही कि बड़े मुक़द्दमों की कमाई बीवी के हाथ और छोटे-मोटे की .खुशनुमाई घर के बाहर। आख़िर जमे हैं गृहस्थी में। बिरादरी में दबदबा है। साख है। उसके लागू किए गए क़ायदे-क़ानून से भी कैसे बाहर जाएँगे ! मर्यादा है। बाक़ी साहिब इश्क़-मुहब्बत, सो पानदान की तरह साथ लगे ही हैं।

हमारी बीवी की हिमाक़त सिर्फ़ इतनी ही कि .खुद मियाँ को उखाड़ने पर लगी हैं। बच्चों को फुसला रही हैं—मुसलमानी। मुसलमानी के बेटे ठहरे बदरुद्दीन। बड़े होकर देखिएगा इतने तेज़-तर्रार निकलेंगे कि सब भाई लोगों को क़ाबू कर दिलाराम बने रहेंगे।

बदमाश। कृपानारायण जैसे गिलास में बेटे को देख रहे हों : दावतवाले झगड़े के बाद हमारे कान में बोले—अब्बू आज तो पिट लिए हम हवेली में, पर हम भी दम्मो भाई को छोड़ेंगे नहीं। इतना आपको बताए देते हैं। आठवें दरजे के कमाल और जमाल हैं, उन्हीं से पिटवाएँगे इन्हें।

हमारे माथे पर त्योरियाँ देखीं तो सीधे हमारी नज़र टटोलने लगे—आपकी इजाज़त तो है न अब्बू !

हमने लड़के की थाह लेनी चाही। कहा—एक थप्पड़ के लिए इतनी ज़हमत ! भूल जाइए। अब छोड़िए।

बदरू कुछ देर यूँ हमारी आँखों में देखते रहे ज्यों पंचांग में नज़र गड़ाए

हों। फिर सिर हिलाकर कहा—अब्बू, ख़ाली थप्पड़ की बात नहीं, उनकी ओर से हमारी अम्मी को गाली दी गई थी।

हमें लड़के पर बहुत प्यार आया पर ऊपर से हम सख़्त बने रहे। समझाकर कहा—ग़ौर से सुनिए हमारी बात। हिन्दू को हिन्दू और मुसलमान को मुसलमान कहने में आपको क्या एतराज है साहिब !

बदरू ख़फ़गी से तमक उठे—अब्बू, यह आप कह रहे हैं ? सुना तो आपने भी था—चुप बे मुसलमानी के ! ऊपर से हमारे गाल पर ज़ोर का तमाचा।

—ग़ुस्सा थूक डालिए। इस लड़ाई-झगड़े को बढ़ाने से हमें और आपकी अम्मी दोनों को तकलीफ़ होगी।

जवाब में बदरू हमारी ओर ऐसे देखने लगे ज्यों हमारे कहने में कोई क़ाबिले-तजवीज़ बात हो ही। फिर हमारे कोट पर नज़र गड़ाकर कहा—अब्बू, हम आपकी घड़ी की टिकटिक सुनेंगे।

हमने जेब से निकाल घड़ी बदरू के कान पर रखी—कर रही है टिकटिक ?...

—जी अब्बू।

हमने ख़ुशी-ख़ुशी पाँच का नोट आगे बढ़ाया—आपको यही चाहिए था न !

बदरू शोख़ी से चहके—इसे कौन नहीं चाहे। अब्बू, हम इसे ख़र्च न करेंगे। यह तो सीधे गुल्लक में जाएगा।

—क्या करने के इरादे हैं ? कहाँ ख़र्च करेंगे ?

—यह न बतावेंगे अब्बू। हाँ, गुल्लक भरती जाएगी, भरती जाएगी।

—फिर ?

—अब्बू, यह राज़ है। किसी को भी न बताने के लिए अम्मी ने मना कर रखा है।

हमने सख़्ती से कहा—चवन्नियाँ-अठन्नियाँ हमीं से माँगी जाएँगी और हमीं से इस राज़ को पोशीदा भी रखेंगे !

बदरू की आँखें चमकने लगीं—अब्बू, आपको बताए देते हैं मगर...

—मगर क्या ?

—अब्बू इसकी एक चवन्नी और लगेगी। दीजिए तो बताएँ !

मन तो हुआ बच्चे को चूम लें पर रुखाई से हमने एक और सिक्का

निकाल हथेली पर रख दिया।

—अब्बू, इन पैसों से विलायत जाएँगे पढ़ने के लिए।

हमने फ़ौरन मज़मून बदल दिया—आपको इनाम किस चीज़ का दिया गया है, इतना तो मालूम है ?

—'रीछ का बच्चा' तरन्नुम से गाने का।

—शाबाश !

—अब्बू, आपको एक सिक्का और देना होगा।

हमारे माथे पर बल पड़ गए। बदरू कान में कुछ कहने के लिए हमारी गर्दन पर झूल गए—अब्बू, मासूमा आपा के लिए याद दिला रहे हैं। नज़्म तो हमने अकेले न पढ़ी थी। दोनों ने मिलकर गाई थी न ! हम अकेले कैसे हज़्म कर लेंगे ? आपा को हिस्सा तो देना ही होगा।

हम मन-ही-मन इस चतुराई पर ख़ुश हुए। रुखाई से कहा—आपा को बुला लाइए। हम मासूमा को ही देंगे।

बदरू लपककर गए और बहन को साथ ले आए।

हमने मासूमा की ओर सिक्का बढ़ाया तो शरमाकर बोली—ज़रूर बदरू ने सिफ़ारिश की होगी।

हमें जाने क्यों यह बात न भाई। पूछा—ऐसा क्यों सोचा ?

मासूमा कुछ देर चुपचाप देखती रही फिर अजीब खिंची-सी आवाज़ में कहा—आपसे अब्बू, हमें पहली बार मिल रहा है। इसके पहले तो आपने हमें कभी दिया ही नहीं।

—क्या आपने माँगा ?

—नहीं अब्बू।

लड़की की आवाज़ में जाने क्या था कि हम अन्दर-ही-अन्दर सर्द पड़ गए। कुछ ग़लत नहीं कह रही मासूमा। अचरज भी हुआ कि इसके पहले हमने बदरू के साथ-साथ लड़की को भी क्यों नहीं दिया।

हमने एक दस का नोट मासूमा को देकर कहा—बताइए, इसकी कितनी चवन्नियाँ बनेंगी ?

—चालीस अब्बू !

—यह रखिए, सिर्फ़ आपके लिए हैं। इसमें बदरू का कोई हिस्सा नहीं।

बदरू चहके—आपा जो पहली चवन्नी अब्बू ने आपको दी सिर्फ़ वह हमें

दे डालिए।

—अब्बू, आपने मना किया है न और यह अभी हमसे माँग रहे हैं।

—अब्बू, हम तो ख़ास अपना ही हिस्सा माँग रहे हैं, वह पहली चवन्नी। वह तो हमारी ही हुई न ! हम आपको आपा की याद न दिलाते तो इन्हें क्या दस रुपए मिलते ! वह चवन्नी तो हमारी ही है।

बदरू की बात में कुछ था कि हम और मासूमा दोनों हँसने लगे।

मासूमा ने चवन्नी भाई की ओर बढ़ा दी।

—अब तो .खुश हैं !

—हाँ, मगर आप से कम ! अब्बू ने आज तो आपको बहुत दिया।

दोनों बच्चे उठकर चले गए तो बैठे-बैठे सोचते रहे कि .खुदा की क़ुदरत है कि इस ख़ानदान की सब ख़ूबियाँ बच्चों में मौजूद हैं। ज़हीन, दूरअन्देश और अपने मतलब से गज़ब की नक्शबन्दी करने में माहिर। कुटुम्ब प्यारी के चाहने के मुताबिक़ कहाँ मुमकिन है कि इस तरोताज़ा हवा पर अपने दिल का कपाट बन्द कर लिया जाए।

एक ग़लती कर डालने के बाद हम दूसरी भी करने को क्यों मजबूर हों ? हमने बीवी को जिया है और महक बानो को भी। फ़र्क़ चाहने में नहीं चाहत में है। उसके रंग में। यह हक़ीक़त हमारी बीवी को समझ नहीं आती। हज़ार झाड़-फ़ानूस लगा लीजिए, घर तो घर ही रहेगा। जो घर नहीं, वहाँ बच्चे भी हों तो भी घर तो न बन जाएगा। क़बीले की मर्यादा ने घेर रखा है ज़िन्दगी को। कोठों, छज्जों और डेरों को भला घर का नाम कैसे दीजिएगा। मगर कुटुम्ब ने डाह में सबकुछ उघाड़कर रख दिया। सभी बातें करने की भी कहाँ होती हैं ! कुछ को देखकर ख़ामोश रहा जाता है। कुछ को नज़रअन्दाज़ कर दिया जाता है। कुछ को मंज़ूर कर लिया जाता है। आप बनी रहिए गृहस्थी की मालकिन। आपको हमारी कारगुज़ारियों से भी भला क्या लेना ! आख़िर को हम मर्द हैं ! छोटे-मोटे गुनाहों पर क्या ख़ाक उड़ाती जाइएगा ! इन्हें अब कैसे बतावें—महक के यहाँ न वायदों के टंटे-बखेड़े हैं, न झूठी-सच्ची ज़फ़ाओं की वफ़ाओं के। वक्त के लिए वक़्त की .खुशनुमाई ही तो। वही कशिश है जो हमें वहाँ खींचे ले जाती है। महक-जैसी औरत भला हम पर क्या हावी होगी ! चल रही है क्योंकि चल निकली थी। खेल हैं सितारों के !

मासूमा पहुँची तो जाने क्यों हमारे दिल में लुके-छिपे पछतावे ने सिर

उठाया। घर की तनातनी में तूफ़ान आने के पूरे आसार तो थे ही। पर महक का अन्दाज़ कुछ ऐसा कि तुम जहाँ के हो वहाँ के हम भी हैं। क़ायदे-लिहाज़ से अपना वक़्त निकाल लिया।

जितना-भर करना ज़रूरी था कर दिया गया। अस्पताल का ख़र्चा, फल, मिठाई, चाँदी की पाज़ेबें और दो-तीन गर्म जोड़े महक के। सरदी के दिन थे ही, पर बच्ची के छोटे-मोटे कपड़ों के अलावा कुछ बन-बना न सका। एक बार तो मन में आया, छुन्ना से कहकर कुछ ढंग से कर-करा दें, पर जाने क्यों झिझक गए।

महीने-डेढ़ के बाद एक शाम पहुँचे तो महक बानो बड़े चाव से बच्ची के छोटे-छोटे कपड़ों का ढेर उठा लाई।

—आपकी बेटी के लिए हमने सब अपने हाथ से बनाए थे।

हमने सरसरी नज़र घुमाई और ख़ामोश बने रहे। सोचा—इन्हें बेटी तो हो गई मगर दोहरे दालान में हमें यही तो उठाना होगा कि हमीं इनके बाप हैं।

महक जैसे हमारे मन के अन्दर को भाँपती हो।

—परेशान न होइए। पाँच-पाँच रख दीजिएगा तो बब्बन और मामा .ख़ुश होंगे। दुआ देंगे।

हमने वैसे ही किया मगर कुछ उखड़-से गए। उठकर कहा—कमरे पर काम का ढेर पड़ा है। चलें।

ख़याल था महक की ओर से कुछ नुक़्ताचीनी, शिकायत होगी पर महक ने तो हँसकर हमें झोंका-सा दिया।

—आप अपनी छब दिखला गए ! इतना ही क्या कम !

लगा ऐसे ज्यों हमारी समझदारी के ख़िलाफ़ कुछ कहा जा रहा है।

महक नासमझ नहीं। मुरव्वत और लिहाज़दार है। इशारे में कुछ तो कहा ही गया। कुछ ठीक-सा तो न हुआ।

—कुछ मेवा-बादाम तो ले रही हैं न ! गाजर का मुरब्बा भी अच्छा है।

महक ने बच्ची को उठाकर चूमा और आवाज़ में कतरनों की झालर-सी बनाकर कहा—खाएँगे क्यों नहीं साहिब, मर्तबान भरे रखे हैं।

हमने बच्ची को थपथपाया और बिना कुछ कहे नीचे उतर गए। कमरे में पहुँचे तो काम में दिल न लगा। बेचैनी-सी रही। मुंशीजी को समझा-बुझा

हम नेत्रचन्द के यहाँ जा बैठे।

दो-तीन पीकर गरमाए तो दोस्त को हालचाल बताए और उनसे सलाह माँगी। नेत्रचन्द इस महकमे के पुराने तजुर्बेकार !

—हज़ूर, कम-से-कम आपकी ओर से तो यह ज़्यादती न होनी चाहिए थी। पंजीरी हलवाई के यहाँ से ही भिजवा दी होती ! बच्ची और बच्ची की माँ का बराबर हक़ बनता है साहिब। उनका लाड़-चाव तो होना ही चाहिए। बेगम साहिबा हरी हुईं। आपकी बदौलत इस जहान में एक नई जान क़ायम हुई—ढंग से इस्तक़बाल तो होना ही चाहिए।

नेत्रचन्द ने जाम ताज़ा किया और हँसकर कहा—हज़ूर, आपको तो बेटी चाहिए ही चाहिए थी। ऊपरवाले की मेहर से लड़कों से घर भरा है। हज़ूर, बहानेबाज़ी न कीजिए। पुरतकल्लुफ़ दावत दीजिए। कतराइए नहीं। यह तो मौसम के जुलूस हैं।

हमने नेत्रचन्द का हाथ दबाया—जियो दोस्त, तुम्हारी सोहबत से तो आदमी जीने लगता है।

चलने से पहले हमने नेत्रचन्द को चाँदी की थाली, कटोरी, चम्मच, गिलास और महक के लिए मोतियों की दो लड़ी माला भिजवा देने को कह दिया।

अगली शाम अदायगी के लिए दरीबा पहुँचे तो नेत्रचन्द गद्दी पर बैठे थे। ख़रीदारों से घिरे थे पर हमें देखकर कहा—हिसाब होता रहेगा। पहले पसन्द तो करवाइए। हाँ, हमने एक गिन्नी और जोड़ दी थी। कुछ तोहफ़ा-सा तो लगे।

हमने नेत्रचन्द के गुणों को सहारा। दोस्त आदमी हैं। दोस्ती निभाना जानते हैं।

हम मोती बाज़ार से होते हुए जा पहुँचे माँ और बेटी के पास। नीचे गली में बच्ची के रोने की आवाज़ आ रही थी। धक्का-सा लगा। कल क्या बचपना कर रहे थे हम ! इस रुलाई से तो सारी कहानी ही चिड़ियों की तरह जहान में चहचहाने लगती है। अब भला किससे छिपना और किससे छुपाना। एक ज़िन्दा जान सबूत बनकर दुनिया में क़ायम हो चुकी।

ऊपर पहुँचे तो मामा बच्ची को गोद में लिटाए डुला रही थी और महक बैठी-बैठी डलिया में कपड़ों की तह जमा रही थी। माँ के बदले बच्ची के गले में मोतियों की माला दमक रही थी। देखकर दिल में प्यार-सा उमड़

आया। महक की ओर मुड़कर कहा—देखिए, हमारे हाथों में आते ही रोना बन्द।

महक ऐसी ज्यों किसी बात का उन्हें अचरज ही न हुआ हो। हँसकर कहा—बोलना सीख लेंगी तो आपकी तारीफ़ में .खुद ही कुछ कहेंगी।

हमने हुमककर कहा—हमसे ज़्यादा तो माँ-बेटी में घुले-छनेगी।

—साहिब, अपने अब्बू के रौबदाब को कैसे नहीं पहचानेगी !

वकील साहिब ने बच्ची को हौले से खटोले पर लिटाया और कुर्सी महक के पास खींच ली।

महक ने पानदान खोला और पान पेश किया—इस बार का चूना गुलाब जल में भिगोया गया है।

गिलौरी मुँह में डाली तो गुलाब की महक से तर थी। .खुश होकर सोचा—शुक्र है .खुदा का कि कमरे से उठ नेत्रचन्द की ओर हो लिये, नहीं तो शायद महीनों इधर न आते।

हम देर तक अटके रहे। बानो से कुछ छेड़छाड़ करना चाह रहे थे कि महक ने हाथ रोक दिया और .खुशी-.खुशी हमें चूमकर कहा—कुछ दिन हमें हमारी बिटिया की हाज़िरी में रहने दीजिए। इतने में आप दुल्हन की सुध लीजिए।

सुनकर हमें कुछ भी अटपटा नहीं लगा। उल्टे अपने पर कुछ रुआब-सा छा गया।

उस रात घर लौटते हुए हमने कुटुम्ब के लिए खुरचन रखवाई और साथ लिये मोतिए के गज़रे।

सर्दियों की हवाएँ और टुकड़ों-टुकड़ों में बँटा यह वक़्त अजीब मोहकपने से आँखों में झिलमिलाता रहा। यही तो ज़िन्दगी है। .खुद ही लुभाती है और आप ही खिलाती है। खेलनेवाला खेलता रहा है। बिना सोचे-समझे ही खेल जाता है।

ड्योढ़ी में क़दम रखा तो कुटुम्ब और महक के मुखड़े मिल-जुलकर हमारी छाती में जा घुसे और नीचे की ओर सरक गए।

ऊपर अवध की बैठक में अभी रोशनी थी और हँसी-खेल के शोर गुँजान

थे। सोचा—गनीमत है कि हवेली के अन्दर जिस-तिस के ज़ीने न हुए। घर-गृहस्थी का निज़ाम ही दरहम-बरहम हो जाए ! हमारे बुज़ुर्ग हमसे कहीं ज़्यादा इन ख़तरों को जानते-बूझते रहे होंगे।

ड्योढ़ी को पार करते ही कृपानारायण जैसे इस हवेली की पुरानी ईंट बन गए। शाम का टुकड़ा फिसलकर जाने कहाँ जा गिरा। अपने कमरे की ओर बढ़ते हुए लगा सबकुछ सही-सलामत है। कमरे की बत्ती जलती थी। आहट पा कुटुम्ब ने करवट ली, घंटे की ओर देखा और आँखों पर बाज़ू की ओट ली। रुसवाई। मियाँ-बीवी के बीचवाले फ़ासले तय तो करने ही होंगे।

अगले दिन लगनेवाले मुक़द्दमों की क़तार आँखों में मिचमिचाने लगी। कृपानारायण ने गिलास में एक बड़ा ढाला और काउच पर बैठे-बैठे सोचने लगे कि साहिब इंसान की दाद दीजिए। अर्क़ खींच आब को शराब बना दिया। दिल और दिमाग़ की क़ैद से जिस्म को आज़ाद कर दिया।

बाबाजी सुरंग की ऊँचाइयों से पास आन उतरे। जब पहली बार गिलसिया हाथ में दी तो बोले थे—कृपा, तुम्हें प्रसादी दी जा रही है। एक ही घूँट में पीनी होगी।

भला हम भी बाबाजी से काहे कहते कि हम पहले ही चख चुके हैं। हमारे उस्ताद भी कौन कम थे। शहर-भर के छैला दिलराज बहादुर।

हमने गिलसिया उठाई और क़ायदे से बाबाजी के घूँट भरने का इन्तज़ार करने लगे। बाबाजी लाड़ से हँसे। हमें गिलसिया ख़ाली करते देखकर कहा—कृपा, सिर में कुछ चक्कर-सा तो नहीं आया ?

—जी नहीं...

बाबाजी ने पीठ थपथपाई। बहुत अच्छे ! हमेशा याद रहे, क़ायदे से यह अमृत है और बेक़ायदगी से शराब।

ख़यालों ही ख़यालों में पीढ़ी सरक गई। बड़े बेटे राजनारायण दीखे।

कुटुम्ब से कहा—सुनिए, आपके बड़े शाहज़ादे साहिब अभी सोए तो न होंगे। ज़रा आवाज़ दीजिए उन्हें। कुछ बातचीत ही हो।

—बाप की तरह रात-रात-भर बाहर रहने की लत न लग चुकी होगी तभी अपने कमरे में मिलेंगे इस वक़्त !

बीवी की आवाज़ में वही पुरानी दहक, वही तल्ख़ी। हम परेशान हुए।

उठकर पास गए। लिहाफ़ उठा कुटुम्ब का माथा छुआ और हल्के-फुल्के अन्दाज़ में कहा—मर्द के बच्चे हैं, ज़रा उन्हें भी मौज करने दीजिए।

कुटुम्ब ने हमारा हाथ झटक दिया—रज्जो की कसम जो आपने हमें छुआ।

हम मनाने लगे—आज न छोड़ेंगे। बुलाइए किसी को इमदाद के लिए। देखें आपके कौन-से देवर मदद पर आते हैं।

हमने गुदगुदी की—याद है गौने के बाद जब आप पहले फेरे आईं तो ताईजी ने हम दोनों को कितना सताया था। हम जैसे ही क़दम उठाएँ, कहें—कृपा, दुल्हन को गोद में उठाकर अन्दर ले जाना होगा।

कुटुम्ब को पाने के लिए झुके ही थे कि धुएँ में से चिंगारियाँ-सी निकलने लगीं।

—आप तो अब भी अपने को दूल्हा ही सनझते रहते हैं। इस उम्र में भी ताक-झाँक करने को गली-गली मारे फिरते हैं।

बिछौने की तान-तन्हाई ऐसी टूटी कि जैसे भरा जाम हाथ से छिटककर फ़र्श पर जा गिरा हो। दिलों को फफूँदी ऐसे ही लगा करती है। बीवी होने की सभी अलामतें-सलामतें एक साथ सिर पर सवार हैं। आए दिन वही। सिर्फ़ हमीं से नहीं। सास-ननद, देवरानी-जिठानी सबसे यही तेवर। कभी इस करवट, कभी उस। बउआजी से रुसवाई हो तो ताईजी से मुहब्बत जग जाती है। अवध की बीवी से बहनापा तो सरताज की घरवाली से वैर। छुन्ना का सुहाग जाता रहा पर उससे भी यही शिकायत कि उसने बड़ा कमरा क्यों हथिया लिया। मुरारी पहले इनके ख़ासे चहेते थे, आजकल बोलचाल बन्द है। कुनबों में साथ-साथ रहने के लिए तालीम हुआ करती है। इनका आवा ही दूसरा है। कपड़ा-गहना, बच्चे, नौकर-चाकर, किसी चीज़ की कमी नहीं। पर यह हैं कि हर वक़्त ग़ुस्से में झुम्मा-झूम।

महक के यहाँ ऐसा कोई खेल हमें नज़र नहीं आता। हम हफ़्तों न जाएँ, महीनों शक्ल न दिखाएँ मगर वहाँ ताने-तिराने कुछ नहीं। हमारी ओर से कुछ कर दिया गया तो बहुत अच्छा, कतरा गए तो कोई तानाज़नी-उलाहना नहीं। यहाँ तो बस एक ही रट, एक ही छीछालेदारी। बार-बार वही कि साहिब आपने हमें बताया क्यों नहीं।

क्या बचपना है ! इनसे कहते कि आप थाली परसिए और हम उन्हें

मिलकर आते हैं जिनके हुस्न और सलीक़े में हमारी रूह फँसी पड़ी है।

मियाँ को अपना दबदबा बरकरार रखे बैठे देखा तो कुटुम्ब का कलेजा फड़कने लगा। चीख़कर कहा—जिस दिन से ब्याहकर आए हमने ख़ानदान की ख़िदमत की, इसकी इज़्ज़त सिर पर उठाई पर आपने हमें दुखियारी क़रार करके ही दम लिया। बिरादरी-भर में बदनाम कर दिया।

वकील साहिब ने कड़ी आवाज़ में कहा—जो दुनिया-जहान की बहू-बेटियों के पेश आती हैं वही तो आएँगी। बताइए, इसमें हम क्या कर सकते हैं ?

कुटुम्ब का तन-बदन फुँकने लगा। उठकर कुर्सी के पास जा खड़ी हुईं। कई देर उन्हें हिक़ारत से देखती रहीं फिर जाने कहाँ का पागलपन सवार हो गया।

—हमारा गला घोंट दीजिए। आप ऊँचे वकील हैं। साफ़ बच निकलिएगा।

—ख़ामोश !

कुटुम्ब प्यारी और तड़पने लगीं—उस बाज़ारू औरत से आपके दो बच्चे हैं और आपने हमें ख़बर तक न होने दी।

कृपानारायण बीवी को ऐसे देखते रहे ज्यों कमरे में फूहड़पन हो रहा हो। उठकर गिलास ताज़ा किया और घूँट भरकर कहा—हम आपके कान में कहते कि जाइए उनकी जच्चगी में हाथ बँटाइए। सुनने का हौसला है आपके पास ?

कुटुम्ब ने लपककर मेज़ पर से बोतल उठा ली।

—क्या अवा-तवा बोले जा रहे हैं ! आपको चढ़ गई है।

—हूँ। तो चढ़ने की ख़बर है आपको। ज़माने हो गए इस घर में आए जहाँ हर अच्छे काम के लिए, यहाँ तक कि पूजा की प्रसादी के लिए भी इसकी ज़रूरत होती है। पीहर में क्योंकि आपके भाई लोग पीते नहीं सो यही तकिया कलाम कि शराब पी जा रही है। शराब सिर को चढ़ गई, शराब में दौलत फुँक गई है—इसी शोर-शराबे की हवा बाँध रखी है। दिल पर हाथ रखकर कहिए कि कभी इस हवेली के मर्द को आपने पीकर लड़खड़ाते, लड़ते-झगड़ते देखा है ?

—देख ही रहे हैं कि आपकी मरदानगी के पीछे ख़ानदान की इज़्ज़त-आबरू कैसे ख़ाक में मिली जा रही है।

वकील साहिब के माथे पर शिकन न आई। ठंडे गले से कहा—ज़रा और ज़ोर से बोलिए ताकि आपकी जुबानी घरवाले पूरी दास्तान सुन सकें।

वकील साहिब की ओर से हर रास्ता बन्द पा कुटुम्ब प्यारी ने साड़ी का पल्ला मुँह में भींच लिया और हिचकियाँ ले-ले रोने लगीं।

कृपानारायण ख़ूब जानते थे कि उनके भाई-भौजाई, छोटे-बड़े भतीजे, बहनें, भाँजे-भाँजियाँ और ख़ुद उनके अपने बेटे जगे हैं और साँस रोके पड़े हैं। पूरा कुनबा मचल मारे हुए है। बीवी के बहाने उनके अपने रुआब और दमख़म का इम्तहान है। कुछ ऐसा तेवर लिया जैसे जिरह करते हों।

—रज्जन की कसम है आपको, सच-सच कहिए, क्या यह बात आपको आज पहली बार मालूम हुई ?

कुटुम्ब बौखलाई—जब भी मालूम हुई हो, हमारे बर्दाश्त के बाहर है।

वकील साहिब ने बड़े दाना अन्दाज़ में कहा—आपको जानने का हक़ है। आप हमारी बीवी हैं। जो चाहे पूछिए।

—कुछ साल हुए जब यह बिरादरी से चली थी कि...

—रुकिए नहीं, हम सुनने को तैयार हैं।

कुटुम्ब के सब धीरज-हिम्मत ढह गए। बेचारगी से कहा—दूसरी औरत से आपके बच्चे हैं। सारा चीराख़ाना आ-आकर हमसे कहता था पर हमें यक़ीन न आता था।

कृपानारायण ऐसे बोले जैसे शहर-भर को मुख़ातिब हों—जो हुआ न हुआ होता तो अच्छा होता। लेकिन हो ही गया तो कुछ नया नहीं हुआ। हो जाता है तो मंजूर कर लिया जाता है।

—सुनते हैं कि हौज़क़ाज़ी का मकान उनके नाम लिख दिया है।

—आज की तारीख़ में नहीं मगर अब लिख दिया जाएगा।

—नहीं, आप ऐसा क़तई नहीं करेंगे।

—हम वही करेंगे जो इन हालात में मुनासिब होगा। उन्हें घर देना हमारा फ़र्ज़ है।

चुपचाप पड़े-पड़े सुननेवालों के दिल उछलने लगे। वाह साहिब, ख़ूब रही। ख़ानदान में यह रंगारंगी कब से चल रही थी और हमें मालूम न था।

छुन्ना बुआ ने यह फुसफुसाहट सुनी तो भाई के तेवर से ही सबको एकबारगी काट दिया।

—कभी तो सच बोला कीजिए। है कोई घर में जिसे मालूम न हो ! भाभी की बात छोड़िए। उन्हें तो हर बार परचा ताज़ा करने को किसी-न-किसी बात पर तूल देना ही होता है। हर बार ऐसी ख़फ़गी एक-न-एक गहने पर टूटती है।

उस रात देर गए वकील साहिब पाक-साफ़ दिल से बीवी की बगल में लेटे तो थपथपाकर उसका ढाढ़स बँधाया—देखिए, ऐसी बातों को आए दिन छेड़ा नहीं जाता। अगर छिड़ ही जाएँ तो उनसे उलझा नहीं जाता। होनी बड़ी बलवान है। बेबस है आदमी उसके सामने।

कुटुम्ब प्यारी की सिसकियाँ तेज़ हो गईं तो समझाकर कहा—उनसे हमारा आए दिन का संग-साथ नहीं। महीनों उधर मुँह नहीं करते मगर वक़्त है कि उलझाए चला जाता है। जो भी है और जैसे है, हालात का सामना तो हमीं दोनों को मिलकर करना है।

कुटुम्ब की सिसकियाँ उनकी छाती से लग ख़ामोश हो गईं तो कृपानारायण अपनी आँखों में महक बानो के हँसते चेहरे को उतार-उतार लाए। फबन, वह हँसी, और वह निखार !

उतार के .ख़ुमार में आँखों में कोई नज़ारा-सा उभर आया। देखा जामा मस्जिद पर सावन की घटा छाई है और मोटी-मोटी पनीली बूँदों के साथ कहीं से टपक पड़े हैं बदरू और खेल रहे हैं महक की गोद में।

उस शाम कमरे पर मुवक्किलों की भीड़ थी। उमस और गर्मी से बचने को किसी ज़रूरी काम के बहाने कमरे से उठ खड़े हुए और घूमने निकल गए। सिर कुछ भारी था और दिल में कोई अनजाना-सा डर। लगा जैसे हम कुछ ढूँढ़ रहे हों। किसी मुक़द्दमे का पेंच, किसी भूले-बिसरे यार-दोस्त का घर या किसी मशहूर टप्पा गानेवाली का ज़ीना। समझ न आया कि आज शाम आख़िर इतनी फड़क-धड़क से हम क्या पाना चाहते हैं। कहाँ पहुँचना चाहते हैं।

लाल क़िले के सामने चलते-चलते हम घटा मस्जिद की ओर उतर गए। वहाँ पहुँचते ही जैसे कुछ साफ़-सा दीखने लगा। किसी आवाज़ ने घुड़ककर

कहा—क्या कर रहे हो कृपा ! तुम्हें किस ओर जाना है यह तुम बख़ूबी जानते हो। ऐसे वक़्त पर हालात से नुक़्ताचीनियाँ नहीं की जातीं। यह आँखें चुरा लिये जानेवाला खेल नहीं। इज़्ज़तदार ख़ानदान के कर्ता-धर्ता होने की हैसियत से एक कमज़ोर आवाज़ ने दिल पर दस्तक दी—किसी ग़ैरमामूली वजह से ऐसे मौक़े से कतरा जाना भी इतना ग़लत तो नहीं।

हमने अपने ही अन्दर छिपे बैठे इस झूठे गवाह की आवाज़ को घुड़क दिया और मछलीवाले की ओर बढ़ गए।

फाटक से अन्दर दाख़िल ही हुए थे कि देखा मुंशीजी बाहर निकल रहे हैं। लपककर हमारे पास आए, बन्दगी की और कहा—हज़ूर मुबारक हो। चार बजकर आठ मिनट पर साहबज़ादे पहुँचे हैं। माँ और बच्चा दोनों ख़ैरियत से हैं।

हमने जेब में हाथ डाला और मुंशीजी की ओर बढ़ाकर कहा—घर मिठाई ज़रूर ले जाइए। घंटेवाले के मोतीचूर के लड्डू पकड़ लीजिएगा।

—जी साहिब !

बरामदे में रहमत बी मिलीं। साथ मासूमा थी। हमने लाड़ से बेटी को थपथपाया।

—हज़ूर मुबारक हो। हमारा गहना तो ऊपरवाले ने घड़वा दिया। अल्लाह दे और बन्दा ले।

अन्दर पहुँचे। बानो और बच्चे को देखा। जाने कैसे हुआ कि उस एक लम्हे में काफ़िर से मुसलमान हो गए और मुसलमान से अपने बेटे के बाप। चाहा महक के कान में कहें—मुझे शराब पिला और यह कहकर पिला कि यह शराब है। अब छिपाकर न पिला इसलिए कि अब खुलकर पीना मुमकिन है।

हम लोहे के पलंग के पास खड़े-खड़े सोचते रहे—क्या हमारे मन की बात महक तक पहुँची ! महक की आँखें हमारे चेहरे पर टिकी रहीं मानो हमसे कहती हों—वकील साहिब, यह जहान जीनेवालों की ड्योढ़ी है। ऐसे मौक़ों पर फ़िक्र और ग़म का क्या काम।

हम देर तक बानो के हाथ पर हाथ रखे रहे। हमारी आँखों में .ख़ुशी की टपकन देख महक वैसे ही मुस्कुराई जैसे बेटों के जन्म पर कुटुम्ब मुस्कुराती रहीं।

लौटते में हमने बड़ी टोकनी में घंटेवाले से मलाई के लड्डू रखवाए और त्यौहार की-सी डोर से बँधी चौड़ी पिटारी लिये घर पहुँचे।

इस बार हमारा फ़ैसला था कि घर-भर को .खुशख़बरी दे दी जाए। पिटारी बीवी की ओर बढ़ाई कि उसने अपनी आदत के मुताबिक़ टोककर कहा—इसे तो किनारे रखिए। जल्दी से खाना खाइए, हमें आगरा जाना होगा। ख़बर आई है बाबाजी की हालत अच्छी नहीं।

हमने हल्केपन से कहा—पहले मीठा दीजिए सबको। जाने की बाबत बाद में सोचा जाएगा।

कुटुम्ब न उठीं, न हाथ बढ़ाया। गुस्ताख़ आँखों से हमें घूरती रहीं।

इन तक ख़बर पहुँच चुकी लगती है। हमने पिटारी उठाई और बउआजी के कमरे की ओर बढ़ गए।

बउआजी आरती कर बाँकेबिहारी के आगे सिर नवा रही थीं। पलटीं तो हमें देख .खुश हुईं—आओ कृपा, लो प्रसाद लो!

हमने टोकनी आगे बढ़ा दी तो सिर हिलाया—बेटा, यूँ तो दिन के सपनों की कुछ ठीक नहीं होती पर आज तो सच होकर ही रहा।

—वह कैसे ?

—दुपहर ऊँघ गई थी। तुम्हें घंटेवाले की दूकान पर खड़े देखा। क्या इसमें मलाई के लड्डू रखवाए थे ?

—हैं तो मलाई के लड्डू पर अचरज तो यह है कि आपको कैसे भान हो गया !

—कृपा, मैंने तो सपने में ही देखा। कुछ अच्छी ख़बर आई होगी। क्या कोई बड़ा मुक़द्दमा जीता है ?

वकील साहिब का दिल तो ऐसा हुआ कि कुछ देर माँ के पास बैठ उन्हें उनके पोते के आने की ख़बर दें पर छुन्ना को दरवाज़े पर देख इरादा बदल लिया। उठकर अपने कमरे की ओर चले गए।

छुन्ना बीबी ने प्रसाद के पाँच लड्डू निकाल पिटारी भाभी के यहाँ भिजवा दी। देखकर कुटुम्ब का जी उबलने लगा। दोनों भाई-बहन मौक़ा-ब-मौक़ा हमारी तौहीन करने में कोई कसर नहीं छोड़ते। दम्मो-पम्मो ने पिटारी खोली और दो-दो उठाकर खा लिये तो कुटुम्ब ने पिटारी उठा थाल में पलट दी। दिल-ही-दिल कहा—सारा ख़ानदान मुँह मीठा करो। यह मुक़द्दमा जीतनेवाली

मिठाई नहीं। ज़रूर हमारे बेटों का शरीक पहुँचा है। रज्जो, दम्मो, पम्मो के पहुँचने पर बाबाजी भी तो ऐसी ही टोकनी उठाकर लाते रहे।

कुटुम्ब को कुछ न बोलते मगर खौलते देखा तो वकील साहिब बीवी से बोले—खाना ज़रा जल्दी तैयार करवा दीजिएगा। हमें इलाहाबाद जाना है। सूटकेस में एक ही दिन का सामान रखिएगा।

कुटुम्ब ने मिन्नत की—हमारा आगरा जाना ज़रूरी है।

—रज्जो को साथ लेती जाइए। हाईकोर्ट में हमारी तारीख़ है।

कुटुम्ब ने बड़ी भेदक नज़र से मियाँ को टटोला। इनके तेवर न छुन्ना बीबी वाले हैं और न ही बउआजी के कमरे से उभरे हैं। देखें, हज़रत जाते कहाँ हैं। स्टेशन पर कमरा तो नहीं ले रखा ! दिल में कोई और नया मेहमान आ टिका हो ! किसी हसीना के दीदार पा गए होंगे ! इसी की लत लग गई, नहीं तो इस उम्र में यह शोख़ी !

वकील साहिब ने अवधनारायण को आवाज़ दी—जोड़ी-हारमोनियम लेते आइए। कुछ गाना-बजाना और शेरो-शायरी हो जाए। सबको बुला लीजिए। अभी हमारे पास हैं दो-ढाई घंटे।

फिर कुटुम्ब की ओर मुड़कर कहा—आज तो तली मछली पर तबीयत है।

कुटुम्ब का चेहरा तपते हुए देखा तो बड़ी मुलायम आवाज़ में कहा—आगरा जाने का तो कल पर ही रखिए। रज्जो साहिब की छुट्टी होगी। वह आपको ले जाएँगे।

कुटुम्ब ने आख़िरी चुनौती दी—लौटते में तो आगरा रुकिएगा।

कृपानारायण जैसे किसी पेंच पर ठिठक गए। कुछ सोचते रहे, फिर सिर हिलाकर कहा—मुश्किल है। इन्तज़ार न कीजिएगा।

कुटुम्ब चुपचाप चौके की ओर चली गईं।

वकील साहिब जाने क्यों बीवी के पीछे-पीछे चौके तक गए जैसे कोई राज़ की बात कहनी हो।

—सुनिए, मछली तलने में अलकस लगता हो तो पकौड़ियाँ सेंक लीजिए। अपनी सहूलियत देखिए।

कुटुम्ब प्यारी के चेहरे पर दीवारवाली कलई पुती रही। न वकील साहिब की ओर देखा और न ही जवाब दिया।

मछली के टुकड़ों पर नमक बुरका और सिल-बट्टे पर अदरक-लहसुन पीसने लगीं।

दो-चार चोटें दीं, हल्दी-मिर्च डाले और लहसुन-प्याज़ चीरने पर लग गईं। प्याज़ की तीखन आँखों में से बहने लगी।

महाराज बहूजी से आँखें चुराए रहा। क्या कहा जाए ! बड़े घर और छोटे दिल।

4

किसे ग़लतफ़हमी होगी कि सालगिरहवाली दावत में उठा झगड़ा-फ़साद रफ़ा-दफ़ा हो चुका। जी नहीं, भाभी यह नौबत न आने देंगी। उनकी कलफ़ लगी सरसराती साड़ी तक बौखलाई रहती है। दद्दा की .ख़ुदमुख़्तारी बार-बार चरखी पर चढ़ती ही रहेगी। बच्चों की बात को ऐसा तूल दिया कि वकील साहिब को घुमाकर रख दिया। बीच में खड़ी दीवार भहराकर गिरने को हो गई। कभी-कभार तो बदमिज़ाजियाँ भी रंग लाती हैं। खँजरी और डफली का खेल है। एक बार कलेजेवाला चूल्हा भख़ गया तो जो भी पका लो। मीठा चावल, भुनी खिचड़ी, पुलाव, कोरमा, परसन्दे। परसन्दे ही तो गोद-गोदकर नर्म किए जाएँगे। भला कौन-सा कमरा है हवेली का जहाँ भाभी का डाह-पुराण न पहुँचा हो ! वहीं तेवर चढ़ाए मोमगरों के छत्ते को घूर रही हैं। झपटकर कमरे से बाहर चली जाना और फिर भड़ाक से दूसरों के मुँह पर दरवाज़ा बन्द करना। मर्ज़ लाइलाज है। फ़राशख़ानेवाला पत्थर गले में लटका लिया। वही।

जब तक मेरे दम में दम है तुम्हें कलेजे से लगाए रखूँ।

पूछिए भला, लोमड़ी अपने कोटर में क्या से क्या मिलाएगी। शिकायत सच्ची है तो मियाँ से ढंग से बात कीजिए। हर बार एक-न-एक गहने पर न अपना ईमान तोड़िए, नहीं कोई सूरत निकलती तो किनाराकशी कीजिए। ददूदा भी कुछ समझेंगे कि आप सिर्फ़ ग़ुस्साई नहीं रहतीं, कुछ महसूस भी करती हैं। यूँ देखें तो ददूदा-जैसों के लिए इधर का पेंच-पुर्ज़ा उधर घुमाना क्या मुश्किल ! मर्द ठहरे। दोनों जहान अपने हाथों में क़ाबू किए हैं।

उस रात देर गए ददूदा को अपने दरवाज़े पर देख हमारा माथा ठनका। फिर धकापेल शुरू हो गई। हैरानी छिपाने को कहा—ददूदा, क्या बनारसी पत्ता चाहिए ?

—नहीं बउआजी को जगाना होगा। सो गईं क्या !

हमने बउआजी को हिलाया—ज़रा उठिए, ददूदा आपसे बात करेंगे।

बउआजी के हाथ-पाँव बिस्तर में सिकुड़े पड़े थे। उठने को हुईं फिर बैठ गईं।

—कृपा, यहीं चले आओ। बुढ़ापा है, पाँव सो जाते हैं।

ददूदा अन्दर आए। चेहरा कसा पड़ा था।

—हमसे कहा जा रहा है कि जो जड़ाऊ कंगन बदरू के होने पर महक को दिया गया था, वह उनका है और उन्हीं को मिलना चाहिए।

—अह-अह, अब यह क्या छिड़ गई। जिसके पास है वह उसी का है।

ददूदा तेवर चढ़ाए हमारी ओर देखते रहे। फिर हमीं से जवाबतलबी की—उन्हें मालूम कैसे हुआ ? आप ही लोगों से कुछ बात हुई होगी।

हम तुनक गए।

—ददूदा, हम तो आपसे आज पहली बार सुन रहे हैं, बउआजी, क्या आपसे कुछ बात हुई ?

—भला हम क्यों ऐसा करते। क्या ख़ुद ही जाकर साँप के बिल में हाथ देते।

ददूदा अपनी निगहबानी से हम दोनों को टटोलते रहे। दिल-ही-दिल सोचा—लो साहिब, वहाँ की भी हमीं पर डाल रहे हैं। इनके कमरे में बने भिड़ के छत्ते के हमीं जिम्मेवार हो गए ! बहुत ख़ूब !

ओंठों पर गुस्ताख़ी समेटे हम आँखों में शरारत पहराए रहे।

ददूदा बउआजी से बोले—उनके ख़याल में बउआजी का हर गहना उन्हीं

का है। उस पर उन्हीं का हक़ बनता है।

—आप उन्हें समझाएँ दद्‌दा !

—नहीं, बात इससे आगे निकल चुकी है। अब सवाल इतना ही कि वहाँ से माँगा कैसे जाए !

—माँगिएगा क्या ?

—माँगना पड़ेगा।

हमारी आँखों में छिपी हिक़ारत देखकर दद्‌दा बोले—रज्जो की क़सम खाकर बैठी हैं आपकी भाभी। टस-से-मस न होंगी।

एकाएक बउआजी को बड़ी दूर की सूझ गई।

—इस कंगन से तुम्हारा या बहू का क्या लेना-देना। कंगन ख़ास हमारे पीहर का, हमारा अपना रहा। हमने अपनी ख़ुशी से फ़राशख़ानेवाली को दिया। भला तुमने भी यह बात क्यों उठने दी ! वह गहना किसी भी हिसाब से बहूजी का नहीं है।

हमने आँखों-ही-आँखों से दद्‌दा तक पहुँचाया कि साहिब, उन्होंने फ़रमाया और आप हमसे पूछने चले आए !

—न कृपा, कंगन हमारा था, जिसको चाहा हमने दिया। बहूजी से कह दो, इसमें उनकी लपेट-समेट न चलेगी।

दद्‌दा ने इमदाद के लिए हमारी ओर देखा। हम कोरे हुए रहे।

कृपानारायण के माथे पर बल पड़ गए। खीझकर कहा—किसका था, किसका नहीं था इस रस्साकशी से कोई हल नहीं निकलेगा। बताइए यह कि क्या किया जाए कि वह कंगन इन तक पहुँचे।

हम हँसने लगे—दद्‌दा, इस नौटंकी को इतनी संजीदगी से न लीजिए। यह तो आए दिन होती ही रहती है।

दद्‌दा खीझ गए—मज़ाक का वक़्त नहीं। इस तरह की कतरब्योंत से कुछ सुलझनेवाला नहीं।

बउआजी ताव खा गई थीं पर लड़के की लिहाज़दारी में कहा—बदरू के चाव में जिनके लिए हमने ख़ास अपना कंगन निकाल दिया वह कुछ भी हों तुम्हारे बेटे की माँ तो हैं न कृपा ! हमारे देने को ही गुनाह क्यों बनाया जा रहा है !

कृपानारायण बउआजी के बेटे बन गए।

—उनके कोसनों, गिलों, शिकायतों की अब क्या कहें आपसे ! खुल्लमखुल्ला हमें ज़ेर करने पर तुली हैं।

सुनकर बउआजी जोश में आ गईं—डाह में इतना भी क्या फुँकना कि धुआँ बनकर अपनी साँस को ही हड़काए जा रही हैं। अपने घर की मालकिन हैं। भगवान की दया से पूरा परिवार है, फिर इतना काहे तपना !

हमने भी दद्दा को चुभोने को कहा—दिल में मिर्च-मसाला इत्ता इकट्ठा हो जाए तो भरवाँ करेले ही तो बनेंगे।

निशाना ऐसा लगा कि दद्दा ने बाहर जाने को क़दम उठा लिये।

पान पर इलायची-मुलहठी बुरकते हमें कुछ सूझ ही गया।

—दद्दा, आप भाभी को अपने साथ फ़राशख़ाने तक ले जाइए और दोनों का आमना-सामना करवा दीजिए। उन्हीं को माँगने दीजिए। इन्हें मिल गया तो वाह-वाह, उन्होंने दे दिया तो उन्हें बाद में नया घड़वा दीजिए।

वकील साहिब ने बहन की ओर दोस्ती से देखा। कहीं-न-कहीं इनमें अक़्लमन्दी तो है।

सोच में सिर हिला हामी भरी और तेज़ क़दमों से अपने कमरे की ओर बढ़ गए।

बउआजी लेटे-लेटे बोलीं—जो भी कहो, यह बात अच्छी नहीं। निरा कुढंगापन है। अड़ी न होतीं तुम्हारी भाभी तो क्या कृपा इस वक़्त यहाँ आते। ऐसे कह रहे थे ज्यों हमने बहू का गहना फ़राशख़ानेवाली को दे दिया था।

—आपने कभी ज़िक्र तो न किया। चुपचाप ही सरका दिया। दद्दा ने ही दिलवाया होगा।

—नहीं छुन्नी ! बदरू के पैदा होने पर कृपा उसकी पत्री बनवाकर लाए तो मुँह मीठा करवाया। हमारे कान में कहा—आपका यह पोता बड़ा होनहार होगा। एक-से-एक सितारे अच्छे घर में बैठे हैं। जानकर जी ख़ुश हुआ। उस वक़्त जो हमें ठीक लगा सो कर दिया। अब उनसे माँगेंगे तो हमीं पर तो ख़ाक उड़ेगी। नाहक़ बदमज़गी होगी।

हम चुप लगा गए। कुछ न बोले।

कुछ देर ऊँघनी के बाद बउआजी ने ख़ुद अपनी फ़िक्र का इलाज कर लिया।

—हमारी तरफ़ से अब जो भी हो। कोई न कोई नज़ारा तो बनाए रखती

हैं बहूजी। बात तो इतनी ही कि बच्चों को हवेली में क्यों बुलाया। अदब-क़ायदा, हया-लिहाज़ सब भुला बैठी हैं।...छुन्नी, लड़की मासूमा तो मेरे जाने हू-ब-हू माँ है। सुनते हैं वह बड़ी तोहफ़ा हैं।

...उस दिन भाई-बहन जाने लगे तो बदरू हमसे बोले—बउआजी, अगली बार आपके लिए एक ऐसी चीज़ बनाकर लाएँगे कि घर-भर आपसे डरने लगेगा।

—बेटा, हम तो ठहरीं बूढ़ीं। अब हमसे किसे डरना है।

—काला साँप ऐसा बनाएँगे काग़ज़ का कि दूर से सचमुच अच्छे-अच्छे ख़ौफ़ खा जाएँ।

बउआजी हँसीं—हमीं डरेंगे, कोई और नहीं।

बदरू बउआजी के चेहरे पर ऐसे ठिठके जैसे उनकी झुर्रियाँ गिनते हों।

—बउआजी, साँप नहीं चाहिए तो न सही। आपके लिए नेवला बनाकर लाएँगे। वह चाहे तो साँप को कुचल दे।

हम बिस्तर में पड़े अपनी बात सोचने लगे। ससुराल छोड़ यहाँ भी क्यों बैठे हैं। कौन-सी खटपट है जो वहाँ थी और यहाँ नहीं। कहने को कुनबा इकट्ठा है पर हर कमरे में दबी-छिपी आग सुलगती रहती है। मेरा-तेरा, इसका-उसका, पंगे पर पंगा। मौक़ा लग जाए तो बड़ी-से-बड़ी हज़्म। कहीं कुछ सूझ जाए तो छोटी-से-छोटी को तूल। वैसे हमसे कोई पूछे तो हम भी यहाँ बैठे क्या कर रहे हैं। अपने से उम्मीद यही की जाती है कि पूजा-ध्यान में दिल लगाएँ। व्रत करें। तीर्थों को जाएँ। अपने अन्दर-बाहर की तरंगों को शान्त कर भक्ति-भाव से विधवा बन जाएँ। पहनने-ओढ़ने की मुमानियत। हम अड़े हैं कि कुछ भी कहिए हम बिना किनारे की सफ़ेद धोती न पहनेंगे। जो हुआ सो अपने हाथ में न था। संन्यासिन बनकर मथुराजी में बैठने से रहे। करें भी तो क्या करें ! हाँ बच्चों का स्कूल खोल लें। दद्दा से मशविरा करेंगे। दिल से तो वह पूरे बुजुर्ग हैं। पुरानी रिवायतों के क़द्रदान। यहाँ न देखो, वहाँ न देखो। खिड़की क्यों खुली। चिलमन क्यों उठी है ! भाई लोगों की दुनिया कुछ और है और हम लोगों की कुछ और।

उस रात हमें नींद न आई। जाने क्या-क्या सोचा किए। प्यार और

गरमाहट के दिन तो उनके जाते ही उड़नछू हो गए। अब कहाँ से तो उन्हें ढूँढ़ें और कहाँ से लाएँ वे हाथ जो अपने को छुएँ।

नाश्ते पर भाभी के चेहरे पर कुछ अनोखी ही चमक थी। लाल गुलाबी साड़ी में सजी-सँवरी। गले में माला और काँच की चूड़ियों में सोने के गुँथवा चौड़े कड़े। माथे पर बड़ा-सा टीका और माँग में सिन्दूर।

हमने भाभी पर एक घुटी हुई ननदिया नज़र फेंकी। तो साहिबा, ये रहे गवाह आपके जायदादी सुहाग के। हम ख़ास घर की बेटी बने दिल की कानी नज़र से भाभी की ओर देखते रहे। बहुत चाहा, कुटुम्ब भाभी के लिए अपने दिल में हमदर्दी जताएँ पर कमबख़्त यह दिल ज़रा न पिघला। सिर पर कोई और ग़लबा छाया रहा। हम खस्ता पराँठे में दिल लगाए रहे कि भाभी ने हमारे सामने बैठे दम्मो को लाड़ से चपत लगाई।

—दूध पी चुके हैं न आप तो जाइए। आप, बुआ को इतना नहीं भाते कि वह आप पर ही आँखें गड़ाए रहें।

फिर अजीब ढिठाई से कहा—छुन्ना बीबी, आपकी उन बच्चों से ख़ूब छनेगी। आप पर तो फ़िदा हुए रहे। यही कि बुआ बहुत अच्छा गाती हैं। जोड़ी बहुत अच्छा बजाती हैं। आप भी तो उन पर न्योछावर हैं।

—हम तो आँखों पर अपने-पराए की अलग-अलग ठीकरियाँ नहीं रखे हुए। जो जैसा होगा वह वैसा ही दीखेगा और उसे हम जैसा देखेंगी वैसा ही कहेंगी भी।

आज भाभी कुछ ज़्यादा ही शोख़ थीं।

—छुन्ना बीबी, हमसे लिखवा लो, उनका किया हर स्याह-सफ़ेद आपको भी अपने दद्दा की तरह माक़ूल ही लगेगा।

—भाभी, हमें ताने-तिराने देने से फ़ायदा ! वैसे हमसे पूछो तो इस दलदल में कौन नहीं फँसा। आप अपने मँझले दद्दा को ही देखिए। नील के कटरेवाली गोरी खत्रानी भा गई उन्हें। बीवी थी। बच्चे थे। ख़ैर गुज़री कि परियों की शाहज़ादी के भाइयों ने उसके उड़नेवाले पर काट दिए। नहीं तो आपके पीहर में भी कम आफ़त न आती।

कुटुम्ब प्यारी बेरुख़ी की चुप्प लगाए रहीं।

सोचा, जाने इसकी जवानी भी क्या रंग लाएगी। वुजूद में आधी रह गई पर ऐंठ न गई।

हमने बड़ी दिलचस्प ढिठाई से भाभी की ओर देखा।

हमारे खुले बाल और धोती के पहनने के ढंग पर भाभी की नज़र ख़ासी भक्कभह थी।

इसके पहले कि हम कुछ कहें भाभी ने इक्का दिखा दिया।

—तुम्हारे दद्दा के साथ फ़राशख़ाने तक जा रहे हैं। मन हो तो आप भी चली चलिए।

हम शरारत पर उतर आए—आप दोनों को बुलावा है तो हमीं क्यों कबाब में हड्डी बनें। हाँ, यह तो कहिए, वहाँ आज जाने का मौक़ा क्या रहा ?

भाभी सहजोबाई बनी बड़ी सादगी से बोलीं—यूँ ही। तुम्हारे दद्दा ने बड़े सलूक से हमसे पूछा तो हम भी मान गए। सोचा अब इस बदमज़गी को भी कहाँ तक खींचते जाएँगे।

हमने सिर हिला अपने बालों के साथ-साथ आँखें भी छितरा लीं। हाय ये सरगर्मियाँ ! अब तो सिर्फ़ ठंडे तरबूज की ज़रूरत है।

—दद्दा का कहा मानकर आपने अच्छा ही किया भाभी।

हमने दिल-ही-दिल मज़ा लिया। देखें तर्ज़े मुलाक़ात कैसी रहती है। सर्दो-गर्म। कब से इनका दर्दे-सर बना पड़ा है वह कंगन। अच्छा है, दद्दा के साथ बैठी दोनों एक-दूसरे का दमख़म पहचानेंगी। ख़ामोशी में जो कहेंगी वह तो कुछ ऐसा होगा :

तुम जहाँ के हो
वहाँ के हम भी हैं !

5

बब्बन मियाँ ऊपर आए तो कुछ हड़बड़ाए-से थे।

—बेगम साहिबा, मुंशीजी नीचे खड़े हैं। कहें तो ऊपर भेज दें।

इस वक़्त ? महक का माथा ठनका पर बैठे-बैठे इत्मीनान से कहा—हाँ-हाँ, चले आएँ।

बब्बन मियाँ इस रफ़्तार से नीचे उतरे कि मुंशीजी ऊपर आन पहुँचे। बन्दगी की।

—कैसे तकलीफ़ की मुंशीजी !

—वकील साहिब के साथ उनके घर से आ रही हैं। घंटे-भर में पहुँचेंगे।

सरोता चलाते-चलाते इतना ही कहा—ज़रूर आएँ साहिब, हमें .खुशी होगी। हाँ, खाने को कुछ बना लें क्या ?

मुंशीजी ने ज़रा गला साफ़ किया और एक पुर्ज़ा बेगम साहिबा की ओर बढ़ा दिया—वकील साहिब ने आप तक पहुँचाने का हुक्म दिया था।

महक ने उलट-पलट कर रुक्का देखा। लिखावट तो उनकी नहीं। कोई हिदायत और नसीहत भी नहीं। दो-चार गहनों के नाम ज़रूर लिखे हैं।

—मुंशीजी, लिखे हुए में से भला क्या समझा जाए। ये हमसे माँगे जा रहे हैं या हम तक पहुँचाए जा रहे हैं। कुछ साफ़ तो न हुआ।

—इस मामले में बिलकुल बेख़बर हूँ साहिब !

इजाज़त ले मुंशीजी नीचे उतर गए। महक देर तक सीढ़ियों की ओर ताका की। सालगिरहवाले बच्चों के झगड़े पर ख़याल अटका रहा।

मन-ही-मन कहा—सालन की हँडिया में राख पड़ेगी। इतना ही दीख रहा है। आज से पहले तो वकील साहिब और रज्जो की माँ को एक साथ नहीं देखा। मुँह-दर-मुँह फजीहत न होनी चाहिए। अल्लाह करे अपनी ज़बान पर क़ाबू रहे।

महक बानो ने पानदान की ओर हाथ बढ़ाया और बच्चों से कहा—साफ़-सुथरे हो ज़रा ढंग का पहन लीजिए। तुम्हारे अब्बू आ रहे हैं। साथ शायद रज्जो बेटे की अम्माँ भी हों।

—अम्मी 'शायद' का तो सवाल ही नहीं। मुंशीजी यही तो कहने आए थे।

महक को लड़के पर प्यार आया पर तेवर चढ़ाकर कहा—हर बात पर कान रखने की आदत अच्छी नहीं बेटे।

—अम्मी, हम तो बैठे नक़्शा बना रहे थे। बात कान तक पहुँच ही जाए तो कैसे न सुनें ?

महक ने बटुए से नक़दी निकाल आगे की—बब्बन मियाँ से कहिए, अब्दुल्ला से नमकीन और हाशिम के यहाँ से गिरीवाली नानखताई पकड़ लावें। जाएँ और हवा की तरह वापिस आएँ। वे लोग घर से निकल चुके हैं।

—अम्मी, बब्बन मियाँ को तो नुक्कड़ पर लड़ते बैल मिल जाया करते हैं। जब तक उनकी लड़ाई ख़त्म न हो जाए बब्बन मियाँ किसी चबूतरे पर दुबके रहेंगे।

—बच्चो, आज कोई दिल्लगी नहीं। मासूमा, पिरच-प्याले साफ़ कर ट्रे में लगा रखो। चाय के लिए इलायची-दालचीनी तो निकल आएगी न !

—जी अम्मी।

मासूमा को सोच में खड़े-खड़े देखा तो हाथ से ठुड्डी छू माथा चूम लिया।

—अम्मी, क्यों आ रही हैं वह आज ? क्या उसी दिन वाली बात को दुहराएँगी !

—नहीं ! वहाँ जो हुआ सो हुआ। यहाँ तो हम अपने घर में बैठे हैं। हमें कोई बेसब्री नहीं दिखानी है। इतना याद रहे आप दोनों बड़ों की बातचीत में नहीं बोलेंगे।

सन्दूक़चे में से अपना सबसे अच्छा जोड़ा निकाला। बालों में कंघा फिराया। कलाई की इतराती चूड़ियों के आगे सुनहरी कड़े और जोड़ लिये। फिर नीचे की पेटी खोली और पिटारी निकाल दो-चार छाप-छल्ले देखे तो कलेजे में कुछ उदासी-सी पसर गई।

मासूमा फिर माँ के पास आन खड़ी हुई—अम्मी, काहे निकाल रही हैं ? क्या पहनिएगा ?

—लगता है लौटाने होंगे।

महक मासूमा का चेहरा देख अनमनी-सी हो उठी। जाने अब दूसरा किनारा भी किधर है ! कहाँ है !

—अम्मी, हमें न देने चाहिए। हमारे पास इतना क्या रखा है कि इन्हें भी लौटा दें। हवेली में किसी चीज़ की कमी नहीं। कोई कमी नहीं। अच्छे से अच्छा। हर चीज़ की भरमार है। जानती हैं, बउआजी बेर-बेर हमारी चूड़ियों पर हाथ फिरा रही थीं। पूछा—चाँदी की हैं !

महक का जी छलकने को हुआ कि हँसने लगी।

—मासूमा बेटी, सोने की भी तुम्हीं पहनोगी। तुम्हारी नानी का ज़ेवर जो रखा है। एक-न-एक दिन हम तक पहुँचेगा ज़रूर।

—कहाँ पड़ा है अम्मी ?

—तुम्हारे अब्बू के पास।

—अपने पास क्यों नहीं रखा अम्मी ?

बदरू तुनक गए—यहाँ रखने की जगह है क्या !

मासूमा ने भाई को तरेरा—अगर कोई मुकर जाए तो ?

—क्या कह रही हैं आपा ! कोई किसी का ज़ेवर क्यों रखेगा ! क्यों मुकरेगा ! वहाँ तो हर छोटी-बड़ी लड़की के कान में सोने के बुन्दे, हाथों में चूड़ियाँ, नाक में लौंग, सारा ख़ानदान सोने के ही ज़ेवर पहने रहता है।

—आज हम अब्बू से कहेंगे। हमारा भी मन करता है।

—मासूमा, आज हमें किसी को कुछ नहीं कहना। फिर कभी मौक़ा देखकर। हाँ, उन-जैसों की घर-गृहस्थी भी मण्यारी की दूकान ही समझो।

कमाई से ख़रीद-ख़रीदकर माल भरा। फिर जो तुम्हें कुछ दे उसे तुम दो। तमाम ज़िन्दगी तराज़ू पकड़े रहे। आपने हमें माशा दिया सो माशा और एक रत्ती ऊपर से तोला दिया सो तोला और दो रत्ती और जोड़ दीं। लेन-देन क्या हुआ तिजारत हो गई। रहे तोहफ़े और सौगातें तो वह प्यार-मुहब्बत के ही तो !

लड़की का चेहरा न खिला।

बदरू यकायक चौकन्ने हो उठ खड़े हुए जैसे किसी के पाँव की आहट सुनी हो—आइए आपा, मुँडेर पर से देखते हैं।

—अम्मी, एक तो अपने अब्बू हैं और साथ हैं रज्जो भाई की माँ।

मुस्कुराकर महक ने सिर हिलाया—खोपड़ी तुम्हें उसी ख़ानदान की लगी है।

मासूमा अचरज में आ गई—कैसे पहचान लिया कि वे गली में पहुँच ही गए हैं ?

बदरू बड़े मिज़ाज से हँसे।

—आपा, यह हिसाब का सवाल है। इधर हमारे यहाँ से मुंशीजी पहुँचे कमरे पर, उधर से अब्बू चले हवेली से।

बदरू और मासूमा के हँसने की आवाज़ पर वकील साहिब पहले .ख़ुश हुए, फिर नाख़ुश। छज्जे पर से देखकर इन पर तो नहीं हँसा जा रहा !

बच्चों ने बारी-बारी आदाब किया।

महक बानो ने पीकदान उठा बड़ी नज़ाकत से थूका और सुनहरी बेल लगी महीन ओढ़नी में एक साथ अपने दोनों बच्चों को अपने मुखड़े पर सजाए रही।

—आइए ! ज़हे-क़िस्मत ! तशरीफ़ रखिए।

एक नज़र वकीलनी साहिबा को देखा मगर वकील साहिब को अपनी आँखों के बाहर ही छोड़ दिया।

—आने में दिक़्क़त तो न हुई, गली ज़रा भीड़ी है।

बदरू कुछ-न-कुछ कहने को तैयार ही बैठे थे।

—अम्मी, इतनी तंग भी नहीं। ताँगा-बग्घी भी ठीक से निकल जाते हैं।

महक ने झूठ-मूठ की सख़्ती से बेटे को घूरा और बेटी से कहा—जाइए, जाकर चाय का पानी चढ़ाइए।

बच्चे पास से उठ गए तो महक ने भरपूर आँखों कुटुम्ब प्यारी की ओर देखा और अदा से कहा—आज यहाँ तक आने की क्योंकर ज़हमत उठाई !

वकील साहिब चुपका हो रहे।

—दम्मो की हरकत पर हम बड़े शर्मिन्दा हैं। ऐसा न होना चाहिए था। क्या बतावें, बच्चों में नाहक़ ही लड़ाई-झगड़ा हो गया।

महक ने गुम नज़र से एक गर्म लपट वकील साहिब तक पहुँचाकर ठंडे गले से कहा—होने को तो बहुत कुछ न होना चाहिए पर हो जाता है। भला बताइए, इसमें अपनी ओर से हम क्या जोड़ें !

पढ़ाए तोते की तरह कुटुम्ब प्यारी ने माफ़ी माँगी—दम्मो की बेवकूफ़ी के लिए तो हम आपसे माफ़ी माँगे लेते हैं। उसे साथ लिये आते पर यही अन्देशा रहा कि बच्चे हैं कहीं फिर से न उलझ जाएँ।

महक बानो ने बीवी के साथ-साथ वकील साहिब का चेहरा देखा तो पान का मज़ा लेकर कहा—ख़ैर से ऊपर थले के ठहरे। झगड़ा-दोस्ती तो बच्चों में चलते ही रहेंगे। मासूमा बेटी ज़रा चाय तो लेती आओ।

—न-न, तकल्लुफ़ न कीजिए। हम चाय न पिएँगी।

महक बानो ने वकील साहिब की ओर देखा जैसे कोई ख़ुफ़िया चुनौती दी हो और मुलायम आवाज़ में कहा—आप तो लीजिएगा कि आप भी नहीं !

वकील साहिब ने जैसे मुँह-मुलाहज़ा रखने को कहा—ले लेंगे। दूध गाढ़ा हो तो ज़रा कम डालना बेटी।

मासूमा ने शक्कर चला प्याला वकील साहिब को पकड़ाया तो कुटुम्ब ने ख़ामोशी से हिसाब लगाया। मीयादी खातों में काफ़ी रक़म जमा कर ली गई है।

मासूमा ने मीठे की तश्तरी कुटुम्ब प्यारी की ओर बढ़ाई—लीजिए।

कुटुम्ब ने हाथ हिला दिया—न-न, हम न लेंगी। हकीम साहिब का इलाज चल रहा है।

महक बानो ने पान पेश किया—लीजिए।

—नहीं, हम पान नहीं खातीं।

महक ने ख़ामोश नटखटपन से कुटुम्ब प्यारी के मियाँ की ओर ताका, मानो मज़ाक-मज़ाक में कहा हो—क्यों साहिब, यह तिल-शक्करी अलग-अलग कैसी।

वकील साहिब महक की इस अदा से जैसे किसी पुराने पड़ाव पर आन पहुँचे हों। आँखें महक के मुखड़े पर ऐसे गड़ा दीं जैसे कहते हों—रंज मेरा तेरे चेहरे से नुमायाँ होता।

मगन हो महक ने पान का बीड़ा लगाया और बरसों के पुराने पान को नया बनाकर पेश कर दिया—लीजिए।

कुटुम्ब प्यारी जैसे एक अहाते की हदबन्दी के बाहर बैठी हों। मियाँ का चेहरा देख सोचा—क्या बेला-गुलाब फूलने लगे इनके चेहरे पर ! ऐसे मर्दों को ऐसी औरतें ही अपने जाल में फँसाया करती हैं।

कुटुम्ब ने आँख की कोर से एक बार फिर से वकील साहिब की ओर देखा। लगा, हवेली में तो जैसे यह मेहमान हुआ करें और असली गृहस्थी तो हज़रत यहीं जमाए हुए हैं। कलेजे में जाने कैसी-सी छटपटाहट हुई। तुनककर कहा—अब चलिए। हमें रास्ते में दवा भी तो लेनी है।

कामकाजी आवाज़ में वकील साहिब ने कहा—जिस काम के लिए आई हैं, उसे तो निबटाती जाइए।

—आप ही जो पूछ लीजिए। आप दोनों में भला हम कौन !

वकील साहिब मरदाने रुतबे को अपने माथे पर फैलाए-फैलाए लम्बे क्षण तक महक की ओर देखने लगे। मानो चुप्पे से उसे कहते हों कि जिस खेल पर नौबत आन पहुँची है खेला ज़रूर जाएगा। क्या करें ! मजबूरी है।

कृपानारायण कुटुम्ब प्यारी की ओर मुड़े—बानो, इन्हें कुछ वहम और बदगुमानी-सी हो गई है कि हमने जाने आपको क्या कुछ दे डाला है।

वकील साहिब अजीब बेमन की हँसी हँसे।

—हम तो जानते हैं, हमने ऐसा नहीं किया। सो आप चाहें तो उन्हें अपने गहनों की सन्दूक़ची दिखा डालिए। न चाहें तो इनकार भी कर सकती हैं।

महक बानो के मुँह में पान घुलता रहा और नाक की लौंग झमझमाती रही। माथे पर न त्यौरी और न ओंठों पर हँसी।

कृपानारायण टकटकी बाँधे देखते रहे। मुश्किल है यह चीन्हना कि इरादे क्या हैं। जोड़-तोड़ की क्या तान लगे, कुछ मालूम नहीं। गुज़रने को एक सदी भी गुज़र गई।

एकाएक महक उठ खड़ी हुई। गुल्लक की जमा-पूँजी-सी अपनी छोटी-सी पिटारी ला सामने रख दी।

—देखिए, यह कोके हैं मासूमा के। फिरोज़े के झुमके हमारे और यह रहा कंगन। बदरू पहुँचे तो आपकी ओर से यह हमें मिले थे।

जाने क्यों वकील साहिब ने सिर में भारीपन और पाँव में हल्कापन महसूस किया। हम-सा नामी-गिरामी वकील और यह ज़ेवर। आँखों के आगे काले धब्बों का जाल-सा आ बिछा। वकील साहिब को महक की माँ याद आई क्या ?

महक बानो ने आँखों में गुज़रे बरस भरकर शोख़ी से सिर हिलाया और बाँकपन से बोली—क्यों साहिब, कुछ याद आया ?

कुटुम्ब की रीढ़ पर जलती यह मुस्कुराहट। बाँह बढ़ा पिटारी में से कंगन उठाया, निहायत सीधेपन से कहा—हमें तो बउआजी ने यूँ ही घसीट लिया इस चक्कर में। वकील साहिब मालिक हैं, जो मन में आए करें। रही इस कंगन की तो ख़ानदान का पुराना ज़ेवर है सो घर में तो रहना ही चाहिए।

महक वकील साहिब के दीदों पर छाई रही। कृपानारायण साहिब की ओर से कोई इशारा न मिला तो नख़रे से कहा—ज़रूर रखिए साहिब, ख़ानदानी कंगन ठहरा। हम वकील साहिब से इतना तो पूछने से रहे कि हमें भी यह आप क्यों देने चले आए थे। हम तो माँगने न गए थे आपसे। आपने कहा पहनिए, हमने पहन लिया। अब जिसका है उसको पहुँचे तो हमें भी कलक क्यों होने लगी।

अचानक मियाँ-बीवी में कोई .खुफ़िया पैवस्तगी देख महक बानो ने मुकैशवाले चुन्नटी दुपट्टे को फबन का वह झोंक़ा दिया कि एक साथ दो रूहें झकोला खा गईं।

हड़बड़ी में कुटुम्ब ने कंगन उठा अपने बटुए में रख लिया और बड़ी शायस्तगी से कहा—दरीबे से नया दिलवाने को कहा है बउआजी ने। जिस दिन चाहें चली चलिए। घर पर देखना चाहें तो...

—माफ़ कीजिए। हम ऐसे ख़ैराती झंझट काहे पालें। कंगन हमारा होता तो हमारे पास रहता।

कुटुम्ब प्यारी ने मौक़ा हाथ से न जाने दिया।

—यह तो अब आपकी ज़्यादती है। अपनी ओर से तो भला हमें क्या कहना है। जो बुज़ुर्गों ने कहा-सुना सो आप तक पहुँचा दिया।

वकील साहिब तल्ख़ी से बोले—छोटी बात को बहुत तूल दिया जा चुका।

अब और कितना खींचिएगा ! ख़त्म होने दीजिए यह क़िस्सा।

क़िस्सा ? महक को अटपटा-सा लगा। सोचा जो आप बीवी के साथ माँगने चले आए सो ठीक और जो हमने कहा, सो क़िस्सा। महक बानो जैसे अपने लिए हँसी हो। वकील साहिब को लम्बी गहरी नज़र से देखा...

दिल के तोशाख़ाने में भी नई-पुरानी बातों के अम्बार लगे रहते हैं। कोई ताज़ी जर्क-वर्क और कोई पुरानी बोसीदा। अब जो आँखों के आगे पड़ गई उसी का ज़िक्र और उसी का फ़िक्र।

वकील साहिब के चेहरे पर तेवर उभर आए। इतना कुछ कहे कि बदरू दौड़े हुए आए और अम्मी से लिपट गए। लाड़ से इसरार किया—इस पिटारी में और क्या है, हमें भी तो देखने दीजिए। अब्बू देख लें न हम !

बदरू ने ढक्कन उठा लिया। बीच में पड़ी थीं दो छोटी-छोटी लाल डिबियाँ। बदरू ने टोकरी में कोहनी टिका दी और हथेली को साँप के फन की तरह लहराने लगे। मुँह से बीन की आवाज़ निकाली। पहले माँ के सामने, फिर वकील साहिब के। और शरारती आँखों से कुटुम्ब प्यारी को देख-देख लचक, मचक-मचक, मटक।

कुटुम्ब प्यारी ग़ुस्से को दबाए-छिपाए उठ खड़ी हुईं।

—चलिए, अब तो हमें साँप भी दिखा दिया गया।

—क्या साँप और नेवले की लड़ाई दिखा दूँ अब्बू !

जाने क्यों वकील साहिब ओंठों-ही-ओंठों में हँसे, फिर चुहल से कहा—बेटे, जब तक रह सकती है बचपन से दोस्ती रखे रहो। हाँ, यह सारा तमाशा चवन्नी के लिए ही तो।

वकील साहिब ने एक चवन्नी आगे की...

—नहीं अब्बू, एक नहीं चलेगी। दो।

कृपानारायण साहिब ने दो चवन्नियाँ लड़के की ओर बढ़ा दीं। फिर कुटुम्ब की ओर देखकर कहा—यूँ तो आप इन्हें जो भी दें, मगर इन्हें चवन्नियाँ तो चाहिए ही चाहिए।

एकाएक बदरू ने मासूमा को घूरते हुए देखा तो अब्बू से कहा—अब्बू, ये दो चवन्नियाँ रज्जो भाई की माँ साहिबा आपा को दे दें तो कैसा रहे।

वकील साहिब दिल तक भीग गए। समझदार ही नहीं ठगोरा भी है। जीत लेता है अपनी बातों से। वकील साहिब ने बीवी को मासूमा के हाथ

पर सिर्फ़ दो चवन्नियाँ रखते देखा तो बटुए में से दस-दस के दो नोट निकालकर कुटुम्ब प्यारी को दिए—दोनों को दस-दस दीजिए। आप यहाँ पहली बार आई हैं।

हाथ बढ़ा कुटुम्ब ने दोनों को एक-एक नोट पकड़ाया और चेहरे पर बेनमकी-सी पुत गई।

वकील साहिब और महक को एक साथ बच्चों को निहारते देखा तो वकीलनी तपने लगीं।

महक ने एक रसी-पगी नज़र वकील साहिब तक पहुँचाई और मुहब्बत से सींची हुई रुखाई से कहा—अपने तो बस के हैं नहीं। वजा-क़ता ऐसी कि बताशों पर नाच दें। क्या बतावें, बात-बात पर सताना, अगले को आज़माना...साहिब, आप ही के ख़ानदान का ख़मीर लगा है बदरू मियाँ को।

अम्मी से शह पाकर मासूमा ने भी शिकायत कर दी—अब्बू, छेड़छाड़ से बाज़ नहीं आते। सताते रहते हैं।

कृपानारायण ने रौबीली आवाज़ में कहा—बेटे, बहनों को परेशान नहीं किया जाता। मासूमा की ओर से दुबारा आपकी शिकायत हम तलक न आए।

—माफ़ कीजिए अब्बू, आप तक पहुँचेगी कैसे ! हम पहुँचने देंगे तब न !

इस पर वकील साहिब चुप लगा गए और बीवी के साथ नीचे उतर गए।

दोनों भाई-बहन छज्जे पर से मेहमानों को जाते देखते रहे, फिर अम्मी के पास आ बैठे।

अम्मी पानदान खोल हाथ में पत्ता लिये जाने कहाँ देख रही थीं। बदरू घुटने टेक सामने आन बैठे। हथेली में रखी चवन्नियाँ उलटीं-पलटीं, खनखनाईं, फिर नोट उलटा-पलटा और अम्मी के चेहरे पर नज़र गड़ा दी।

महक बानो जैसे कहीं दूर से लौटी हो। सामने बैठे लड़के को देखा तो कहा—खेल हो चुका। जाइए, कुछ पढ़ाई-लिखाई कीजिए।

बदरू न हिले। फ़र्श पर उसी तरह घुटने टिकाए रहे।

—अम्मी, क्या रज्जो भाई की माँ ने आपके हाथ से पान लिया ?

—नहीं, वह पान नहीं खातीं।

बदरू माँ की कलाई पर हाथ फेरने लगे।

—अम्मी, अब्बू तो आपको बहुत चाहते हैं न !

महक पहले मुस्कुराने को हुई फिर जाने क्यों मुँह तमतमा आया।

—जाइए, यह आपके कहने की बात नहीं।

सुनते ही बदरू रुसवा हुए, फिर आँखें भर आईं। रुँधे गले से कहा—उनके कहने पर आपने क्यों निकाल दी वह पिटारी ! क्यों दे दिया उन्हें वह कंगन ! वह आपका था। आपको दिया गया था। अब्बू ने आपसे यह तो न कहा था कि जब हम माँगें तब हमें लौटा दीजिएगा। आप सन्दूक़ से पिटारी न निकालतीं तो कैसे लेते वह कंगन !

महक बड़ी देर बेटे के चेहरे पर उसके बाप को देखती रही, फिर आँखों में ग़ुस्सा भर आया। डपटकर कहा—ख़ामोश! बहुत हो चुका। छोड़िए अब यह क़िस्सा!

बदरू कई बरस बड़े हो गए।

—अम्मी, अभी भी कुछ नहीं बिगड़ा। आप कहें तो हम अभी लौटा लाते हैं। अब्बू से कहेंगे, अम्मी रो रही हैं।

ताज़ा पत्ता पीकदान में फेंका और समझाकर कहा—आप अभी बच्चे हैं। इन बातों को नहीं समझेंगे।

बदरू बहन की ओर मुड़े—आपा, आपकी भी कुछ समझ में आया कि नहीं ?

मासूमा चीख़ने लगी।

—कौन नहीं समझेगा। वह बातों-ही-बातों में अम्मी का कंगन लूट ले गए हैं। अम्मी अगर आप न देतीं तो क्या कर लेते अब्बू आपका ?

माँ को चुप देखकर कहा—अम्मी, वहाँ किसी चीज़ की कमी नहीं। बहुत बड़ा घर है अब्बू का। उन्होंने हम लोगों को कुछ भी समझा हुआ नहीं है।

महक बानो लड़की से आँखें चुराए रही। बचा-खुचा सिदक़ आवाज़ में भरकर कहा—उनके कहे मुताबिक़ अगर यह कंगन हमारा नहीं तो क्या ग़म और अगर हमारा होगा तो हम तक लौटकर आएगा ज़रूर।

बदरू पंखों पर उड़ने लगे।

—अम्मी, हमें लगता है कि रज्जो भाई की माँ ने शर्त बाँध ली होगी अब्बू के ख़िलाफ़ या बउआजी के। आप देखती जाइए, अब्बू इसके बदले में आपको दोनों हाथों के कंगन दिलवाएँगे।

महक का गला रुँध गया। तेवर चढ़ाकर डाँटा—मामले की पैरवी करनेवाले आप कौन हैं ? जाइए, मदरसे का काम निपटाइए।

बदरू ऐसे देखते रहे ज्यों ख़ुद ही वकील साहिब हों।

—हम जानते हैं अब्बू को। वह ऐसा ही करेंगे।

मासूमा के चेहरे पर महक ने नफ़रत का साया-सा देखा तो घुड़ककर कहा—आप खड़े-खड़े क्या सोच रही हैं ? आप भी कुछ बोलिए।

मासूमा ने हिक़ारत से अपने सामने पसरे कमरे को देखा और सुलगती आवाज़ में कहा—बदरू, अब्बू वैसे नहीं जैसा आप उन्हें समझते हैं। कहाँ उनके अपने घर में ग़लीचे, झाड़-फ़ानूस, काऊच, कुर्सी-मेज़ और कहाँ यह हमारा उजड़ा घर। हवेली के मुक़ाबले यहाँ कुछ नहीं है अम्मी ! उनके नौकरों के घर इससे बेहतर होंगे।

महक ने मासूमा के सिर पर एक कड़ा हाथ दिया।

—बकबक करने की क़सम खा रखी है क्या ?

—अम्मी !

बदरू माँ को मनाने लगे।

—इतना ही तो कह रही हैं आपा कि आपने कंगन क्यों दे दिया।

—क्या खेल खेला जा रहा है ! कोई बाप की ओर से बोले जा रहा है और कोई माँ की ओर से।

महक चीख़ते-चीख़ते सहम गई। दोनों बच्चों को देखकर लगा ख़ुद उसके अपने दो टुकड़े हो गए हैं। आँखों पर हाथ रखा और भर्राई आवाज़ में कहा—अल्लाह ! कैसा कसैला दिन उतरा !

6

लौटते हुए रास्तों में कृपानारायण बीवी के शोर से बेख़बर, बिना सुने उसकी हर बात सुनते रहे।

—दिलों में फेर डलवाना हमें अच्छा नहीं लगता, पर आज कहे देते हैं कि आपके चहेते बदरू आपकी औलाद के लिए आस्तीन का साँप बनकर दम लेंगे।

वकील साहिब चुप रहे। उन्हें जितना करना था सो कर चुके। तजुरबे से उन्हें इतना याद है कि बीवी को घर छोड़ने से पहले उन्हें घंटेवाले के यहाँ से पिस्ते की लौज बँधवानी है।

—क्या इमरती खाइएगा ? गर्म-गर्म गुलाब जामुन लाएँ ?

—नहीं, हमें मीठा नहीं भाता। कभी खाते भी हैं हम जो आप पूछे चले जा रहे हैं ?

वकील साहिब ने मीठा-नमकीन रखवाया और बीवी से कहा—आप घर पहुँचिए, हम कमरे पर रुकेंगे। लोग इन्तज़ार में होंगे।

—खाने के लिए तो लौटिएगा कि वह भी कमरे पर ही भिजवाना पड़ेगा।

—कुछ ज़्यादा खिंच गया तो लिखावन वहीं लेते आएँगे।

वकील साहिब चाँदनी चौक में खुलती सीढ़ियों की ओर बढ़े तो उनकी पीठ देख कुटुम्ब प्यारी का दिल फिर इकहरा हो गया। कंगन लौटा लाने की सारी .खुशी काफ़ूर हो गई।

—कुछ भी कहते रहें, जो मनमानी करते रहे वह तो हक़ीक़त बनकर ऊपर आ ही गई न ! आज अपनी आँखों से देख लिया इनकी पसन्द का चबारा। वह हमारा वहम न था, और न सिर्फ़ शक-सुबह और अन्देशा। हम तो निबाहे चले जा रहे हैं। अपने तईं यह मज़े में हैं। जान छिड़के हुए हैं उन पर। कंगन की बात पर तो जाने कैसे मान गए !

कुटुम्ब प्यारी के घर पहुँचते-न-पहुँचते उनका दिल कुछ पतियाने-सा लगा।—आख़िर तो हम ले ही आए।...

—कहाँ तो यह हवेली और कहाँ वह ख़स्ता तबाह-हाल मकान। इन्हें देखिए, वहाँ की आवाजावी है। पर जाने यह किस सोच में पड़े हैं। ढंग का तो कुछ भी नहीं है। मर्द के दिल की भी क्या ठीक ! हाँ, ठस्सा है तो उस डेरेवाली का ! न झींखी, न चीख़ी, न ग़ुस्सा-गिला दिखाया और लाकर ज़ेवर की पिटारी सामने रख दी। ख़ूब बनी-ठनी ! गदराई-नहाई !

कुटुम्ब अपने कमरे में दाख़िल हुई तो मँझले और छोटे भाई पहले से आए बैठे थे।

—वकील साहिब साथ नहीं आए क्या ?

—कमरे पर मुवक्किल इन्तज़ार में बैठे थे।

—तो जिज्जी, कैसी रही मुलाक़ात !

कुटुम्ब प्यारी ने शोख़ी से भाइयों को देखा—जिस काम से गए थे वह तो हो गया। यूँ समझिए कि करवा लिया गया।

मँझले भैया को यक़ीन न आया।

कंगन आपके पास है कि वकील साहिब के ?

—यह रहा, हमारे बटुए में। हम कच्चा काम नहीं करते। कुछ लानत-मलामत नहीं हुई, यह क्या कम है !

मँझले भैया चेहरे पर अपने बड़े भाई का तेवर चढ़ाकर बोले—कच्ची पेंदी, दस्तरख़्वान गीला। कंगन लेना ही काफ़ी नहीं। जानना यह भी ज़रूरी है कि उसके पास ज़ेवर हैं तो कितने ?

कुटुम्ब प्यारी की रूह पर छिपकली रेंगने लगी।

—हम सामने बैठे-बैठे क्यों न देख पाए यह सारा खेल। दोनों की लगी-बँधी थी बाक़ायदा। नहीं तो जिस औरत से गहना माँगा जाए वह न ग़ुस्सा करे, न रुसवाई। नामुमकिन ! उल्टे इनके एक इशारे पर पिटारी लाकर सामने रख दे !

मँझले भैया ने बहन का दिल ऐसे पढ़ लिया ज्यों हाथ में लिखा वरक हो। दिलासा देने को कहा--प्यारी जिज्जी, तुम्हारी अक़्ल पर हमें एतमाद और भरोसा है पर ऐसी ऊँची कमीनगी के सामने तुम्हारी कहाँ चलेगी ! यह याद करके देखिए कि पिटारी आपके सामने निकाली गई कि पहले से रखी पड़ी थी।

कुटुम्ब प्यारी ने अपनी याददाश्त पर ज़ोर दिया।

—इनके कहने पर उठी। सन्दूक़चे के अन्दर से पिटारी निकाल लाई और उठाकर सामने रख दी।

—वाह—मँझले भइया जल्दी-जल्दी आँखें झपकने लगे।—नामुमकिन। हमारा कहना यह है कि सारा खेल पहले से ही ठीक किया जा चुका था। सारी कार्यवाही हमारे बहनोई साहिब के मशवरे पर की गई थी। उन्हें हिदायत दी गई होगी कि कंगन ऐसे निकालिए कि पिटारी आपके सामने खुले।

छोटे भैया बोले—सोचने की बात यह भी है जिज्जी कि वकील साहिब आपके साथ घर क्यों न लौटे ! कतराकर कमरे की ओर क्यों निकल गए ! सुनने में यह भी आया है कि वकील साहिब अब कमरे पर भी कम ही बैठते हैं।

कुटुम्ब प्यारी ने महसूस किया, माथे पर पसीना आ रहा है। उमस है। गर्मी है।

साड़ी के पल्लू से माथा पोंछा। दोनों भाइयों को देखा—इस कमबख़्ती में हमारा पीहर भी हमदर्दी के बहाने हमारी तौहीन करने में लगा रहता है। तल्ख़ी से कहा—इसकी भी देख ली जाएगी। बहरहाल, आप लोग इन पेचीदगियों को मेरे लिए ही छोड़ दें। इन्हें मैं ही देखूँगी।

मँझले भैया ने तेवर चढ़ा लिये।

—यह दास्ताने-इश्क़ इतनी आसानी से ख़त्म होनेवाली नहीं। मुहब्बत के

अफ़साने बड़े लम्बे हुआ करते हैं और अपनी लपेट में बहुत-कुछ समेट लिया करते हैं।

ख़ौफ़ज़दगी में कुटुम्ब प्यारी पर बला की .ख़ुदमुख़्तारी उतर आई।

—ग़ारतगरी चला रखी है। मैं भी हार माननेवाली नहीं। कोई छिनाला मलबे के ढेर से चबूतरे तक पहुँचे और वहीं टिक जाए, उसका कुछ तो करना होगा।

—इस तरह से काम नहीं चलेगा जिज्जी, समझदारी से काम लीजिए। पहले तो वकील साहिब से तमाम जायदाद और जमा-पूँजी का ब्योरा लीजिए।

—क्या बातें कर रहे हैं ! इस वक़्त इन हालात में इनसे ज़ोर-जबर्दस्ती कुछ भी क़बुलवाना मुश्किल होगा।

—इस मामले में आसान बात है ही क्या ! औलाद इधर भी है और उधर भी। वकील साहिब तराज़ू एक-सा रखे हुए हैं। और यह लड़का बदरुद्दीन जितना गुस्ताख़, उतना ही शरीर भी।

—माँ की ख़ूँ-बू उस पर असर क्यों न करेगी ! दम्मो के झगड़ेवाली छोटी-सी बात पर हाय-तौबा कर दी।

मँझले भैया ने बहन को ऐसे देखा ज्यों वही वकील साहिब की नुमाइन्दगी कर रही हों।

—उन बच्चों को घर बुलाने की क्या तुक थी ? ज़िल्लत के अलावा और क्या निकलनेवाला था ? हाँ, रज्जो साहिब ने इन्हें सिर पर चढ़ा रखा है। आव देखा न ताव और दम्मो को ही ठोंकने लगे।

अनचाहे ही कुटुम्ब प्यारी के ओंठों ने उगल दिया—रज्जो ही थे जिन्होंने पहले-पहल हमें यह ख़बर दी थी। एक दिन स्कूल से आकर कहा—माँ एक लड़का है बदरू—बदरुद्दीन। दादा से यह नाम आपने भी कभी सुना होगा।

हमने रुखाई से कहा—नहीं।

—स्कूल-भर में फैली है कि बदरू हमारे भाई हैं और वकील साहिब के बेटे हैं।

—हमने सख़्ती से कहा—अपनी बकवास बन्द कीजिए।

—रज्जो बोलते रहे—हमने उसे दूर से देखा है। हँसता-बोलता है तो हू-ब-हू दादा का स्वरूप उतरता है।

—चोर-उच्चकों के नज़दीक जाने की ज़रूरत नहीं। स्कूल से सीधे घर

आया करिए।

—हमने उनका घर देखा है। वहाँ दादा का आना-जाना रहता है।

—क्या बोले चले जा रहे हैं ! मुँह पर लगाम दीजिए। वह वकील हैं और उनके सब तरह के मुवक्किल हैं, समझे ! उनके घरों में वकील साहिब के बेटे नहीं पल रहे।...

—रज्जो अपने बाप बनकर मन-ही-मन जैसे हमारा मज़ाक उड़ा रहे हों...हमें आग लग गई। डपटकर कहा—क्यों साहिब, आप दादा पर ख़ुफियागिरी करने लगे हैं ! आपको शर्म आनी चाहिए।...

—रज्जो हमें घूरते रहे। फिर हमें समझाने के अन्दाज़ में बोले—इस तरह का रवैया बदल लीजिए। यह बात सच है और नाहक़ लोगों से उलझने से कोई फ़ायदा नहीं।

छोटे भैया शिकायत करने लगे—जिज्जी, यह बात आप आज बता रही हैं। इतनी देर अपने दिल में छिपाए रहीं। भला क्यों ?

बात भाई लोगों के चेहरे पर अटकी हुई थी कि छुन्ना बीबी ठीक भाभी की ननद के तर्ज़-फ़र्ज निभाते इस बहन-भाइयों की बैठक में आ धमकीं।

दरवाज़े से घुसते ही कहा—सुनिए साहिब, हम बहाने से भाभी की छावनी में नहीं आए। आप मेहमानों के लिए कुछ लाए हैं।

छुन्ना बीबी ने गर्म-गर्म आलू की टिकियाँ मेहमानों के आगे कीं—चखिए साहिब, आपके लिए आज बउआजी बना रही हैं।

कुटुम्ब ने बीच में ही टोका—छुन्ना बीबी, मँझले भाई को मसाला तेज़ चाहिए होता है। हाँ, पोदीने की चटनी भी साथ लेते आइए।

छुन्ना बीबी ने शरारत से मँझले भाई की ओर देखा—बाहैसियत बात की गई है, श्याम भाई हम अभी आए। ऐसा मसाला बुरक कर लाएँगे कि खाते ही पानी माँगेंगे।

कुटुम्ब भाभी के माथे पर जाने किस पुराने शिकवे के तेवर देखे तो भाइयों की जोड़ी को सुलगाकर कहा :

घर में रहे न तीरथ गए
मूँड मुँड़ा फ़ज़ीहत भए।

7

ननिहाल-भर को दम्मो नवासे से इश्क़ हो गया। अब न रज्जो की पूछ, न पम्मो की। जो आए सो दम्मो के ही पीछे।

—अब तो छुट्टियाँ हो गईं। चलिए दम्मो साहिब, आगरा घुमा लाएँ। स्कूल खुलने से पहले आपको पहुँचा जाएँगे।

दम्मो माँ की ओर देखने लगते—हम अकेले न जाएँगे। अम्माँ को साथ चलना होगा। यह चलेंगी तो हम भी चलेंगे।

कुटुम्ब के उतरे हुए मुखड़े पर ममता दमकने लगती।

अभी छोटे हैं, ज़रा क़द निकालने दीजिए। सबसे निपट लेंगे। घर में कोई एक तो हमारा भी तरफ़दार होगा। पम्मो साहिब को तो दादी ने पटा रखा है। जब देखो वहीं घुसे बैठे हैं। पापड़ी-पकौड़ी पर जुड़ी रहती हैं। इस उम्र में भी वही चाट-पकौड़ी और वही जलेबी-नुगदी।

रज्जो तो हू-ब-हू बाप साहिबवाला तेवर पाले हुए हैं। उन-जैसे ही बनेंगे और वैसे ही करतब कर दिखाएँगे। तब तक इस सतखंडी हवेली के जलवे पतले हो चुके होंगे।

बउआजी घर की बड़ी-बुजुर्ग हैं पर बेटे के बारे में अच्छी-बुरी सुनने को तैयार ही नहीं। कुछ भी कहते रहो जवाब एक ही—छोड़ो बहूजी, जितनी बची है उतनी को तो हाथ में थामे रहो। तुम्हें इस गृहस्थी से भला कौन उखाड़नेवाला है !

—हमारी छाती पर कोई छिनाल मूँग दला करे पर आपकी ओर से वही पुराना जवाब।

—अरे जो बाप-दादा करते रहे वही तो बेटे करेंगे। ख़ानदानों में ऐसे ज़लज़ले-भूचाल तो उठते ही रहते हैं। उलट-फेर के बाद फिर वहीं के वहीं। कुछ साल और निकल जाने दो। हमेशा मरे हुस्न के चक्कर नहीं रहते। रोग-बीमारी में पलटकर आएँगे तुम्हारे ही पास।

हम पर फिर माँ-बेटे की नफ़रत सवार हो जाती। दिल कलकने लगता।—बउआजी, भगवान ने हमें बेटे दिए हैं, उस पर घर के बाहर इनकी औलाद...सोच-सोचकर हमारा दिल दहकने लगता है।

—बहूजी, हमारी मानो तो इस कलक को निकाल दिल से बाहर फेंको। यह हुस्नपरस्ती उम्र-भर नहीं चलती। तुम तो अपनी जगह पर टिकी रहो। घरवाले की बदियाँ रो-रोकर कुछ होने-हवानेवाला नहीं। हमसे पूछो तो ख़ानादारी में तो बदख़्वाबी भी और ख़ुशज़ायकी भी।

हम खीझने लगते तो बउआजी ऊँघने लगतीं। आख़िर दिल की बात करें तो किससे ! क्या छुन्ना बीबी से ? वही भाई की-सी शक्ल और वही अक़्ल। बिना वकालत पढ़े वकील बनी फिरती हैं। निकाले चली जाती हैं बाल की खाल। जाने क्या है कि चचेरे-मौसेरे सभी भाई लोग आँखें बिछाए रहते हैं। सुहाग से गईं और यहाँ आकर वही पहले का-सा ठस्का बरक़रार। प्रताप की बहू से कमरा ख़ाली करवा लिया। बहन के हिमायती हैं वकील साहिब। जो मन में आता है सो लाड़ली करती है।

एक हम हैं। न सुनवाई यहाँ, न पीहर में। भाई लोग कुछ करनेवाले होते तो क्या अपने पर यह गुज़रती ! वकील साहिब की ख़ब्त भी इतनी न बढ़ती। किसी की बात सुनते तो कहीं अटकते।

पीछे अम्माँ की बीमारी में हम आगरा गए तो भाभी से मशविरा किया कि दादा से बात तो करें।

हम हफ़्ता-भर इन्तज़ार करते रहे पर दादा ने हमें मुँह खोलने का मौक़ा

न दिया। आख़िर एक रात खाने के बाद भाभी ने उन्हें घेर लिया—कुटुम्ब परेशान है। वकील साहिब को एक ख़त तो आप की तरफ़ से जाना ही चाहिए।

राम दादा पहले कुछ सोचते रहे फिर पायदान की ओर हाथ बढ़ाया तो हम सिसकने लगे।

सोचा, दादा कुछ न कहेंगे और हमारे जाने का दिन आन पहुँचेगा।

दादा का चेहरा सख़्त पड़ गया। असमंजस में खड़े रहे। फिर गला साफ़ कर नरम आवाज़ में कहा—वकील साहिब को जो करना था सो कर चुके। बाल-बच्चे हो गए। अब हमारे कहने से कुछ बदलेगा भला ! सोचिए, क्या फ़ायदा होगा। यह नहीं कि वकील साहिब समझते-बूझते नहीं, मगर मौजूदा हालात में बात को तूल देना मुनासिब नहीं।

दादा दरवाज़े तक जाकर पलटे और बोले—जहाँ तक बात पहुँच चुकी है वहाँ से लौटने का कोई सिलसिला नज़र नहीं आता। अब अक़्लमन्दी इसी में है कि इसे लेकर ज़्यादा शोर न किया जाए।

दादा के बाहर जाते ही हम रोने लगे—भाभी, हमने सोचा था दादा उनसे जवाबतलबी करेंगे पर...

भाभी अनमनी-सी हमसे आँखें चुराए रहीं। चेहरा कुछ पीला-सा पड़ गया।

—देखो प्यारी बीबी, इनसे तो कुछ उम्मीद न रखो। आजकल तो ख़ुद ही लोगों से बचते फिरते हैं। दयाप्रसाद की बहन को लेकर इन्हें भी बिरादरी ने कहाँ बख़्शा ! तभी से ढीले पड़े हैं।

तो यह बात है। यह भी इसी के चक्कर में फँसे हैं। बहनोई के ख़िलाफ़ आवाज़ कैसे बुलन्द करेंगे। फिर भी जाने क्या सोचकर हमने भाभी से कहा—एक बार दादा से इतना तो पूछ देखिए, अगर हम दम्मो के साथ पाँच-आठ महीने आपके पास रुकी रहें तो शायद उनका दिल पसीजे।

कुमुद भाभी गहरी सोच में पड़ गईं।

—बीबी, वहाँ की आवाजावी और बढ़ जाएगी, इतना देख लो। तुम्हारी ग़ैरहाज़िरी में वकील साहिब वहीं के हो रहेंगे।

हम भाभी के सामने फट पड़े—तो साहिब, इस घर में हमारे दुख-सुख का इतना ही फ़िक्र बाक़ी है। आपका मतलब एक ही कि यहाँ से तो टल जाओ बीबी।

भाभी अन्दर-ही-अन्दर तिलमिलाई होंगी पर ऊपर से लाड़ से कहा—हमारी मानो तो धीरज से उन्हें जीतने की कोशिश करो। आख़िर तो दुनिया में वही तुम्हारे अपने हैं। कहा नहीं जाता कि ससुराल से दुत्कारी हुई को मायके में भी चैन नहीं। कहने का बुरा तो मानना मत। पहनने-ओढ़ने की भी तुमने कब से बिसरा रखी है। चेहरा फ़ीका-सा ज़र्द हुआ पड़ा है। सूरत में ज़रा चुहल तो क़ायम रखे रहो। कैसे न पलटेंगे वकील साहिब ! देर-सबेर उफ़ान ठंडा पड़ जाता है। फिर तुम तो उनके बेटों की माँ हो।

हम फिर झींकने लगे।

—अजी, बेटा-बेटी तो वहाँ भी बने पड़े हैं। उस बेटे पर तो क़ुर्बान हो-हो जाते हैं। उसके बल पर तो वह नचनिया जो चाहेगी इनसे लिखवा लेगी।

—इस ग़लतफ़हमी को रहने दो बीबी। तुम्हारे ख़ानदानवालों की फ़िरागदिली तो दूर-दूर तक मशहूर है। बुरा मत मानना। वह औरत होती ख़र्चीली तो वकील साहिब उस दरवाज़े से कब के पलट लिये होते। इस लीला पर ख़र्चा कभी न करते। इस ख़ानदान की दानिशवरी किससे छिपी है?

कुटुम्ब ने मन-ही-मन सोचा—नाहक़ इनसे बात की।

—कुटुम्ब प्यारी, सुनने में यह भी आया है कि महक बानो की माँ का सारा माल-मत्ता वकील साहिब के ही पास है। लाहौर का तगड़ा डेरा था। नवाब साहिब की रियासत से तो भारी नसीम बानो का ज़ेवर था। ऐसा न होता तो क्या भला नवाब साहिब का क़त्ल होता। अरे, बात उस नचौनी के बरदाश्त के बाहर हो गई थी। माँ-बेटे रियासत का क़र्ज़ उसी से तो उतारना चाह रहे थे।

सुनकर हम तिलमिला गए।

भाभी ने मरहम लगाने को कहा—हमारी मानो तो किसी साधु-महात्मा से पूछ देखो। कंटक निकाल बाहर करना उनके लिए क्या मुश्किल !

हमने भाभी का चेहरा टटोला—सुनी-सुनाई कह रही हैं या ख़ुद भी वहीं से प्रसाद पा रही हैं।

—फ़सीलवाले भैरों बाबा का नाम तो तुमने भी सुना होगा। वह अपने स्वरूप की बहू आए दिन हाड़ तुड़वाती थी घरवालों से। भैरों बाबा ने वशीकरण दिया और उम्र-भर के जंजाल ख़त्म हो गए। अब जाने मुरारी बाबू का यह हाल कि आँखों से बीवी को यूँ देखा करते हैं ज्यों उस पर जान

का छिड़काव करते हों।...अपनी शकुन भी वहीं के चक्कर काट रही है। तीन तो बेटियाँ हो चुकीं ऊपर थले से...अह-अह, दोनों को एक बेटे की ललक है। पा जाएँ तो उनके लिए तो चाँदी-ही-चाँदी।

हम रात लेटे-लेटे सोचते रहे कि हमने भाभी से उनकी बात तो नहीं पूछी पर दादा को लौटाने के लिए शायद वहीं से लिया होगा वशीकरण। नहीं तो दयाप्रसाद की बहन कहाँ छूटनेवाली थी इनके ख़यालों से। इन मरे अफ़सानों की उम्र बहुत लम्बी हुआ करती है। मगर भाभी को देखिए, सबकुछ होते हुए भी अपने बल-बूते पर दादा को क़ाबू किए हैं।

कुमुद भाभी की मौसेरी बहन प्रेमा की शादी में रायसीना जाने के लिए हमने वकील साहिब से पूछा तो बोले—आप चली जाइए। बरेली से हमारे मुवक्किल आए हुए हैं। हमारे लिए जाना मुश्किल होगा। सुबह तारीख़ है।

कुछ देर हमें टकटकी लगाए देखते रहे, फिर बोले—कुछ ढंग का पहनकर जाइएगा। हम दिल-ही-दिल जलने लगे। यह अब एक नया पैंतरा और बदला ! हमारे पीहरवालों को बरगलाने के लिए वहाँ कौन बचा है जिसे यह मालूम नहीं कि हमारी छाती पर मूँग दली जा रही है ! गहना दिखाकर क्या साबित करेंगे हम ? लाहौरवाले डेरे के माल-मत्ते का ज़िक्र कहाँ नहीं हो रहा ! इनकी दानिशवरी के क्या कहने ! अपने में ऐसे मगन हुए रहते हैं कि इन्हें लेकर न किसी को कोई शिकायत है और न ही कोई शक-शुबहा !

मर्द ठहरे, जो भी करें। ख़ानदानों में सब मंजूर। ऊपर से रुआब और दबदबा कि ऐसा क्या कर डाला जो हमें न करना चाहिए था ! इनके गुनाहों पर कौन ख़ाक डालनेवाला है ! बाबाजी के जाते ही ख़ुदमुख़्तारी सर पर चढ़ गई। सबकुछ करेंगे लेकिन दूध के धुले बने रहेंगे।

मुंशीजी ने बालूशाही की टोकरी मेज़ पर रखी और जेब से नक़दी निकाल वकीलनी को थमा दी। चाँदी में गढ़ी बाँकेबिहारी की मूर्ति दिखाकर कहा—छुन्ना बहन के मन्दिर के लिए भिजवाई है। साहिब, ख़ालिस चाँदी है और ख़ासी वज़नी है।

कुटुम्ब प्यारी ने बड़ी करारी आवाज़ में कहा—मुंशीजी, भला कितने की बनी होगी ?

—साहिब, कह नहीं सकता। मूर्ति है। चाँदी के अलावा पड़त-जड़त के दाम ऊपर से।

बहन के लिए तो कुछ भी करेंगे। हमसे पूछा तक नहीं। हम इनकी बीवी हैं। इनके बच्चों की माँ। मनमानी से बाज़ नहीं आते। कोई-न-कोई ऐसी हुज्जत कि अगला कलकता रहे। माखनचोर की मूरत-सूरत हमें नहीं भाती क्या ! बहन के लिए भक्ति का सामान जुटाया जा रहा है। ध्यान लगेगा क्या ! इन्हें भिजवाइए इनके ससुराल। यहाँ भी अमन-चैन हो।

हमारे अन्दर-बाहर कुलन-सी होने लगी। ग़ुस्से की धँसान में हम रात इनके आने से पहले ही सो गए।

8

कल की ख़फ़गी कुटुम्ब प्यारी के चेहरे पर ठिठकी पड़ी थी। अख़बार पढ़ते-पढ़ते ख़ामोश नज़रों से जायज़ा लिया और बीवी की हरकतों का पीछा करते रहे।

सुबह की चाय के प्याले उठाकर ट्रे में रखे और ट्रे एक मेज़ से उठाकर दूसरी मेज़ पर। बिस्तर की ओर मुड़ा पलंगपोश निकाल एक ओर रखा। तकिए के गिलाफ़ फ़र्श पर डाले। चद्दरें उठाईं। बिस्तर बदले। हाथ से कई बार तो कोने ठीक किए और कई बार सलवटें निकालीं। इतने में धोबी धुलाई ले आया।

रज्जो को आवाज़ दी—ज़रा आकर कपड़े मिलाइए।

रज्जो चुपचाप अन्दर आए और कपड़े सही कर कमरे से बाहर हो गए।

फिर आवाज़ पड़ी—धुलाई दी भी जा रही है। इसे भी लिख लीजिए।

वकील साहिब ने आँखें उठाईं। कहना चाहते रहे कि आप ही लिख लीजिए, पर चुप लगा गए।

कुटुम्ब ने सुई-तागेवाला डिब्बा निकाला और क़मीज़ों के बटन टाँकने

लगीं। बच्चों के कपड़े अलग-अलग किए, फिर समेटकर नहाने चली गईं।

कलफ़ लगी चौड़े पाट की धोती पहने निकलीं और आईने के सामने खड़े-खड़े बालों में कंघा घुमाया, जूड़ा बाँधा, माथे पर बिन्दी लगाई, माँग में सिन्दूर भरा और कंधों पर आँचल फहरा सिंगार-मेज़ के सामान को उलट-पलट करने लगीं।

वकील साहिब ने अख़बार का पन्ना पलटा और मुलायम आवाज़ में कहा—ज़रा चाय के लिए कहिए।

रामलखन ने मेज़ पर चाय की ट्रे रख दी। फिर भी कुटुम्ब का हाथ अपने ही हाथ में रुझा रहा।

वकील साहिब कुछ देर इन्तज़ार करते रहे, फिर प्यालों में चाय उँडेल दी—चली आइए। चाय बन चुकी है।

कुटुम्ब ने अलमारी खोली, बन्द की। चाबी का गुच्छा धोती की चुनटों पर खोंसा और वकील साहिब के सामने कुर्सी पर आ बैठीं।

कृपानारायण दिलचस्पी से इस अदा को देखते रहे। हमेशा पीहर से लौटकर आगा और पीछा ऐसे ही खुला करता है।

—कृष्ण मुरारी की मूर्ति कैसी लगी आपको ? स्थापना के लिए बउआजी पूजा करवाने को कह रही हैं।

कुटुम्ब कुछ न बोलीं और सिलाई उठा फन्दा डालती रहीं।

वकील साहिब ने बड़ी संजीदगी से कहा—क्यों साहिब, किसे पछाड़ा जा रहा है ? चेहरे से तो लगता है मुक़ाबला ज़ोरदार होगा !

कुटुम्ब ने अपनी सजधज की शोख़ी से कहा—जमा ख़ातिर रहे, हमीं जीतेंगे।

वकील साहिब हँसे—कहिए, रंजिश कहीं बाँकेबिहारी से तो नहीं हो गई !

तुनककर कहा—हमें क्यों होने लगी ! हाँ, इत्ता कहे देते हैं कि जिज्जी को आप पूजा-व्रत, कीर्तन में न लगा सकेंगे ! उन पर तो गाने-बजाने और तीन पत्ती का रंग चढ़ा रहता है।

—कुछ अनोखी बात है क्या ! वक़्त काटने के लिए कुछ तो किया जाएगा कि नहीं ?

—आप कुछ भी कहते रहें, हमारे गले से न उतरेगी। विधवा होकर बहन धोती-साड़ी बदलेंगी, न हँसी-ठट्ठा से परहेज करेंगी ! आपकी लाड़ली बहन

ठहरीं, जो मन में आया किया करें। आपकी ओर से तो उन्हें हर बात की इजाज़त है।

बीवी की ख़फ़गी को हमवार कर देने की ग़रज़ से पूछा—बताइए, आप उनके लिए क्या तजवीज़ करती हैं !

कुटुम्ब प्यारी कई देर वकील साहिब की ओर देखती रहीं, फिर मज़ाक से पूछा—क्यों साहिब, बात क्या है ? आज तक हमसे तो इतना ही पूछा जाता रहा कि आज सालन में क्या बना है ! नौरात्रे कब से हैं। श्राद्ध कब उतरेंगे ! इस रंग पर सलमा-सितारा उभरेगा कि गोटा-किनारी ! आज आपने यह क्या पूछ लिया ! कहीं मज़ाक तो नहीं कर रहे आप हमसे ?

वकील साहिब का चेहरा कुछ कड़ा पड़ा और माथे पर तेवर उभर आए। फिर मुस्कुराकर कहा—आप जानें न जानें, हम आपकी राय की क़द्र करते हैं। जो मन में हो वह कहिए।

कुटुम्ब प्यारी ने अख़्तियार को नश्तर बनाकर अपनी ससुरालवालों के पुतले में चुभो दिया—हमारी मानिए साहिब तो छुन्ना बीबी को किसी आश्रम में भिजवा दीजिए। नहीं तो एक-न-एक दिन ऐसी जगहँसाई होगी ख़ानदान की कि हम लोग राह में मुँह दिखाने को न रहेंगे।

वकील साहिब का चेहरा घुटता देख दिल-ही-दिल सोचा—देखते जाइए, अब हम पर आपकी पकड़ कैसे ढीली पड़ती है।

हल्के से सिर हिलाकर एक ख़ामोश-सी हूँ की और कुर्सी से उठकर कमरे में टहलने लगे। हमें लगा जैसे वकील साहिब हमारे ख़ाविन्द न हों, दूर पार के देवर हों। जाने क्यों आज अचानक हमें अपने हक़्-हैसियत पहले से कहीं ज़्यादा पुख़्ता लगने लगे। उनकी ओर देखा तो ढीले पाजामे पर लटकता इज़ारबन्द कुछ ऐसा बेजान-सा लगा कि हमारे अन्दर इनसे छेड़छाड़ करने की जुर्रत ने सिर उठा लिया। हमने मुस्कुराकर शरारत से कहा—शुक्र है ऊपरवाले का साहिब कि इस घर के लिए कोई बेटी पैदा न की। छुन्ना बीबी ही काफ़ी हैं आपकी नींद हराम करने को।

वे ग़ुस्सा न कर हल्के से मुस्कुराए। इनके चेहरे पर कहीं से पुराना लगाव दिखा। हम लौटे-लौटे पीछे गए। कैसे दिन थे ख़ुमारवाले। वे दिन, जब रज्जो पहुँचे थे। हमें यह एक रात को भी न छोड़ते। आगरावाले हमें लेने आते तो हमें ख़ुद ही कोई-न-कोई बहाना बनाना पड़ता।

वकील साहिब ने हमारे चेहरे पर जाने क्या पढ़ लिया कि यकायक फिर अपने भी वकील साहिब बनकर तैनात हो गए।

छरहरे बदन पर कुछ ऐसा रुआब फिरा कि हम हस्बे-आदत कमज़ोर महसूस करने लगे। बुझ-से गए।

गन्दुमी रंग पर चौड़ी पेशानी। दूसरे को अपनी जिरहबाज़ी से गिरफ़्त में कर लेने का अन्दाज़। वही इजलासवाला चेहरा।

—छुन्ना के बारे में अभी जो आपने कहा, उसकी वजह तो कुछ होगी ? हमसे कुछ छिपाइएगा नहीं।

—हमीं से ही क्या पूछ रहे हैं, पूरे घर को ख़बर है।

वकील साहिब ने सिर्फ़ आँखें ऊपर कीं।

—हम तो इतना जानते हैं कि रामेश्वर चचा के यहाँ आए दिन चक्कर लगा करते हैं।

—रामेश्वर के यहाँ जाने में क्या हर्ज है साहिब ! हमारे चचेरे भाई हैं।

—बेतक़ल्लुफ़ी उनसे नहीं, रम्मो भाभी के भाई वहाँ कब से जमे बैठे हैं। फ़ौज से निकाले गए थे। अब नौकरी की तलाश में हैं। रम्मो भाभी बता रही थीं—दोनों की ख़ूब जमती है।

वकील साहिब के चेहरे पर कोई असर न देखकर जोड़ा—दोनों ख़ूब तो जमकर ताश खेलते हैं और कभी-कभार कम्पनी बाग़ तक भी घूम आते हैं।

कृपानारायण ने सिर्फ़ सिर हिलाया और मन-ही-मन निशाना लगाया—मुलम्माकारी।

कुटुम्ब बोलती रहीं—साहिबज़ादे बैंतबाज़ी का शौक़ भी रखते हैं। शेरो-शायरी का शौक़ हमारी जिज्जी को भी कम नहीं।

वकील साहिब कुछ न बोले तो कुटुम्ब के दिल पर झमझमाहट होने लगी। इस बार हम न छोड़ेंगे। एक बार हिल जाएँ छुन्ना बीबी यहाँ से तो उस कमरे में हुक्मी को जमा देंगे। दोनों भाइयों के बीच दबे-से रहते हैं बिचारे !

इस बीच हम चुपचाप गुमसुमी से ताड़ते रहे कि यह छुन्ना बीबी से खिंचे-खिंचे रहते हैं। हमने सन्तोष की साँस ली।

शाम घर-भर के बच्चों को साथ बिठा छुन्ना बीबी हारमोनियम पर बच्चों को सरगम सिखा रही थीं। हम और बउआजी भी कालीन पर जा बैठे। स रे ग—रे—ग म—ग म प—प ध नी—ध नी स...

बरामदे में इनके क़दमों की आहट सुन पड़ी। अन्दर आ खड़े-खड़े सुनते रहे, फिर एक सख़्त निगाह बहन पर डाली और बाहर चौक पर खुलती खिड़की के कपाट भिड़ाए और अपने कमरे की ओर निकल गए।

छुन्ना बीबी का हाथ परदे पर ठिठका। सरपट हमारी ओर नज़र फिराई। ओंठों पर जाने कैसी हँसी फैली और हमारे चेहरे तक आकर वहीं पसर गई। हमने अपने कानों से सुना जैसे कहती हों—ख़ूब रही भाभी ! आख़िर तो एक दिन आपकी भी सुन ली गई ! मुबारक हो !

छुन्ना बीबी की आँखों पर चुपके से मुँह बिचका हम वहाँ से उठे और इनके लिए नाश्ता लगा इनके पास जा बैठे।

—क्यों, आरती से पहले कैसे उठ आईं आप ?

हम चेहरे पर चिन्ता लीपे रहे।

—अब क्या कहें ! हम तो आए दिन देखते हैं मगर कुछ नहीं कर सकते। चौकवाले पल्ले हमेशा खुले रहते हैं और जाने कौन-कौन इनका गाना सुन वाह-वाह करते रहते हैं। इन्होंने चाय का आधा प्याला मेज़ पर रख दिया और अपने अन्दर हो गए।

ईद पर अन्देशरवानियों के यहाँ से सेमइयाँ आई थीं। ख़ूब भुनी, बादाम-पिस्ते की हवाई से भरपूर। हमारा चखने को मन हो आया। दो रकाबियों में डाल एक इनकी ओर बढ़ा दी।

—लीजिए, मीठे पुलाव की तरह बनी लगती हैं।

इन्होंने इनकार में सिर हिला दिया—न !

हम गहरी नज़र से देखते रहे। फिर जाने क्यों छेड़छाड़ शुरू कर दी।

—सेमइयाँ तो आप वहाँ की खा ही चुके होंगे। अब इनको चख लेने में भी क्या हर्ज ?

यह चुप रहे।

—भला सेमइयाँ वहाँ कैसे बनाई जाती हैं ?

मुख़्तसर-सा जवाब था—जैसे यहाँ बनती हैं वैसे ही।

हमने नटखटपन से कहा—हम तो यही सोचते रहे कि वहाँ गोश्त-कबाब, देग़ का ज़ायका तो कुछ और ही होता होगा।

वकील साहिब के माथे पर बल पड़ गए—वह कैसे ?

—मुजरे के साथ तो शबाब ही शबाब...हमने हँसकर इन्हें बेपरदा-सी निगाह के साथ देखा।

यह कई पल सर्द-से हुए हमारी ओर देखते रहे और ख़ामोश रहे। चेहरे पर कुछ ऐसा था कि हमारी मुँहजोरी और गुस्ताख़ी को नज़रअन्दाज़ करने का फ़ैसला किए हों।

हमने ढिठाई से कहा—कुछ कहिए, चुप न रहिए। आपकी चुप्पी हमारे सिर पर चढ़ जाती है तो हमें चक्कर आने लगता है।

—ग़लतफ़हमी का क्या इलाज। घर तो आपने भी देख ही लिया है। वहाँ न मुजरा होता है और न ही हम कभी वहाँ दारू ही पीते हैं।

हम यह सुनकर तड़प उठे।

—फिर ऐसा क्या है वहाँ जो आप उसे अपना दूसरा घर बनाए हैं ?

—घर में रहनेवालों की ख़ूबियाँ अपनी ओर खींचती हैं।

—यहाँ तो कुछ नहीं न ?

—जो भी है करेले पर नमक छिड़कते चले जाने से बेहतर नहीं। कड़ुवाहट, कसैलापन।

सुनकर हमारा दिल कुछ डूबने-सा लगा।

इन्होंने हमारे चेहरे पर जाने क्या पढ़ लिया कि लाड़-प्यार से बोले—घर के मुक़ाबले आपको वहाँ कुछ ऐसा नज़र आया जो आपके यहाँ नहीं और वहाँ है।

—आपको कौन मना करता है ! आप जितना चाहिए, लुटाइए।

वकील साहिब ने बड़ी सगी निगाह से हमें देखा—क्या आपको हम पर सचमुच ऐतमाद और भरोसा नहीं ? हम हमेशा याद रखते हैं कि हमारी बीवी के कुछ ख़ास हक़-अख़्तियार हैं और हमारे रहते उनकी हक़तल्फ़ी कभी न होनी चाहिए।

हमारे दिल ने फिर कोसना शुरू कर दिया। वहाँ की मुहब्बत से इन्हें हमारे लिए कहाँ फ़ुरसत !

हमने भड़ककर कहा—अगर फ़राशख़ानेवाला घर किसी नाचने-गानेवाली के कोठे-सा होता तो न हम रोते और न ही तड़पते-कलपते।

वकील साहिब कुर्सी से उठ खड़े हुए। बिना ग़ुस्से-गिले के सपाट आवाज़

में कहा—है कोई ऐसा नामुराद मर्द जो ज़िन्दगी में इस तरह के छोटे-मोटे गुनाह न करता हो ? साधु-संन्यासी नहीं, इंसान हैं हम।

हमने बिलबिलाकर कहा—और हम क्या हैं ! साहिब, यह भी तो कहते जाइए। क्या सारी ज़्यादतियाँ हमीं को झेलनी पड़ेंगी !

वकील साहिब ने कंधों पर गर्म चद्दर डाली और अपनी वकालत में फबे-फबे बीवी पर ऐसी नज़र फेंकी ज्यों उनकी बीवी अपने क़द कहीं छोटी और पिछड़ी हो। क़दम उठा दरवाज़े की ओर बढ़े। गला खँखारा, बड़ी शायस्तगी से कहा—आपके लिए तो इतना ही कहा जा सकता है कि आप औरत हैं और आपको गृहस्थी बनाने-चलाने को ही ऊपरवाले ने बनाया है। बताइए भला, इसमें हम आपकी क्या मदद कर सकते हैं ! इसको लेकर दिल में मलाल लाने की तो कोई वजह न होनी चाहिए।

हम बिफरकर बोले—क्या सारे झंझट-झमेले हमीं लोगों के हिस्से में आ गए ! इतनी बेइंसाफ़ी तो ऊपरवाला नहीं कर सकता।

—देखिए, औरत-मर्द को अपने-अपने ढंग से फ़र्ज निभाने पड़ते हैं।

हम बौखला गए। तीखे गले से कहा—जहाँ तक आप लोगों का सवाल है, उन्हें तो बदलने की ज़रूरत ही नहीं।

वकील साहिब का चेहरा कुछ खिल-सा उठा। मुस्कुराकर कहा—कहिए, आप हममें क्या तब्दीलियाँ चाहती हैं।

—हम आपसे जिरह करने के क़ाबिल नहीं, पर किसी बात पर आप भी तौबा कीजिए।

वह बड़ी मोहक हँसी हँसे। उठकर हमारा गाल थपथपाया और अजब चुलबुले अन्दाज़ में कहा :

कभी इस बात का तौबा
कभी उस बात का तौबा
आप चाहें तो ज़िन्दगी से ही
तौबा कर लें !

वकील साहिब कुछ देर अपने कहे हुए पर ख़ुद ही हँसते रहे। फिर बड़े बाँकपन से हमें देखते रहे। हमने जाना कि इसी छबीली अदा से फ़राशख़ानेवाली को पटाया जाता होगा।

इधर वकील साहिब कमरे से बाहर हुए, उधर बउआजी अन्दर आईं और

उसी कुर्सी पर विराजमान हो गईं।

—बहूजी, अब कैसी तबीयत है ?

हम कुछ न बोले और चुप रहे।

बउआजी कुर्सी पर आलथी-पालथी मारे जमीं रहीं।

हमने दो-एक बार करवट ली। इशारा दिया कि हम सोने जा रहे हैं। पर बउआजी टस-से-मस न हुईं।

—बहूजी, चौबीसों घंटे मरदों के ऐब और ऐश को कोसने नहीं दिए जाते। खीझते रहने से चेहरे पर कैसी झाँइयाँ-सी पड़ गई हैं। अपना और अपनी सेहत का ध्यान .ख़ुद करना पड़ता है।

कुटुम्ब तमतमाती-सी उठीं और ग़ुसलख़ाने की ओर बढ़ गईं। दरवाज़ा ऐसे भेड़ा जैसे माँ और बेटे को अपने किवाड़ से बाहर खड़ा रखना हो।

बउआजी न टलीं।

फल की टोकरी पर नज़र डाली। बहू ने कुछ भी नहीं छुआ। राम जाने यह हंगामा कब ठंडा होगा।

कुटुम्ब वापस बिस्तर में आ लेटीं। पहले खिड़की पर नज़र टिकाई, फिर बउआजी को घूरते-घूरते आप ही नर्म पड़ गईं। जिनके होने से यह हमारी सास बनी हैं, उनके मुक़ाबले कम-से-कम हमारी कुछ ख़बर तो रखती हैं।

हमने बेटी बनकर पूछा—बउआजी, आप इस वक़्त आरती छोड़ कैसे इधर आ निकलीं !

—तुम कुछ खा-पी नहीं रहीं। दिन में झाँका तो तुम्हारी थाली अनछुई पड़ी थी। सोचा कृपा से कहूँ, वरक गाजर, आँवले का मुरब्बा मँगवा दे तो कुछ तो अन्दर जाए।

हमारा दिल कुछ पिघला।

—बउआजी, जो बात हमसे कही, वही आपने भी सुनी होगी।

—बहूजी, हमने भी उम्र-भर यही कुछ सुना है। वही दलीलें और वही इनके दादावाली हुज्जतें। जो इनके बाप-दादा कहते रहे, वही तो यह भी कहेंगे।

बउआजी, आप तो हमारे ऐसे ग़म से दूर रहीं जो तिल-तिल जलाता है।

—इसे ढका ही रहने दो बहूजी। हाँ, हमारी सीख इतनी ही कि यहीं न अटकी रहो। कुछ बदलनेवाला नहीं। जो हो रहा है उसे नज़रअन्दाज़ करो।

सुनो बहू ! शादी के पहले सालों में हम जब-जब पीहर जाते माँ से लगकर ख़ूब रोते। पर अम्माँ ने हमें कभी न पूछा कि बिटिया बात क्या है। हर बार थपथपा कर यही कहें—आओ, चलो, मुँह धो लो।

एक दिन अम्माँ हमारा ग़ुस्सा देख बोलीं—देख पुच्ची, जो हमने देखा है, सहा है, कमोबेश वही तो तुम भी देखोगी और सहोगी। मरदों के हिस्से में आए हैं महफ़िल, मुजरे, खेल-तमाशे और औरत को लगे हैं बाल-बच्चे, दिन-त्योहार, पूजा-व्रत। रोने-धोने से क्या कुछ बदलनेवाला है ! अब जैसा जो कुछ है चलाती चलो। सो बहूजी, जो तुम्हारे साथ हो रहा है वह भी कुछ नया नहीं।

—बउआजी, अपनी गृहस्थी होते-हवाते नचनिया के यहाँ घर बसा लें...

—बहूजी, बात पुरानी हो चुकी। अब बार-बार उसी का क्या ज़िक्र।

बउआजी बैठी-बैठी ऊँघने लगीं। आँखें खोलीं तो कहा—हमसे पूछो तो मर्द को गुमराह करनेवाले फ़क़त हुस्न और जवानी नहीं, उसकी कमाई है जो उसे ख़ुदमुख़्तारी देती है। सोचो, घर में बैठी-बैठी औरत क्या करेगी ! गहनों की बकुची में से अक़्ल की पुड़िया निकाल लेगी या भंडारघर से पैसा कमाने का तजुरबा समेट लेगी ! हमसे पूछो तो घर की बहू ज़िन्दगी-भर या मर्द की सुनेगी या बेटों की। धर्मशास्त्र भी तो यही कहते हैं।

सुनकर हमें हैरानी नहीं हुई। यह रहे हम और यह रहीं बउआजी। एक अपने बेटे के बाप की सताई हुई और दूसरी बाप के बेटे की। हम सिलाई के फन्दों की तरह एक-दूसरे के बुनने को।

—बउआजी, यह बात अपने बेटे को कह देखिए। क्या ख़बर, हमारे हक़ में भी कोई क़ानून की दफ़ा निकाल लें।

—कहाँ बहूजी, इस घर के मर्द अपने आप जो का जो करते रहें पर घर की बहू-बेटियों पर बड़ी कड़ी निगाह रखते हैं। निगरानी ऐसी सख़्त कि हवेली के अन्दर ही नहीं, फाटक के बाहर भी जाने किस-किस की गारद बिठाए रखते हैं।

यह सुनकर हमारा दिल बैठने लगा। हमने सिरहाने पर सिर रखा तो बउआजी ने उठकर हमें कपड़ा ओढ़ा दिया। जाते-जाते हमारे सिर पर हाथ रख बोलीं—बेटी, कृपा को कुछ देर अपने दिल से बाहर रखो। कमरे में आकर

बैठ जाए तो बैठे रहने दो। तबीयत न हो तो बात न करो। जो तुम्हारे मन को भाए वही करो। उसकी तरफ़ से लापरवाह हो जाओ। दोस्त-यारों में रमा रहे, टप्पा-ठुमरी सुनता रहे, तुम्हारी तरफ़ से। तुम सिलाई, बुनाई या सत्संग-कीर्तन में अपना दिल लगाओ। तुम इस घर की बहू हो !

9

गर्मी की दुपहर को ख़स की टट्टियाँ तरातर भीगी थीं। छुन्ना बुआ तोशक पर लम्बे बाल फैलाए आँखें मूँदे पड़ी थीं।

भतीजे गप्पू ने आकर हिलाया—उठिए छुन्ना बुआ ! आपके ससुरालवाले आए हैं।

—क्यों साहिब, आपको कैसे पता लगा ?

—आपवाले फूफाजी के भाई लगते हैं। हमसे इतना ही पूछा कि भाभी घर में हैं न।

—गप्पू साहिब, यहाँ तो गुच्छा-भर भाभियाँ हैं। भला भाभी के नाम से आप बुआ को ही बुलाने क्यों चले आए ?

—उनकी भाभी तो आप ही हैं। फिर शकल भी फूफाजी से मिलती है। सिर्फ़ रंग ज़रा पक्का है।

हाथ बढ़ा छुन्ना बुआ ने गप्पू के सिर पर हल्की-सी चपत दी—क्यों साहिब, फूफाजी की याद कैसे न्योत ली ? वह तो रामजी को प्यारे हो गए।

गप्पू सहमे-से छुन्ना बुआ की ओर देखा किए मानो वहीं से फूफाजी को

ढूँढ़ लाना हो।

—फूफाजी ने हम सबको गेंद-बल्ले दिलवाए थे।

—क्या उनकी शक्ल याद है ?

—हाँ, लम्बे-लम्बे गदबदे-से।

छुन्ना बुआ के दिल को गप्पू ने जैसे मौन लगा दिया। उठकर कलफ़ लगी धोती निकाली। बाल सहेज जूड़ा बाँधा और मन-ही-मन सोचा—कमबख़्त हमारे यहाँ सारा धौंस-धमाका सुहाग-बिन्दी का ही है। बिना इसके तो हम जैसे या तो घर-भर का तमाशा या बदशगुनी की पुड़िया। अच्छे मौक़ों पर हमें नज़र न आना चाहिए।

धोती की चुन्नट डाल अन्दर खोंसे और गप्पू से पूछा—क्यों साहिब, धोती तो ठीक है ? पसन्द आई आपको ?

अपनी पसन्द पूछे जाने पर गप्पू .ख़ुश हुए। दाँत से नाखून कुतरकर धीमी आवाज में कहा—छुन्ना बुआ, सब बच्चे मिलकर आपकी खिल्ली उड़ाया करते हैं। मुँह चिढ़ाकर कहते हैं—बुआ बड़ी गुलचेहर बनी फिरती हैं।

छुन्ना हँसीं—बस इतना ही !

—बताएँ तो ग़ुस्सा तो न होंगी।

—नहीं।

—मिलकर गाते हैं :

कल गई थीं सासरे
अब लौट आई हैं
होंगे झगड़े और लड़ाई
बुआ लौट आई हैं।
करतीं धरतीं कुछ नहीं
बस वाहवाही है।
होंगे झगड़े और लड़ाई
बुआ लौट आई हैं।

छुन्ना को सनाका-सा लगा और दिल के आर-पार हो गया। तो पीहर में हमारी रोटियाँ भारी पड़ने लगीं। नाम ले-ले नज़्में गाई जाने लगीं।

छुन्ना बुआ के दिल में कुछ उठी तो ऐसी कि दर्जन-भर भतीजे-भतीजियों के कान खींच दें।

घूरकर गप्पू की ओर देखा तो जाने क्यों प्यार उमड़ आया। डिब्बे से निकाल आम-पापड़ का टुकड़ा दिया और पीठ पर थपकी देकर कहा—जाइए, किसी से कहिएगा नहीं कि आपने हमें हमारी छेड़ बता दी है।

गप्पू आम-पापड़ को ओंठों तक ले आए, फिर फुसफुसाकर बुआ के कान में बोले—आप भी किसी को न कहिएगा। उन्हें पता लगा तो हमें मिलकर पीट देंगे।

—जाइए। जाकर खेलिए। हाँ, आम-पापड़ पर पानी क़तई नहीं।

सीढ़ियाँ उतरते-उतरते छुन्ना बुआ ने सोचा—हमने भी इन्साफ़ के लिए अपने को भला किसे सौंप रखा है। जो वहाँ था सो ही यहाँ।

छैलबिहारी ने भावज को बन्दगी की।

छुन्ना बुआ ने अजीब हसरत-भरी निगाह से देवर-देवरानी को देखा।

—क्यों साहिब, कैसे मिज़ाज हैं ! कतराने-भर को देवर हैं आप हमारे। इस बीच कितनी बार दिल्ली आ चुके हैं, ख़बर तो हमें भी रहती है।

—इत्तेफ़ाक ही ऐसा रहा भाभी। माधोराम की बग़ीची के सिलसिले में दो बार आना तो हुआ पर लौटने की जल्दी में आपसे मिलने न आ सके।

—मुरादाबाद से हमें मिलने चले आना तो न मुमकिन था और न शायद मुनासिब, इतना तो हम भी जानते हैं।

—इस बेक़ायदगी की माफ़ी, पर आज तो आपको लेने ही आए हैं।

छुन्ना ने कनखियों से देवारानी सुधा की ओर ताका।

—सुधा बीबी, तुम्हारे मियाँ की वह आदत न गई। हमेशा दुतरफ़ा चाल।

छैलबिहारी पछतावे की अदा में बोले—भाभी, माफ़ी दीजिए। उसे तो भूल ही जाइए।

छुन्ना बीबी हँस दीं—वह तारकशीवाला रूमाल जेब में रखे हुए हैं न ! हवा करने की ज़रूरत पड़ सकती है।

—भाभी आपकी शिकायत, नसीहत हमें सभी मंजूर हैं।

सुधा देवरानी मियाँ के इस नटखटपन पर रीझ गईं। जिठानी से कहा—यह तो साफ़ बच निकलते हैं और नालिश हमारी होती है।

आँकी-बाँकी अदाओंवाले छैलबिहारी बीवी से कुछ इशारा लेना चाहते रहे। फिर चौकसी से बोले—भाभी, उस लापरवाही को तो हम पर न डालिए। वह वारदात तो असल में आप ही के हलके में हुई थी। सोचिए ज़रा, आप घर

से गईं बिन्दा बाबू के यहाँ और बिना कुछ बताए दिल्ली लौट आईं।

—दद्दा मुक़द्दमे की तारीख़ भुगता लखनऊ से लौट रहे थे। दुपहरी को बिन्दा बाबू से मिलने को रुक गए। चाय के बाद जाने को हुए तो हमारा मन भी मचल गया। बात इतनी-सी ही थी। अब आप लोग जितना भी तूल दें।

छैलबिहारी ने शोख़ निगाहों से भाभी को देखा और ज़ोर का क़हक़हा लगाया।

—भाभी, सुननेवालों को तो ऐसे लगा ज्यों आप ससुराल में नज़रबन्द थीं और मौक़ा पाते ही उड़नछू हो गईं। वकील साहिब आए और बिन्दा बाबू की मदद से बहन को छुड़वाकर ले गए।

छुन्ना बीबी ख़ूब हँसीं—तो कचहरी-वकीलों के लटके आपके यहाँ भी कम नहीं। आपने बिना सुनवाई के ही भाभी को मुजरिम करार दे दिया।

—नहीं साहिब, जहाँ आपके दद्दा-जैसे वकील मौजूद हों वहाँ किसी दूसरे की क्या औक़ात !

छुन्ना बीबी को किसी गुम चोट की याद हो आई। गहरे दर्द से कहा—उन दिनों अपना हाल बहुत बुरा था। रुलाई के सिवा और कुछ न सूझता था।

—आपके इस तरह चले आने पर बिरादरी में ख़ूब अफ़वाहें उड़ीं। इसके ज़िम्मेवार हमीं तो हुए। छोड़िए, पिछले अरजी-परचे का वक़्त तो निकल गया। अब आगे की कहिए।

चचेरे भाई अवध की बहू बैठी-बैठी छालियाँ काट रही थी। ननद को देवर से छेड़छाड़ करते देखा तो ख़ूब मज़ा लिया। इशारे से कामिनी देवरानी को भी बुला लिया।

शर्बत के साथ पिस्ते की लौज आ गई।

छैलबिहारी अन्दर की ख़बरदारी में कुछ खनकने-से लगे—भाभी, सुना था आप बदरीधाम की यात्रा को निकलनेवाली थीं।

छुन्ना ने घूरा—हम और यात्रा ! किसी ने परकटी उड़ा दी होगी। इरादा न बना, नाक कटी सो सलामत, हवा में नाम बना सो मुबारक। वैसे बता दें, अभी हमें तीर्थयात्रा की कोई सनक सवार नहीं।

छैलबिहारी अन्दर-ही-अन्दर तमतमाए। परियोंवाली शहज़ादी बनी अब भी कुतुबमीनार पर बैठी हैं। तख़्त, साज़ सब ख़त्म हो चुके पर दिल्लीवाला

अन्दाज़ वही।

छुन्ना बीबी ने मन-ही-मन सोचा—क्यों साहिब, बेवा की सन्दूक़ची पर कितनी लम्बी घात लगाइएगा। कुछ तो हक़ जीने का उसे भी है, कि शौहर के जाते ही वह भी जमुनाजी के किनारे जा बैठे ?

छैलबिहारी और सुधा के चेहरों पर एक-सी मुस्कान रेंगने लगी तो कामिनी दोनों ओर के रिश्ते को निभाने को बोली—सुना था, आप लोग बग़ीची ख़रीद रहे हैं।

—नमकहराम की हवेली के बगल में तिमंज़िले की कुछ बात चली थी पर सौदा रह गया। मुकुट दादा के क्या-क्या अरमान थे ! महरौलीवाला बंगला भी सरकार से छुड़वा लेना चाहते थे।

बउआजी और कुटुम्ब प्यारी को आते देखा तो छैलबिहारी ग़मगीन गले से बोले—मुकुट दादा और भाभी की भी क्या छनती थी ! मुहब्बत-प्यार में जैसे एक-दूसरे की शायरी बने हुए थे। घर में गाने-बजाने और हँसी-ठट्ठे की तो चौकियाँ बिठाल रखी थीं।

सुननेवाले सभी छुन्ना बीबी के गुज़रे हुए वक़्त को देखने लगे।

—याद है न भाभी, जब लखनऊवाले कव्वाल मियाँ शक्कर और मियाँ मक्खन को बुलाया था दादा ने। क्या जश्न मनाया गया था ? वही दादा की आख़िरी सालगिरह थी।

बउआजी की आँखें भर आईं—तक़दीर ने हमारी बेटी को रियासत से नीचे उतार दिया।

छुन्ना ने पूछा—उस्ताद हद्‌दू ख़ाँ साहिब से मुलाक़ात हुई ?

—भाभी, एक शाम उस्ताद साहिब घर पहुँचे और अम्माँजी से बोले कि कुँवर साहिब का कमरा खुलवाइए। आज वहीं बैठकर बजाएँगे। क्या बतावें, कल से हमारी आँखों के आगे ठिठके खड़े हैं। उस्ताद साहिब शाम को बैठे और आधी रात तक बजाते रहे।

छुन्ना बीबी की आँखें डबडबा आईं। छैलबिहारी अपनापे से बोले—अम्माँ तो ग़म में पगलाई-सी रहती हैं। इस बार एक ही रट कि छैलबिहारी, बहूजी को लिवा लाओ तभी आम चखा जाएगा। अमराइयाँ लदी पड़ी हैं। अब आपको हमारे साथ चलना है। अम्माँ का हुक्म है। टालने की कोई गुंजाइश नहीं।

बउआजी ने कुटुम्ब की ओर नज़र फिराई तो बहूजी ने फ़ौरन तार पकड़ लिया।—छुन्ना बीबी, अम्माँजी बुला रही हैं, कुछ दिन लगा आइए। उनकी बात भी रह जाएगी और आप भी उनसे मिल लेंगी।

कुटुम्ब ने छैलबिहारी के माथे का तेवर उभरते देखा तो बात बदलकर कहा—बउआजी सत्यनारायण की कथा करवा रही हैं, पूर्णमाशी को। उसके दो दिन पहले छुन्ना बीबी को यहाँ पहुँचा जाइए साहिब !

छैलबिहारी ने शायस्तगी से सिर हिलाया—हुक्म की तामील होगी। भाभी, आप तैयार होइए। हम ज़रा रायसीना तक होकर आते हैं।

फिर कुटुम्ब प्यारी की ओर देखा—आप चाहें तो वकील साहिब से इजाज़त ले लें। वैसे घर में तो क़ायमशुदा सरकार आप ही हैं।

कुटुम्ब ने झूठ-मूठ के तेवर चढ़ा लिये—छुन्ना बीबी, सुन रही हैं न अपने देवर साहिब के मुरादाबादी लटके !

छुन्ना बीबी बड़ी शोख़ी से हँसीं—ठीक कह रही हैं भाभी, मुरादाबाद के टनटनाते बर्तन तो मशहूर हैं।

ऐन मौक़े पर ताईजी बैठक में आ धमकीं। बिरादरी की बेजोड़ हँसोड़ मशहूर। सीधे पल्ले की धोती पर खिला पका सुहावना चेहरा।

—छैलबिहारी, अपने यहाँ की अमराइयाँ उठाए-उठाए घूम रहे हो हमारी दिल्ली में।

—छैलबिहारी छोटा-सा मुस्कुराए।

—सुनते हैं भाँजे, तुम्हारे यहाँ की अमराइयाँ तो आमों से लदी पड़ी हैं। कभी दिल्लीवालों को भी चखा दिया करो।

—हुक्म करिए। जब कहें। बताइए, कहाँ पहुँचा दें ?

—क्या सारे चीराख़ाने को खिलाएँगे ! फ़िरागदिल हो तो पहुँचा दो सारी सन्तति के लिए।

फिर सुधा पर एक नज़र लाड़ की फेंककर कहा—बात यूँ है कि तुम्हारे मग़रूर दूल्हा का गुरूर झाड़ना ज़रूरी है। अपने को छैला समझे रहते हैं। छैलबिहारी अपने वहाँ की मुरादाबादी गिन्नी भी अन्दर की जेब में रखे रहा करो। दिल्ली पहुँचते ही इसका भाव गिर जाया करता है।

—हाँ जनाब, आप दिल्लीवालों के क्या कहने ! लोगों की रूहों को घेरे रहते हैं।

—भाँजे, कहीं घिर तो नहीं गए ! चावड़ी की ओर होकर भला कहाँ जाया करते हो ! सुधा बीबी, निगरानी रखा करो इन पर। कहीं कलफ़ लगे कुरते पर मोतिए का गज़रा पहने हुस्न बाज़ार में न घूमने लगें।

छैलबिहारी अपनी इस तस्वीर के ज़िक्र पर बड़ा मोहक हँसे और उठ खड़े हुए—इस ख़ादिम पर सीधी नज़र रखिए मौसी, नहीं तो आपकी बहू यहीं पीहर में टिक जाएगी।

अटैची में छोटा-मोटा सामान डालते-डालते छुन्ना बीबी ने घर-भर की फ़रमाइशें सुनीं। छह गिलास, छह कटोरियाँ, मीनाकारी के कामवाला लैंप का हंडा।

सब छोटे-बड़े भतीजे-भतीजियाँ पास आ जुटे—छुन्ना बुआ, हमारा लट्टू लाना न भूलिएगा। हमारे लिए फलों की पिटारी। हमें कटा ख़रबूजा चाहिए। उसकी फाँक पर खूब गहरा रंग लगा रहता है। हमें गुड़िया की रसोई चाहिए छुन्ना बुआ। चकला, बेलन, कड़ाही, पतीली। डिब्बे में सबकुछ हो।

—छुन्ना बुआ, जिज्जी कहती हैं उनके लिए दो गुलदान लेते आइएगा।

किसी ग़ैबी हिसाब से छुन्ना बुआ ने मासूमा और बदरू की पसन्द भी सुन ली। मासूमा के लिए मुक्कैशवाली ओढ़नी और बदरू के लिए सफ़ेद कबूतरों का जोड़ा।

कुटुम्ब भाभी ने एक बन्द लिफ़ाफ़ा छुन्ना को सँभलवाया—कमरे से दद्दा ने भेजा है। हाँ, दो मीनाकारी की बड़ी सुराहियाँ लेती आइएगा।

छुन्ना बीबी ने जाने कैसी नज़र से भाभी को देखा कि वह इनाम देने के अन्दाज़ में बोलीं—किट्टो की बात पक्की हुई समझो कानपुरवालों के यहाँ।

—तो सगाई हो चुकी !

—मिठाई की टोकनी पहुँचेगी तो बाक़ायदा ऐलान होगा।

छुन्ना बीबी देवर-देवरानी के साथ घोड़ागाड़ी में बैठीं तो पूरा कुनबा कुछ नई-सी आँखों से छुन्ना को देखने लगा। अपने घर में भी इसे किसी बात की कमी नहीं। जी में आ जाए तो वहीं जम ले।

हवेली में जाने किस-किस को छुन्ना बुआवाले दो कमरों की ज़रूरत है। गुमसुम सभी के ख़यालों में एक ही बात कौंधी कि कुछ ऐसा हो कि बीबी वहीं की वहीं टिक जाएँ।

रात बउआजी कुटुम्ब प्यारी के कमरे में आईं और फ़िक्र से बोलीं—बहूजी, छुन्ना तालियों का गुच्छा तो यहीं भूल गई !

बहूजी ख़ामोश रहीं। मन-ही-मन सोचा—ताली का खेल घर में जाने कब से चालू है। ग़ालिबन छैलबिहारी आए भी इसी ग़रज़ से होंगे। इधर ये दोनों भाई-बहन भी किसी से कम हैं क्या ! मिल जाएँ तो लाल क़िले को जाती बेगम समरू की कोठीवाली सुरंग उड़ा दें।

10

ससुराल पहुँच छुन्ना बीबी ने एक नज़र अपने कमरे पर डाली और दिल पर साँकल चढ़ा ली।

बग़ीचे में खुलती खिड़कियोंवाला कमरा वही था और वहीं था। दरवाज़ों पर चिलमनें वैसे ही लटकी थीं। पलंग उसी जगह। ऊपर बिछा पलंगपोश पुरानी तारीख़ों की तरह बेरंग पड़ा था। गुज़रा हुआ वक़्त। इसमें अब अपनी हिस्सेदारी ही क्या रह गई !

दुपहर खा-पीकर सोने के बजाय छुन्ना ने सासूजी के कमरे में सिलाई की मशीन रख ली। अम्माँ और देवरानी के पेटीकोट-जम्पर कतरकर मशीन पर चढ़ा लिये। अम्माँ गहरी निगाहें बहू के चेहरे पर जमाए रहीं। लड़की पर पीहर का गहरा रंग चढ़ा है। जाने शर्म-हया और पाक़दामनी भी बाक़ी है कि नहीं। एड़ीदार जूते, तंग जम्पर और उल्टे पल्ले की साड़ी। क्या ख़बर इस घर की इज़्ज़त-आबरू उठाने की ग़ैरत भी कहीं पीछे छूट चुकी हो ! कहा—बहूजी, वहाँ तो भतीजे-भतीजियों में दिल बहला रहता होगा।

छुन्ना ने कलीवाली लम्बी सिलाई निकाल तागा तोड़ा और हत्थी पर हाथ

रखे-रखे सिर-भर हिला दिया—हाँ।

—बहू, तुम्हारी मौसी के बेटे की सगाई हो गई क्या जगतनारायण की बेटी से !

—नहीं !

—लड़की तो बड़ी नेकबख़्त है। नोक-पलक से भी अच्छी है।

—पत्री न मिली होगी।

अम्माँ को बहू की यह अदा पसन्द न आई। दिल्लीवाले गुमान और हेकड़ी साधे बैठे रहते हैं ! पूछा—कृपा की बहू कैसी है? सुनते हैं बीमार पड़ी है।

—भाभी तो अभी इलाहाबाद-बनारस घूमकर लौटी हैं। अच्छी-भली हैं।

अम्माँजी ने अपनी बात जारी रखी—कुछ भी कहो बहूजी, उसकी बीमारी की वजह तो कुछ और ही है। बन्ने की बहू बता रही थी कि किसी तान्त्रिक के चक्कर में पड़ी है।...अरे फ़राशख़ानेवाली बाल-बच्चेदार हो गई। अब वकील साहिब भी वहाँ से क्या मुड़ेंगे !

छुन्ना कुछ न बोली। मशीन के शोर में अपनी चुप्पी सँजोए रही।

—जाने किसने बताया कि तुम्हारे दद्दा ने एक तो सिविल लाइन में कोठी उसके नाम की है, साथ ही लड़के की पढ़ाई-लिखाई को एकमुश्त बड़ी रक़म दी है।

बहू अब भी ख़ामोश।

—भला कैसी औरत है ! तुम तो मिली होगी ! ऐसी डेरेदार नचनियों के भी क्या कहने ! घर की बहू को तड़पा दिया न !

छुन्ना ने इधर पाँव के नीचे से तागा खींचा, उधर शटल में तागा फँस गया। छुन्ना ने कई बार तो पेंच खोला और कई बार पेचकश से कसा। कहा—तागा इस मशीन में एक बार फँस जाए तो निकलता बड़ी मुश्किल है।

सासूजी अपनी बात पर अड़ी रहीं—जिसके पास हुस्न-जवानी हो, ऊपर से पहनने को लकदक ज़ेवर, उसके पुरपेचों से भला कौन मर्द बच सके हैं !

बहूजी तागा निकालने में उलझी रहीं। हत्थी पर हाथ को बार-बार चलाने की कोशिश की पर मशीन पुराने रंग पर न आई।

इस चुप्पी से सासूजी और तन गईं। नज़र में कुछ ऐसी खोलीं कि निगाह गुनाहों की झिलमिली पर पड़ी हो। माथे पर सती-साध्वीवाला तेज चमकने लगा—बहू, ज़माना बहुत बुरा है। किसी के पास अस्मत-आबरू बाक़ी रहे

तो क्या निगोड़े हीरे-जवाहरात और क्या सोना-चाँदी !

छुन्ना के ओंठों पर मुस्कान फैलते-फैलते वहीं अन्दर ही गुम हो गई। बड़े ख़ुलूस और संजीदगी से कहा—अम्माँजी, इस बात से तो नाइत्तिफ़ाकी कोई क्यों करेगा !

अम्माँजी फिर भी इस ख़याल के बोझ से दबी रहीं—जहान-भर में औरतें इन निगोड़े ज़ेवरों के पीछे पगलाई हुई रहती हैं।

कुर्ती की जेब का टाँका पक्का किया और सुई को गोंट में खोंसकर कहा—न सब मर्द एक-से और न सब औरतें।

—गुमराह होने में क्या देर लगती है। कोई उम्र-भर धर्म समेटे रहे और कोई ख़ाक-मिट्टी करके उड़ा दे।

बहू ने सुघड़ हाथों से पेटीकोट का जोड़ा तहाकर पिटारी में रखा और मशीन पर ढक्कन देते-देते अम्माँ की ओर जुमला बढ़ा दिया—किसी का चैन और किसी की बेचैनी, इतने-भर का ही खेल है।

छोटी बहू ने जिठानी से छिपी नज़र से सासू को जैसे आगाह कर दिया हो—रुक जाइए अम्माँ, आगे ख़तरनाक कटाव है।

अम्माँ ने लम्बा साँस खींचा और दुलारते गले से कहा—छुन्ना बेटी, तुमने मेरी बात रख ली, आ गई, बहुत अच्छा किया। मुकुट की याद सता रही थी। इधर अमराइयों से फल घर पहुँचा कि जी तड़पकर रह गया। विष्णु के ब्याह के लिए दोनों जा ही रहे थे दिल्ली, कहा, तुम्हें साथ लेते आएँ।

बहू ने कमरे के बाहर बरामदे में लटकी नीले अस्तर की भारी चिकों पर निगाह डाली और उनके बाहर फैली कड़ी धूप का जायज़ा लेकर अम्माँ के अगले प्रवचनों को काट देने के लिए तैयार हो गई। सुधा से पूछा—कमरे की दोनों अलमारियाँ कहाँ रखवा दीं ?

जवाब अम्माँ ने दिया—बहू, सफ़ाई-पुताई होनी ज़रूरी थी। तभी यह सामान इधर-उधर किया। छैल के कमरे में पड़ी हैं। चाहो तो खोल लो।

देवरानी को फलाँगकर अम्माँ उलझ रही हैं। पोले-से मुँह।

देवरानी बोली—जिज्जी, सामान पर भी नज़र मार लें। आपके ज़ेवर भी तो इसी में रखे पड़े हैं।

छुन्ना के माथे पर जाने कैसी खटके की गुदगुदी उठकर सासूजी के मुखड़े पर फैल गई।

छुन्ना ने बाक़ायदा अपने वकील दद्दावाला मुखौटा ओढ़ लिया। कसकर देवरानी और सासूजी को देखा, मानो बिना लफ़्ज़ों की मदद से उन तक पहुँचाया—विधवा बहुओं के साथ जो चली आई है, क्या होती चली जाएगी ?

अम्माँ ने मशीन से सिली गई कुरती और पेटीकोट उठाए और गले को रुआँसा कर कहा—मेरे महबूब बेटे के चले जाने पर उसकी माँ के ज़ख़्म तो तुम्हीं भरोगी बहू !

छुन्ना ने जैसे कुछ सुना न हो। बाल खोल कंधों पर फैला लिये और सुधा को बहनापे से कहा—गर्मी सता रही है। नहा लें। गुसलख़ाने में मटकैने तो भरे हैं न !

सुधा ने सिर हिलाया—हाँ। इस बार तो मटकों पर ख़स बुनी गई है।

—ज़रा मेरा बटुआ तो उठा लाओ।

सुधा ने हाथ का बटुआ ला सामने रख दिया।

छुन्ना ने बटुआ खोला, कुछ ढूँढ़ा-टटोला। हाथ से कई बार छानबीन की, फिर बटुए में झाँक झुँझलाई—यह क्या ! ताली का गुच्छा तो वहीं रह गया। पहनने को कपड़े उठाए नहीं। सोचा यहाँ पड़े हैं, निकाल लेंगे।

सुधा और सासूजी दोनों ख़ामोशी से तिलमिला गईं।

छुन्ना ने बिना खटका लगाए सुलूक से देवरानी से कहा—दो-एक दिन तो तुम्हारी धोतियों से ही काम चलाना होगा।

अम्माँ ने रुखाई से राखरँगी आवाज़ में कहा—रंग-बिरंगी धोतियाँ सुधा की कैसे पहनोगी ! मेरी ले लो।

छुन्ना ने मुलायम गले से अपने अन्दर का पत्थर बाहर फेंक दिया—अम्माँ, इन रिवाजों में क्या रखा है। हम ऐसी दुश्मनी अपने पर कभी न लादेंगे।

अचानक अम्माँ फफक-फफककर रोने लगीं—मुकुट बेटा, इस बिगड़ैल को तुम्हारे बिना अब कौन समझा सकेगा। जाने इसके हाथों इस घर को क्या-क्या देखने को मिलेगा !

बदन पर ठंडे मटकैने का पानी डाला तो सोचा—हमसे निपटने के लिए इस घर की समझ इतनी भोथरी क्यों हो गई !

नहा-धो ताज़ी धोती में छुन्ना बाहर निकली तो छैलबिहारी घर लौट आए थे।

सजे-बने ऐसे ज्यों भाभी ने उनकी तस्वीर उतारनी हो।

चाय पीते-पीते आवाज़ में सर्द-गर्म दोनों भरकर कहा—क्या कहें भाभी, मौत ने झपट लिया हमारा हीरा और घर में वीरानी छा गई। कमरे के सामने से गुज़रें तो लगता ही नहीं कि आप दोनों अन्दर नहीं।

छुन्ना जाने क्यों अपने लिए मुस्कुराई। न कोई किसी दूसरे के ग़म का अन्दाज़ा लगा सके और न किसी के अहसासों को अपना मानकर जी सके।

—याद है भाभी, उस साल बरसात में तीन दिन की झड़ी लगी थी। उस्ताद नन्हे ख़ाँ साहिब यहीं थे। क्या तो महफ़िल जमी थी !

सुधा पास आ बैठी—क्या बतावें छुन्ना जिज्जी, यह रात-रात-भर करवटें बदलते रहते हैं। तबसे इन्हें नींद ही नहीं आती।

छुन्ना ने तीखी आँखों से देखा—दूध में मगज़ और ख़सख़स पिलाइए इक्कीस दिन। ज़्यादा दारू पीने का भी इलाज यही है।

छैलबिहारी अन्दर-ही-अन्दर तपने लगे—वाह ! मिज़ाज तो देखो, अब भी सर्ववल्लभा बनी हैं। आप सुहाग खो चुकी हैं। आपको कौन गरदान रहा है !

इस बीच अम्माँ पास आ बैठी थीं।

—बहू, हरिशरण की माँ दबे-छिपे रामस्वरूप की घरवाली को बता रही थी कि तुम बच्चा गोद लेने की सोच रही हो। बहूजी, यह कलक और ग़म हमें न देना। छैल और सुधा के बच्चे भी तुम्हारे ही हैं। तुम चाहो तो उन पर अपनी मोहर लगा लेना। कचहरी का काग़ज़ पक्का कर लो।

लो साहिब, हमें यहाँ बुलाने का मक़सद यह कोरमा-पराँठा। छुन्ना अपने अन्दर-बाहर ख़ामोश पड़ी रही।

देवर अपने दिल में कोई बेगानी-पराई ठक-ठक सुनने लगे। भला इस ऐंठख़ोरी की दवा भी क्या है। छैलबिहारी दीवानावार छत की ओर देखा किए। हिसाब लगाते हों कि मामले में कितनी मोहलत दरकार है।

छैलबिहारी के दिल में धधकती हवाओं का कसैलापन गले में खँखार-सा बन गया। सिगरेटी खाँसी जब रुकी तो सुधा ने फ़िक्र से मियाँ को भाँपा। क्या देवर-भाभी का खेल दरहम-बरहम हो चुका !

छुन्ना ने दूर पार की मौसेरी बहन तक एक हँसती-खेलती नज़र पहुँचाई। अदावत में भी मिश्री की गुंजाइश हमेशा बनी रहती है।

छैलबिहारी भाभी को मुख़ातिब हुए—आप जो हारमोनियम और जोड़ी ले गई थीं...

हूँ। मालिकाना हक़ जमाया जा रहा है।—रोज़ इस्तेमाल होता है।

अन्दर की खीझ को देवर ने लहसुन-प्याज़ का बघार लगा दिया—वही आपके यहाँ की भजन-आरती और वृन्दावनी संकीर्तन !

छुन्ना बीबी ने बड़ी समझदारी का सिर हिलाया—छैल बाबू, इनके चले जाने के बाद हमारी तालीम भी इतनी ही रह गई है। गाया करते थे कभी उनके साथ मिलकर ! मगर साहिब, आरती की अपनी जगह है। उसके बदले मारू विहाग या जयजयवन्ती तो भला कैसे गाए जाएँगे।

सुधा बीबी दिल्लीवालों की तरफ़ से बड़ी सयानी बनी बोलीं—भूल जाइए मुरादाबादवालों को। जिज्जी के घर का बच्चा-बच्चा राग-रागिनियों को पहचानता है।

अम्माँजी जाने पिछवाड़े भटक रही थीं। बड़ी खटास से कहा—हाँ-हाँ, वहाँ तो सभी सम्मन ख़ाँ और मम्मन ख़ाँ हैं। फिर वकील साहिब की आवाजावी डेरेदारन के यहाँ। इन्हें तालीम की क्या कमी !

छुन्ना ने भौंहें चढ़ा लीं।

छिछले कहीं के। कटोरों में थूकते ही जाएँगे। आवाज़ को चहकाते-से अन्दाज़ में देवर की ओर मानो गुलेल से कंकर मारा—आप ठहरे उस्ताद नन्हे ख़ाँ के शागिर्द, हम लोगों का क्या मुक़ाबला ! पटियाला घराने की शागिर्दी करनेवालों की भला क्या बिसात !

छैलबिहारी खौलती आँखों से मुस्कुराए—उनकी शुस्ता ज़बान सुनकर तो दिल्लीवाले रौब में रहा करते होंगे...

अम्माँ जिच्च होकर बोलीं—अय-हय, दूसरे घरानों को क्या ले बैठे ! अपने को देखो। मुकुट के जाने से डाँवाँडोल हुआ पड़ा है।

छुन्ना को मन-ही-मन अपने दद्दा पर बड़ा प्यार आया। उस दिन बिन्दा बाबू के घर के लिए चूक गई होती तो यहाँ से एक तोला-भर सोना मयस्सर न होता। ताली की बात पर चेहरे सफ़ेद हुए पड़े हैं।

रात छुन्ना अपने उजड़े सुहाग कमरे में लेटी तो दिल को सन्नाटे-भरी रात नक़ाब में मुँह-सिर छिपाए आँखों-ही-आँखों से घूरती रही—पाँच बरस ! आज अपने ही घर में मेहमान हैं। क्या मौसम था ! दिन-रात हाथ बाँधे खड़ी थी

ज़िन्दगी। जी-भर कर तो उन्होंने चाहा और दिल्लीवालों की लड़की को सराहा। आए दिन तोहफ़े-सौगातें। सिर पर उनकी बीवी होने का ग़लबा छाया रहता। जाने हमारी गोद में एक बच्चा भी क्यों न पहुँचा। अब जो दिखाया जा रहा है वह तो जमुनाजी के किनारेवाला वीराना ही है। सरकंडे-ही-सरकंडे। आँखों के आगे चिमगादड़ उड़ने लगते हैं।

क्या रखा है अब रात में भी। उनींदेपन का लम्बा टुकड़ा ही तो आँखों पर लटका रहता है, लटका रहेगा। हवा कहाँ से आएगी और क्या सहलाएगी! छूने को वह हाथ ही नहीं बाक़ी।

बरामदे के दूसरे छोर से देवर-देवरानी के कमरे से कजरी लहराने लगी। छैल अकेले गा रहे हैं। दोनों भाई मिलकर गाया करते थे तो जियरे उमड़ने-घुमड़ने लगते थे। इस गलियारे में अब यह अकेली आवाज़।

छुन्ना जाने कितनी देर रोती रही। हड़बड़ाकर उठ बैठी। इधर बढ़ते क़दमों की आहट ने बदन को झनझना दिया। तेज़ी से उठी और अँधेरे में ही चिटखनी लगा दी।

दरवाज़े पर हौले से खट-खट। साँस रोके पड़ी रही। धीमी धड़कन की तरह एक बार फिर खटका।

—भाभी, हम हैं, खोलिए। आपसे ज़रूरी बातें करनी हैं।

सिरहाने पर फैले छुन्ना के बाल तक न हिले। न सिबुक न सिसक। ऐसे पड़ी रही ज्यों निन्दास पड़ी हो।

दूर होती पैरों की आवाज़ ने छुन्ना को झटके से खड़ा कर दिया। खिड़की में से देखा, देवरानी के कमरे की बत्ती जली थी। सो आँख बचाकर तनिक करवट लेने का खेल-भर था। दोनों की मिलीभगत। इसमें भला लगता भी क्या है ! वही की वही, सुपारी जहाजी हो या माणिकचन्दीक। इधर दिल्लगी में ही पान की गिलौरी मुँह में, उधर कँटीली राह शुरू। अब इनके दीदार से ही हमें मुसर्रत मिलनेवाली थी। लो साहिब, वह लतर भी साहब सजीले ने अपने दिमाग़ में उगा ही ली। जोगीलाल की घरवाली को लेकर मुहल्लेवालों ने तुक न जोड़ी थी :

बेवा की पिटारी
सबकी दुलारी।

11

आमद बहार की।

—न सरदी न गरमी। हवा में पेड़ झूमते हैं, पात झूलते हैं। ऐसी ऋतु में कोई दिल के तक़ाजों का भी क्या करे !

—आप कह रहे हैं। वकील साहिब !

—जी हाँ ! हमीं।

—छोड़िए साहिब, उठिए। ख़्वाब और हक़ीक़त की कशमकश को क़ानून की अलमारी में बन्द कीजिए और चलिए दफ़्तर छोड़कर वहाँ जहाँ आपको जाना चाहिए !

—कैसे ! काम फैला हुआ है। केस पर केस लगे हैं।

—वह तो लगते ही रहेंगे वकील साहिब ! बेगानी आवाज़ों को सरकाकर उन पर साँकल दीजिए और बाहर जाकर मौसम और शहर का मज़ा लीजिए। शहर का शहर बिछा पड़ा है। जगमगाहट और झनझनाहट में डूबा हुआ। इंसानी बरकतों से गुंजान। चाँदनी चौक अपने पूरे शबाब पर। क्या रौनक़ें ! क्या हमहमा ! क्या उमंगें ! इलाही, इंसान को भी ख़ुदा ने क्या से क्या नहीं

बख़्शा ! यह मौसम, यह जलवे, यह हंगामे !

मुंशीजी वकील साहिब की नज़रों के दरमियान बने रहे। चोर निगाहों से मुखड़ा देखने के बहाने उनका दिल पढ़ते रहे। नजूम के मुताबिक़, आज की सब्ज़ शाम ले जाएगी वकील साहिब को खींचकर उसी ज़ीने पर, जहाँ बहती है ज़िन्दगी नोशानोश ! सच-झूठ की शिनाख़्त तो सबूत पर मुनहसिर, पर ज़र्द चेहरों पर सुर्ख़ी क़द्रदानों के होने से ही फिरा करती है।

वकील साहिब ने पल-भर को दीवार पर के घंटे को देखा जैसे कैलेंडर पर की तारीख़ पढ़ते हों। फिर क़लम क़लमदान में रख दिया और जेब से निकाल मुंशीजी को कुछ नक़दी दी—ज़रा लपककर जाइए और घंटेवाले के यहाँ से मिठाई ले आइए। बादाम की बर्फ़ी, पिस्ते की लौज। रसमलाई मटकैने में बँधवा टोकनी में रखिएगा।

मुंशीजी ने क़दम उठा लिया।

आवाज़ आई—हाँ, पेठे के अंगूर न भूलिएगा। जाइए और आइए। हमें जल्दी पहुँचना है।

मुंशीजी दिल-ही-दिल हँसे—भूलनेवाली कोई बात भी हो साहिब ! किसे याद नहीं कि बेगम साहिब अंगूर की चसकोरी हैं। फल में हो या मिठाई में।

मुंशीजी सोचकर मज़ा लेने लगे—आज की शाम तो गीली होकर जमेगी और घी बनकर लगेगी वकील साहिब को। सिर्फ़ शराब नहीं, उस औरत का टपका है जो वकील साहिब को मौसम-बेमौसम ख़ुनगियों में डुबोए रखता है। बरसों हो गए हमें देखते। मुक़द्दमों और मिस्लों के ढेर में से किसी शाम यकायक इसी तरह उठ खड़े होते हैं वकील साहिब।

...हमें हुक्म दिया गया जल्दी आइए। भला बताइए कितनी जल्दी। चाँदनी चौक की भीड़ तो देखिए। कंधे से कंधा टकरा रहा है। पर उन्हें तो जल्दी से पेशतर पहुँचना है। सनमख़ाने में। वह भी भला इजलास से क्या कम !

पटरी की भीड़ को छाँटते-छाँटते मुंशीजी को वकील साहिब का दूसरा बिछौना ही नज़र आ गया। पुरानी क़ाँइयाँ आँखों में जैसे हुस्न का बादल लहराया—पेठा और पिस्ते की लौज क्या, बेगम साहिबा के लिए तो बन्दा दिसावर इकट्ठा कर दे। यूँ सोचो तो तक़दीर भी अक़्ल और तरकीब का खेल है। मलबे की क़ीमत वकील साहिब ने हीरा उठा कलेजे से धर लिया।

हमेशा के लिए नज़रबन्द कर लिया। वह भी उस मामूली से मकान में। ऊपर से पहरेदार तैनात किए गए बब्बन मियाँ जिन्हें याद ही नहीं रहता कि महीना दिया कि लिया।

महीना ! मुंशीजी का ख़याली घोड़ा फिर वकील साहिब पर आन रुका—हैरानी की बात तो यह कि वकील साहिब ने घर का माहवार ही नहीं बाँधा। दिन-त्योहार पर तोहफ़े ऐसे जैसे वकील साहिब किसी पुरानी रियासत के नए-नए नवाब हों। मगर साहिब इतनी हुशियारी कब तक चलेगी ! एक दिन पंजे से पंजा फँसेगा ज़रूर ! देखते जाइए, दो गोदों की औलादें बड़ी हो रही हैं दो छतों तले।

...भला बेगम साहिबा किस हिचकिचाहट में पड़ी रहीं ! ज़िद पर आ जातीं तो वकील साहिब को मजबूरन स्याह-सफ़ेद करना पड़ता। बक़ौल वकील साहिब के पुल और खाइयाँ एक ही ढंग से पार नहीं हुआ करतीं।

मुंशीजी घंटेवाले से मिठाई लेकर पहुँचे तो वकील साहिब नीचे खड़े इन्तज़ार में थे। नुकीली मूँछों पर अजीब सी फुरकन थी।

मुंशीजी ने सामान बग्घी में रखा और बन्दगी करते-करते सोचा—बड़ा क़ातिल मोर्चा रहेगा हज़ूर का आज की रात।

जानी-पहचानी गली के नुक्कड़ पर पहुँच वकील साहिब नीचे उतरे तो पुराने शेरो-शायरी के ढेर में से एक मुखड़ा याददाश्त में आ कौंधा :

लाओ देखें कहीं मेरा दिले गुमगश्तः न हो,
आप कहते हैं कि इक चीज़ पड़ी पाई है।

घर के चबूतरे पर पसरे बब्बन मियाँ अपने तईं गुनगुना रहे थे :

ज़िन्दगी को ज़रा क़याम नहीं।
बहते दरिया की यह रवानी है।

वकील साहिब को देखा तो उठ खड़े हुए। हाथ में से सामान लिया और ज़ीने का भिड़ा किवाड़ ठेल दिया।

सधी चुस्त चाल से वकील साहिब ऊपर पहुँचे तो जैसे किसी मुक़द्दमे के पेंच पर ठिठक गए।

—क्यों ! घर में सन्नाटा कैसा ? बच्चे कहाँ हैं ?

—जी अभी लाया बुलाकर। अनवर ख़ाँ साहिब के यहाँ हैं।

वकील साहिब खड़े रहे और बेताबी से इधर-उधर देखा किए—क्या महक

भी बच्चों के साथ गई है !

...लोग घर में न हों तो दीवारें ज़्यादा ख़ाली लगती हैं। यह क्या, नीचे से प्लास्टर उखड़ रहा है। दो-चार सन्दूक़चे, चारपाइयों पर बिछी सुजनी, पड़छत्ती पर आईना रखा है। बच्चों के कमरे में खटोले पड़े हैं। तख़्ती पर बदरू की किताबें पड़ी हैं। खिड़की पर झालरदार पुराना परदा टँगा है। उसके साथ ही झूलता काग़ज़ का साँप। यह बदरू की कारस्तानी है।

कृपानारायण जाने क्यों झुँझलाए—बानो का भी जवाब नहीं। घर की रँगाई-पुताई की ओर तो इशारा किया ही जा सकता था। हवेली में हर दीवाली पर रंग-रोगन तो होते ही हैं। यहाँ क्या मुश्किल थी ! थी क्या ?

अचानक कृपानारायण साहिब अपने बाप धर्मनारायण बन गए। सूझ-बूझ में अपने को चेता लिया—हवेली-ख़ानदान के चलन तो बदस्तूर चलते ही रहते हैं। उसमें और दालान में भला क्यों फ़र्क़ न होगा। आख़िर तो...

बदरू और मासूमा ने आकर आदाब किया।

रौबीली आवाज़ में पूछा—कहाँ से आना हो रहा है ? अम्मी कहाँ हैं आपकी ?

—अम्मी तो अजमेर शरीफ़ ख़्वाजा साहिब की ड्योढ़ी पर गई हैं।

—क्या मतलब ? किसके साथ गई हैं ? किसकी इजाज़त से ?

—अनवर ख़ाँ साहिब, उनकी बूढ़ी ख़ाला और अम्मी।

वकील साहिब को अपने अन्दर पहले सन्नाटा-सा लगा, फिर कुछ गरजने लगा, क्या चट्टान खिसकी !

—कौन ख़ाँ साहिब ? क्या हम उनसे मिले हैं ? क्या करते हैं ?

—नुक्कड़वाली बड़ी हवेली है न। उन्हीं की है। अब्बू, क्या आप उन्हें नहीं जानते ? विलायत से पढ़े हैं। बैरिस्टर हैं।

वकील साहिब कुछ न बोले। चेहरा तमतमा आया। बदरू को नज़र से सामना करते देखा तो अपने पर क़ाबू पा मासूमा से कहा—आप लोगों के लिए मिठाई है। पहले रसमलाई खोलिए।

बदरू ने ललचाई आँखों से देखा, फिर मटकैने पर ठिठका मासूमा का हाथ रोक दिया।

—अभी नहीं आपा। हम बिना देखे बताएँगे कि इस टोकरी में क्या है। बादाम की बर्फ़ी, मटकैने में रसमलाई और पेठे के अंगूर। अब्बू, कँवरसेन

का नमकीन नदारद। भला क्यों ?

मासूमा बोली—मुंशीजी भूल गए होंगे।

—अब्बू, अगली बार मसालेवाले चने ज़ोरगर्म। ख़ूब तीखे। मज़ा आता है।

कृपानारायण लड़के में .ख़ुद को ढूँढ़ने लगे। बचपन में उनकी जेब से चने ज़ोरगर्म की पुड़िया हमेशा लटकी रहती थी। बउआजी जब धुलाई में कपड़े डालतीं, यही कहतीं—नेकर की जेब में बस यही। बेटे, कभी-कभी कुछ और भी ले लिया करो। एक ही खोमचे के सामने जाकर खड़े हो जाते हो। अलग-अलग ज़ायकों का स्वाद लेना सीखो।

अब्बू का चेहरा देख बदरू समझ गए कि उन पर अब्बू को लाड़ आ रहा है।

वकील साहिब ने इस बार बेटे और माँ को एक साथ देखा।

—हमें मालूम है अब्बू, आप क्या कहने जा रहे हैं। वही तो जो अम्मी कहा करती हैं : खोपड़ी तो बदरू को अपने घरवालों की ही लगी है। जबान का ज़ायका भी वही। मासूमा, यह शरीर लड़का बड़ा होकर कुछ कमा लेगा ज़रूर। अम्मी जो कहती हैं वह ग़लत नहीं है, अब्बू। अपने पास कहाँ की जायदाद रखी है !

वकील साहिब ने चाहा तो कि लड़के की गुस्ताख़ी पर डपट दें, मगर जाने क्यों ख़ामोश रहे।

बदरू ने चेहरे पर की सख़्ती भाँपकर कहा—अब्बू यह हम थोड़े ही कहा करते हैं। अम्मी कहती हैं।

मासूमा उठकर चाय बना लाई। बादाम की बर्फ़ी तश्तरी में रख सामने की—लीजिए।

कृपानारायण नर्मी से बेटी की ओर ताकने लगे। कल तक नाक-कान में डोरे डाले घूमती थी। अब सयानी लगने लगी है।

मासूमा ने सिर पर की ओढ़नी सँभाली, फिर बड़े क़ायदे से अम्मी का पैग़ाम अब्बू के लिए दोहराया—अम्मी तो परसों तक लौट आएँगी अब्बू !

सुनते ही एक बार फिर कृपानारायण का अन्दर-बाहर तपने लगा—बिना हमसे पूछे-गाछे दिल्ली के बाहर चल दी। कहीं ख़ाँ साहिब ने पटा तो नहीं लिया। घुमाकर पूछा—ख़ाँ साहिब के बच्चे तो यहीं हैं ? तुम लोग क्या उन्हीं

से खेलने गए थे !

बदरू शोख़ी से चहकने लगे—अब्बू, उनके बीवी-बच्चे नहीं हैं। उनके भाई के हैं। मोहसिन और हम संग-संग स्कूल जाते हैं।

मासूमा ने एक साथ आँख और हाथ से टोका—बस। हमें भी बात करने दीजिए ! अब्बू, आपको काम बहुत रहता है न ? तभी तो इतनी देर-देर से आते हैं आप।

वकील साहिब की ओर से सिर्फ़ एक अनमनी-सी हूँ। आँखों में किसी रक़ीब की परछाईं उतर आई। दीदा-दिलेरी से बात कहाँ तक पहुँची होगी, ख़ुदा जाने। आख़िर तो हवा है, झपेट में आ गई तो वह गई।

वकील साहिब उठ खड़े हुए—चलते हैं। हाँ, बब्बन मियाँ ऊपर सो रहे हैं न !

मासूमा बौखलाई-सी बदरू को घूरने लगी—अब्बू, कल रात दोनों हमें परेशान करते रहे। जाने कितनी देर तक शेर पर शेर दोहराते चले।

वकील साहिब खड़े थे, दुबारा बैठ गए। सख़्ती से बदरू पर आँखें गड़ा दीं और मुलायम आवाज़ में कहा—कोई-सा एक शेर या कलवाला आपको याद हो तो सुनाइए।

बदरू चहकने लगे—अर्ज़ किया है :

हराम ज़िन्दगी हुई, हराम है खाना
दाल भात की फ़ुरक़त में दिल है दीवाना
कोई बताए किधर है दुकान भुजिया की।
वही तो है दिले-बीमार का दवाख़ाना।

—कैसा रहा अब्बू ? कुछ तो बताइए ! क्या पसन्द आया ?

वकील साहिब माथे पर तेवर चढ़ाए रहे—यह घटिया शेर चला तो कहाँ से चला ?

—बब्बन मियाँ ने थेटर में सुना था।

मासूमा ने भाई को टोककर अब्बू से पूछा—रज्जो भाई कैसे हैं अब्बू ?

—ठीक हैं।

—अम्मी के लौटने तक वह हमारे पास नहीं रह सकते ?

कृपानारायण चुपका हो गए—इंसान की हज़ार रंग ज़िन्दगी और उसके हज़ार अहसास, मगर एक-दूसरे से कितने अलग ! अब बच्चों को क्या

समझाएँ जो हम .खुद ही समझ नहीं पा रहे।

आँखों के आगे बानो दिखी ! ग़रीबनवाज़ के दरबार में सिर झुकाती।—भला क्या माँगा जा रहा है ?

...अभी दो दिन और हैं लौटने में ! पहाड़-सी मुद्दत कैसे गुज़रेगी ! क्या खेल है ! गुज़रा हुआ वक़्त जब गुज़रने पर आता है तो गुज़रता चला जाता है। है कोई जो रोक सका इसे ?

...महीनों बाद इधर चले आए तो बानो घर में नहीं। अपना ख़ज़ाना क्या फिर से ढूँढ़ना पड़ेगा !

—अब्बू, एक बात तो बताइए ! जामा मस्जिद भोजला पहाड़ी पर बनी है न !

—हूँ।

—क्या आप कुछ सोच रहे हैं अब्बू ?—हमेशा चुप-चुप रहनेवाली मासूमा उनसे पूछ रही थी।

बच्चे क्या उनके चेहरे से कुछ भाँप रहे हैं ?

—अब्बू, आप अम्मी से ख़फ़ा तो नहीं हैं न ? वह जाने से पहले आपको कहलवाना चाहती रहीं। पर किसे भिजवातीं !

वकील साहिब जाने क्यों खीझ गए। झुँझलाहट को सरका मुख़्तसर से अन्दाज़ में कहा—बब्बन मियाँ से कहलवा दिया होता।

मासूमा अजीब-सी बेगानगी से देखती रही, फिर हौले से बोली—हममें से कोई कमरे पर न देखा जाना चाहिए। ऐसा ही हुक्म है न आपका !

उफान पर छींटा।

बात बदलने की ग़रज़ से सख़्ती से बदरू की ओर देखा—रज्जो भाई से कब मिले थे !

—यही तो परेशानी रही अब्बू ! अपन लगातार किताबों की दूकान पर जाते रहे। वहीं से मालूम हुआ रज्जो भाई हफ़्ते-भर से उधर दिखे ही नहीं। भला क्या वजह रही होगी ! क्या रज्जो भाई आगरा गए हुए हैं ?

जवाब न दे कृपानारायण बदरू की ओर देख हँसते चले गए। खाँसी उठी, गला साफ़ किया, फिर भी हँसी न रुकी।

दोनों भाई-बहन हक्के-बक्के-से, गुम हुए खड़े रहे—क्या अब्बू से कुछ ऐसा कह दिया है जो हमें न कहना चाहिए।

—अब्बू, अम्मी के लौटने तक रज्जो भाई हमारे पास क्यों न रहें ! क्या नहीं रह सकते ?

वकील साहिब कुछ कहने को हुए, फिर चुप लगा गए।

मासूमा ने इसरार किया—कुछ बोलिए अब्बू !

—हमारे बिना पूछे आप अम्मी की तरफ़ से सफ़ाई पर सफ़ाई पेश किए जा रहे हैं। हम उनके बेगाने हैं क्या ?

दोनों बच्चे चुप रहे और कुछ न बोले।

बदरू के माथे पर ख़फ़गी-सी मचलने लगी। अपने को रोका जाने पर जाने कहीं से उछलकर दम्मो का चेहरा अब्बू की शक्ल पर आ लगा। तेज़ी से कहा—अब्बू, आप अम्मी को बहुत सताते हैं। महीनों इस घर की ख़बर नहीं लेते।

—क्या अनाप-शनाप बक रहे हैं !

—हम ठीक कह रहे हैं अब्बू ! हमें स्कूल के लड़के बराबर छेड़ते रहते हैं।

वकील साहिब बदरू की रुआँसी आँखों से चौकस हो उठे—इधर नज़दीक आइए।

फिर हाथ से घेरकर मज़ाक और रुआब के मिले-जुले अन्दाज़ में कहा—बच्चे आपसे क्या कहते हैं ? क्यों छेड़ते हैं ?

वकील साहिब ने साफ़ देखा, मासूमा ने चुप्पी से भाई को तरेरकर कोई इशारा किया—मत बोलिए, ख़ामोश रहिए।

बदरू अड़ गए—लड़के कहते हैं तुम हिन्दू की औलाद हो। और... और...

वकील साहिब ने पुचकारा—पूरी बात कह डालिए।

मासूमा बोली—बुरी बात है अब्बू। मत कहलवाइए इनसे।

हाथ बढ़ा भाई के मुँह पर रख दिया—नहीं !

बदरू हठीलेपन से ख़फ़गी जताते रहे। मासूमा का हाथ झटककर ताबड़-तोड़ बोल दिया—कहते हैं तुम हिन्दू हो। तुम्हारा नाम बदरुद्दीन नहीं, बद्रीनारायण है। और तुम...

—बस, ख़ामोश !

अब्बू की आवाज़ के आगे वह...वह ख़तरनाक लफ़्ज़ न उभर सका।

उस एक लम्हे में वकील साहिब के दिल के आसपास बनी फ़सील कहीं

धँसती चली गई। जहाँ दरार है वहीं, उसी पर पाँव पड़ गए हैं आज।

क्या बहकी-बहकी हवा चल निकली है। इसी के .खुमार में बँधे चले आए थे यहाँ। यहाँ धूल-मिट्टी उड़ रही है।

बाँह बढ़ा बदरू को अपने पास ले लिया और बालों को सहलाकर कहा—आप जो फ़तेहपुरी में पढ़ रहे हैं न ?

—जी !

हल्की-फुल्की आवाज़ में कहा—वहाँ न पढ़ना चाहें तो आपको वहाँ से उठाल लिया जाएगा।

—अब्बू, सरकारी स्कूल में जाकर क्या हमारा नाम बदरुद्दीन से बद्रीनारायण हो जाएगा। हम कहे देते हैं, हम हिन्दू स्कूल में क़तई न जावेंगे। वहाँ कुछ और कहकर हमें छेड़ा जाएगा।

—मिशन स्कूल में तो जाइएगा। वहाँ की पढ़ाई सख़्त होगी। नतीजा अच्छा दिखाना पड़ेगा।

—क्यों नहीं अब्बू !

बदरू शोख़ी में आ गए—इस्लामिया में भी तो हम हमेशा अव्वल आते रहे। वहाँ भी आएँगे। हम मेहनत से नहीं कतराते।

कलक और ग़म कचहरी की मिस्ल में सरका दिए वकील साहिब ने और .खुशी-.खुशी कहा—चलिए आपको फ़तेहपुरी में खाना खिलाएँगे, और घंटेवाले के यहाँ रबड़ी। तैयार हो जाइए।

मासूमा ओढ़ने-बदलने को ओझल हुई तो भी बदरू वहीं जमे रहे।

वकील साहब ने दिलचस्पी से देखा—क्यों साहिब, क्या सोच रहे हैं ! जूते पहन आइए।

बदरू ने अब्बू को चुनौती देने की ठान ली—अब्बू लौटकर आपको हमारे पास रुकना पड़ेगा। आज हम यहाँ अकेले न सोएँगे।

—अगर हम आपसे यह कहें कि आज आप हमारे साथ हवेली पर रुकेंगे तो !

—अब्बू, अलग से नहीं, ख़ास आपके साथ सोएँगे जैसे अम्मी सोती हैं।

—गुस्ताख़ !

हँसते-हँसते वकील साहिब की आँखों में आँसू आ गए। रोने और हँसने को जुदा-जुदा रखना अब कहाँ मुमकिन होगा कृपा !

12

कलफ़ लगे कुरते और ढीले पजामे में वकील साहिब शोख़ चाल में अपने बड़े बेटे के बड़े भाई लग रहे थे। प्लेटफ़ॉर्म पर चलत-फिरत ऐसी कि किसी हुक्म के तहत आज ही अपनी जायदाद सँभालनी हो।

कृपानारायण किताबों के स्टॉल पर कुछ ऐसे तिरछे खड़े हुए कि आते-जातों को वह तो देख सकें मगर दूसरे उन्हें नज़र में न ले पाएँ।

वक़्त भी कितनी जल्दी सरक जाता है। कहाँ ख़याल था कि आज का दिन यकायक यूँ इस तरह आन पहुँचेगा। अजमेरवाली गाड़ी प्लेटफ़ॉर्म पर आ लगी। भीड़ की रेल-पेल में वकील साहिब ने वह देख लिया जो उन्हें देखना ज़रूरी था।

तीनों जन एक ही डिब्बे में से उतरे। आधी परेशानी छँट गई। आज ही साफ़ हुआ जाता है कि फ़क़त आत्मा की यारी है कि सच्चे-झूठे इश्क़ की तैयारी है।

दूर से देखा, महक ने अपने हाथ की अटैची किसी मरदाने हाथ में थमा दी। ग़ालिबन यही हैं वह साहिब जिन्हें अनवर अली के नाम से जाना जाता

है। देखा है।

भीड़ को चीरते दोनों को साथ-साथ देख कृपानारायण साहिब को जैसे किसी ठूँठ की परछाईं नज़र आने लगी—क्या सचमुच कोई उलट-फेर हो गया। कृपा, अगर दोनों में इश्क़ हो ही गया तो करोगे क्या !

...इश्क़ जुकाम तो नहीं कि उससे छुटकारा दिलवाने के लिए अगले को जोशाँदा पिला दिया। इश्क़िया छलावों की भी क्या कमी ! महक-सी औरत नज़र में चढ़ ही जाए तो अगला आगे बढ़कर क्यों न हथिया लेगा ! हेर-फेर कर अपनी हदों तक ले आएगा। मगर नहीं, यह खेल इतना सहल कहाँ। हम हैं। हमारे बच्चे हैं। बच्चों से दामन छुड़ाना महक के लिए आसान न होगा।

पीछे से किसी अनजान मुसाफ़िर की कोहनी लगने से वकील साहिब कुछ ख़बरदार हुए और कुछ परेशान—यह क्या ? पाँवों में कमज़ोरी क्यों महसूस हो रही है ! क्या कंगनवाली बात को लेकर महक हमसे ख़फ़ा है ? हमारी ओर से बेशक ज़्यादती हुई है। लेकिन हम कर भी क्या सकते थे ! माँग हमारी बीवी की ओर से थी।

...औरत मर्द की ओर से मुहब्बत चाहती है पर वह रोशनी की तलबगार भी है। चाहती है, उसके दिल की तरह ही उसके घर की खिड़कियों और दरवाज़ों में भी उजाला उगे और जहान उसे देखे। पर महक बानो को हमने शटर के पीछे डाल रखा है। वहाँ अगर कुछ भी रौशन है तो वह बाहर की रोशनी का हिस्सा नहीं। उस गुनाह के गुनहगार क्या हम हैं ?

...ख़ानदान में लड़के-लड़कियों की लम्बी कतारें हैं। उनके शादी-ब्याह हमीं को करने हैं। क्या सबकुछ समझते-बूझते हम ऐसा क़दम उठा सकेंगे जो ख़ानदान को बेपर्दा करे। कर्ता होने की हैसियत और आबरूई की बेहिसाब शर्तें और सुलहनामे हम पर .ख़ुद-ब-.ख़ुद लागू हो चुके हैं। पूरी कोशिश रही कि कुटुम्ब और महक को लेकर किसी क़िस्म के झमेले पैदा न हों मगर रखैल को ज़िल्लत से कब तक बचाइएगा। यह सही है कि मीठे की ख़ातिर जूठा खा लिया जाता है मगर जूठे के लिए जूठन नहीं।

चाँदनी चौक से मीठा-नमकीन लिया और अपनी ही दलीलों को आगे-पीछे

करते वकील साहिब जाना-पहचाना ज़ीना चढ़ने लगे।

नए सिरे से कमरों को निहारा। सजावट ने कुछ बेरौनक़ी तो कम की—हवेली से आए दो कालीन, दोनों कमरों में दो जोड़ी पलंग और बैठने की गद्देदार काउच कुर्सियाँ।

—देखकर बानो ज़रूर ख़ुश होगी। इतना-भर तो हमें पहले ही कर डालना चाहिए था। जाने इसे आज तक क्यों टालते रहे !

बब्बन मियाँ को खाने का सामान अलग से सँभलवाया। मिठाई, फल अलग से।

बब्बन मियाँ बड़े रौब से आए। वाह साहिब, आज तो वकील साहिब इस घर के मालिक हुए जान पड़ते हैं। मिठाई के दोने पिटारी तश्तरी में रखे तो बच्चों की याद हो आई।

—हजूर कहें तो लपककर बच्चों को हवेली से लेते आवें।

कृपानारायण ख़ामोश रहे। वह तों ज्यों किसी तहक़ीक़ात और छानबीन में लगे हों। दिलघड़ी के अलावा सबकुछ ख़ामोश है। क्या आँधी आने को है। जी में रह-रहकर दरक-सी क्यों पड़ती है ? ख़ाली दीवारों पर नज़र पड़ी। कुछ तस्वीरें ही लगाई होतीं। बच्चों की ही खिंचवा दी होतीं। इरादा तो था मगर...ओफ़्फ़ो ! कुतुब पर की वह दुपहर। काश कि वह बदमज़गी न हुई होती। उसे हम क्यों याद कर रहे हैं। गलबहियों और गलफाँस में क्या फ़रक हुआ करता है, उस दिन हमारी बीवी ने हमें यह बता दिया। जाने कहाँ से ख़बर पा ली कि हम महक और बच्चों के साथ कुतुब जा रहे हैं। अमराइयों तक घूमकर लौटे ही थे। पेड़ की छाँव तले दस्तरख़्वान बिछा। खाना अभी खोला ही जा रहा था कि दम्मो और पम्मो के साथ कुटुम्ब वहाँ पहुँच गईं। वह ज़हरीली ख़ूँख़्वार नज़र। एक ही मर्द के लिए दो औरतें जाने क्या से क्या कर डालें !

कुटुम्ब ने घास पर बैठते हुए चिल्लाकर कहा—जाइए, हलवाई से कुछ पकड़ लाइए। हम इनके हाथ का कुछ न खाएँगे।

हमने हँसकर हल्केपन से कहा—आप पंडिताइन नहीं हैं, कायस्थनी हैं। यह क्या कहा जा रहा है साहिब !

—हमें ऐसा मज़ाक अच्छा नहीं लगता। पूरी सिंक रही होगी हलवाई के यहाँ, वहीं से ले आइए। उठिए।

हमने पैसे निकाल पम्मो को दिए।

—जोगमाया के मन्दिर के आगे निकल जाइएगा। हलवाई की दूकान वहीं मिलेगी।

कुटुम्ब हम पर नज़रों के ताले लगाए महक को जाने क्या-क्या कहती रहीं। और वह सुनती रहीं। हम ख़ामोश रहे और दोनों को एक-दूसरे के लिए छोड़कर कुतुबमीनार पर आँखें गड़ाए रहे। महक चुपचाप चीनी के कटोरे में फल की चाट काटती रही। कुटुम्ब हमें सुना-सुना बुड़बुड़ाती रहीं।

महक ने नींबू निचोड़ा और चाट पर मसाला बुरककर तश्तरी हमें पेश कर दी—वकील साहिब, कुतुबमीनार नीचे नहीं गिर रही। अब उधर से ध्यान हटा लीजिए। हाँ, आपने इन्हें बताया नहीं कि ज़िन्दगी कभी-कभी दो-रंगी चाल भी चलती है। आदमी को मजबूरन गोट खेलनी पड़ती है।

कुटुम्ब प्यारी पगलाई-सी चिल्लाईं—बन्द करो यह बकवास ! दलाला माँ-बेटियाँ। मुक़द्दमे की फ़ीस न देकर, शुक्राना में इनके सामने जा लेटी। नचनिया। कमीनी।

बदरू ने एक नज़र अब्बू पर डाली। ओंठ सिए पड़े थे।

—अब्बू, हम इन्हें चुप कराते हैं, नहीं तो तकरार बढ़ती जाएगी।

बदरू ने लपककर कुटुम्ब प्यारी के पीछे से हाथ बढ़ाया और ओंठों पर पंजा जमा दिया।

कुटुम्ब छटपटाईं।

—छोड़ दो !—वकील साहिब की आवाज़ किसी खाई में से उठकर आई हो जैसे।

मासूमा माँ का हाथ पकड़ रोने लगी।

—बेटी ऐसी बातों से घबराया नहीं जाता।

बदरू वकील साहिब से बोले—अब्बू, ठीक किया न ! अब तो रफ़ा-दफ़ा हो गया मामला।

फिर रज्जो भाई की माँ साहिबा से शायस्तगी से कहा—आप चाट परस दीजिए नहीं तो कौवे खाएँगे। हमीं चुनकर फल लाए थे मोती बाज़ार से।

उस दिन कुतुब से लौटना कुछ ऐसा था जैसे कोई गहरा मातम हो गुज़रा हो।

फल की चाट सचमुच कौवों के लिए छोड़ जब दरी उठाई गई तो वकील

साहिब को लगा मीनार ढह चुकी।

बब्बन मियाँ की आवाज़ सुनकर हम चौंके—हज़ूर, बेगम साहिबा आ गई लगती हैं। हम सामान लिये आते हैं।

बब्बन मियाँ के आते ही वकील साहिब को पाँव तले कोई सरसराहट-सी महसूस हुई : क्या हमें भी किसी नए सफ़र पर निकलना होगा !

—आदाब अर्ज़ है हज़ूर !

ख़ाँ साहिब महक के पीछे-पीछे कमरे में दाख़िल हुए। वकील साहिब ने तपाक से हाथ मिलाया—आइए ! आइए ! तशरीफ़ रखिए !

फिर एक निगाह महक के पूरे वजूद पर फिराकर बड़ी शायस्तगी से पूछा—सफ़र में कोई तकलीफ़ तो नहीं हुई? ख़्वाजा साहिब के हज़ूर में पेशी तो हो गई ?

महक बानो के चेहरे पर नूर-सा टपकने लगा—वहाँ से तो लौटने को जी न चाहता था।

अनवर अली ख़ाँ साहिब उठ खड़े हुए—अब इजाज़त दीजिए। ख़ाला नीचे हैं।

—हम उन्हें ऊपर लिवाए लाते हैं हज़ूर !

—फिर सही। थकी-थकाई हैं। उनके लिए सफ़र लम्बा था।

महक ने यह कहकर ख़ाँ साहिब की ओर देखा मानो जाने की इजाज़त देती हो !

कृपानारायण साहिबे-सलीक़ा बने रहे। दिल में कहा—बेशक उनके लिए तो सफ़र लम्बा था और आप दोनों के लिए छोटा। एक-दूसरे को निहारते-निरखते गुज़रा होगा।

ख़ाँ साहिब हाथ मिला रहे हैं।

वकील साहिब बोले—एक प्याला कहवा तो चल ही सकता है।

—शुक्रिया, फिर सही वकील साहिब, आज माफ़ी दीजिए।

अनवर ख़ाँ साहिब ने एक झपकते पल तो दोनों की ओर देखा और नीचे उतर चले। कृपानारायण और महक बानो की मिली-जुली निगाहें एक-दूसरे से ओझल हो गईं।

बब्बन मियाँ की परछाईं चाय के प्यालों पर मँडराई तो चौंककर दोनों ने एक साथ एक-दूसरे को देखा। यह औरत वह तो नहीं जो पहले थी।

यह कमरा भी वह नहीं जो पहले था।

कृपानारायण देर तक ख़ामोश रहे, फिर बानो के पास आ खड़े हुए। झुककर माथा चूमा और अपने से लगा लिया।

—शुक्र है, ख़ैर-ख़ैरियत से आपकी वापसी हुई। हम न जाने कितने परेशान होते रहे। हाँ, बच्चों का हाल तो पूछिएगा कि नहीं ?

महक जैसे सोई-सोई जागी हो—बच्चे कहाँ हैं ? घर तो कुछ और सा-ही लग रहा है। इस सामान की भी भला क्या ज़रूरत थी !

वकील साहिब का चेहरा उतर-सा गया। समझाने के लहजे में कहा—जानम, हर काम हिसाब के मुताबिक़ वक़्त चाहता है।

महक कुछ न बोली। वकील साहिब ने दिल में सोचा—आँखों के सामने तो अभी भी ख़ाँ साहिब ही खड़े होंगे।

महक बानो के इस फीके रवैये से जैसे वकील साहिब को कोई .ख़ुफ़िया पैग़ाम मिला हो। पहल कर लेने पर उतारू हो गए।

—हमसे बिना पूछे बच्चों को बब्बन मियाँ के हवाले कर आपको अजमेर क़तई न जाना चाहिए था। एक बार हमसे ज़िक्र तो किया होता।

महक ने कोई जवाब न दिया। पानदान खोल इतना ही पूछा—पान लीजिएगा ?

वकील साहिब ने रुखाई से कहा—नहीं।

महक बानो सरोते से छालिया काटने लगी।

वकील साहिब इस तेवर की उम्मीद न रखते थे। सकते में आ गए।

कुटुम्ब की ओर से लगातार उलाहने-शिकायतें सुन-सुनकर उन्होंने इतना तो जान लिया कि कुछ-न-कुछ कहते जाना बीवी का हक़ है और हमारा सुनना फ़र्ज़। लेकिन महक की ओर से यह गुस्ताख़ी-सी लगी। सोचा—हमें जवाब पाने का अब अख़्तियार भी है कि नहीं।

महक बानो के चेहरे पर कोई रंग न आया। गर्दन पहले-सी थिर रही।

कृपानारायण सुराग खोज लेने को बेताब। ये खोई-खोई-सी आँखें, लगता है कोई गुल चुरा ले गया है।

—मासूमा-बदरू कल से हवेली में ही हैं। रज्जो के साथ गहरी छन रही है। कहें तो बब्बन के ज़रिए बुला लें।

महक ने रुँधे गले से कहा—आना तो है ही उन्हें, कल लौट आएँगे।

वकील साहिब ने पेठे की तश्तरी महक के आगे की कि महक ने बीच में ही टोक दिया—नहीं !

वकील साहिब समझ गए। मान-मनौती होने में वक़्त लगेगा। यूँ ज़्यादती है। हमारी बिना इजाज़त के तो चल पड़ीं, ऊपर से हमीं से शिकायत।

—देखिए, आपके सामने हम .खुद अपनी पैरवी न कर पाएँगे। तारीख़ आगे कीजिए।

हाथ बढ़ा वकील साहिब ने महक बानो को घेरा और अपने से लगाकर कहा—दिल से आँखों के बहुत-से काम लिये जाते हैं पर हमें इसी बहाने कब तक अपने से दूर रखिएगा ? चलिए बग्घी बाहरी नुक्कड़ पर रुकी है, बच्चों से आपको मिलाए लाते हैं। कुछ तबीयत बहलेगी।

महक बानो की रूह पहले तो उफनकर गरमाई, फिर पिघलकर बरसने लगी। उठी और पलंग पर जा लेटी। देर तक आँखों पर बाँह की ओट किए-किए रोती रही।

कृपानारायण देखते रहे और ख़ामोश बैठे रहे। रह-रहकर अपने अन्दर भी झाँका किए और जवाब न पा उसे अपनी वकालती समझ-बूझ से ढाँपे रहे।

रात आधी रही होगी। नींद में ही वकील साहिब की आँखों के आगे नज़ारा निकलने लगा—कहीं हंडों से झमझमाते चौगिरदा सहन हैं। शादियाने बजने लगे हैं और वह .खुद नौशा बने बैठे हैं। इन्तजार है, मौलवी साहिब आएँ और निकाह पढ़ाएँ। नज़र परदे से उस पार पड़ी तो देखा दुल्हन के जोड़े में कुटुम्ब सजी-सँवरी बैठी है।

—नहीं-नहीं, यह धोखा है, फ़रेब है। हमारी दुल्हन यह नहीं, महक बानो है।

महक ने वकील साहिब को नींद में ही बड़बड़ाते सुना तो अचकचाकर उठ बैठी—तो हमसे सुलझने का यह अब नया पेंच है। तरक़ीब और तरतीब दोनों एक साथ !

कृपानारायण साहिब का सिर अपने बाजू पर टिका, आँखें बन्द और नींद में घुली-मिली साँस उनके जिस्म को चुपके से लय में बाँधे हैं।

महक ने अपने बदन पर हाथ फिराया जैसे पहली बार सही करती हो कि यह मेरा ही बदन है न—यह मैं हूँ और वह वकील साहिब। हमारी तक़दीर

का तराजू अपने हाथ में पकड़े हैं। ऐसे कि पलड़ा न इधर झुके और न उधर। बस, बीच में ही टँगा रहे। एक ओर वकील साहिब का कुनबा, उस घर की औलाद और दूसरी ओर हम और हमारे बच्चे।

कृपानारायण ने यकायक आँखें खोल दीं और घरघराते-घबराए गले से कहा—जानम, आप यहाँ कैसे ! किस दरवाज़े से अन्दर आना हुआ ! किसी ने देखा तो नहीं आपको !

महक बानो तड़प-सी उठी। रुखाई से कहा—नींद में आप इसे हवेली तो नहीं समझ बैठे। यह अपना ग़रीबख़ाना है। नए पलंगों से पहचान में ग़लती हुई होगी। इस हिसाब से पुराना फ़र्क़ मुनासिब ही था। वकील साहिब, वह चारपाइयाँ ही ठीक थीं, इस घर में !

वकील साहिब की आवाज़ काँप गई—जानम, आप होश में तो हैं !

वकील साहिब एक साथ तड़पे और झुँझलाए। अपने को सँभालकर मालिकाना आवाज़ में कहा—पानी पिलाइए हमें। तबीयत कुछ घबरा रही है।

महक ने उठकर पानी दिया। वकील साहिब कुछ चेते। इजलासवाला अपना रुतबा बरकरार रखा और कलेजे पर हाथ रख खोए-खोए-से बोले—आप ख़्वाजा साहिब की ड्योढ़ी से लौटी हैं। सच-सच बताइए, कहाँ हैं वे लोग जो नेकी और बदी से बरी हैं। कहाँ हैं वे लोग जो शाम-सुबह इसकी धार पर न चढ़ते-उतरते हों। सिर्फ़ हम ही अनोखे गुनहगार नहीं हैं जानम ! शाम से आपकी यह निगाह हमारे टुकड़े कर रही है। जैसे हमने किसी को ज़ख़्मी कर डाला हो, क़त्ल कर डाला हो।

महक ने वकील साहिब को बड़ी-बड़ी आँखों से ऐसे देखा ज्यों वकील साहिब कृपासाहब न हों, मिस्ल हों, बस्ता हों, मिस्लों का गट्ठर हों।

—न साहिब, क़ानून के मुताबिक़ जिसे क़त्ल क़रार दिया जाए--भला आप क्यों वैसी वारदात में फँसने लगे। क़त्ल तो हमारी अम्मी ने किया था।

महक के चेहरे पर कृपानारायण को कोई ख़ूँख़्वार लपक उभरती दीखी तो चीख़कर कहा—होश में आइए, हमारी बात सुनिए !

बानो के पाँव फ़र्श पर अड़े रहे। न हिले, न डुले। वकील साहिब अपनी बाँहों में गुज़रा वक़्त समेटकर उठे। बानो को बाँहों में भर लिया और वहाँ सिर झुका लिया जहाँ बदरू-मासूमा दूध पीते रहे होंगे।

—जानम, गुनहगार हैं हम आपके ! जो चाहें सज़ा दें। आपको हक़ है

पर हमें अपने से दूर न करें। हम दोनों को एक-दूसरे की ज़रूरत है।

बानो ने न अपना हाथ बढ़ाया, न वकील साहिब को सहलाया। लगा दिल का झरना ही सूख गया है।

वकील साहिब ने गहरी तकलीफ़ से कहा—जानम, अब हमें और न सताइए।

कसकर जैसे तिनके को पकड़ा हो। पाँव के तलुवे सरसराने लगे। पोर-पोर कुनकुना कर बानो के लिए छटपटाने लगे। जानम ! जानम ! वकील साहिब को मानो अपने लिए अपना सबूत पा लेना हो।

महक पर कोई सैलाब-सा घिर आया, ऐसा कि तैरने के अलावा कोई चारा ही न हो।

ग़ैरियत से सोचा—भला क्या है यह ! शायद इश्क़ की बेगारी।

कृपानारायण भारी गले से बोले—आज यह चमन उजाड़, सुनसान क्यों ! ख़ाँ साहिब ने हमारा हीरा तो नहीं चुरा लिया ! सच-सच कहिए जानम, नहीं तो हम ज़हर खा लेंगे।

महक बानो रोने लगी, फफककर। कहा—ज़हर तो हमें खाना चाहिए। कलेजा ऐसा छलनी हो चुका कि कोई रफ़ूगर रफ़ू न कर सके।

कृपानारायण ने सिर पर हाथ फिराया—जानम, जोग-विजोग की बातें क्यों ! कुछ भी उधड़ा-फटा है तो हम दोनों के सिवाय उसे कौन टाँकनेवाला है ! हमारी बीवी कि ख़ाँ साहिब !

वकील साहिब पुरानी राहों से महक को फिर अपने साहिल पर ले आए। पुचकार कर कहा—जानम, आप रो तो सकती हैं, हमें इसकी भी इजाज़त नहीं। शाम यहाँ पहुँच आपको न पाया तो जानती हैं कैसा लगा ? जिस्म से रूह अलग होती महसूस हुई। कब मालूम था कि साथ-साथ रहनेवाले लोग एक-दूसरे में उग भी जाते हैं। बदरू ने स्कूल की बात बताई तो...

—नहीं-नहीं, उसे रहने दीजिए। दुबारा सुनने की दरकार नहीं। हमसे न सुना जाएगा।

महक देर तक ख़ामोश हुई रही। फिर जाने कैसी-सी आवाज़ में कहा—बदरू रोए, हम रोए। हम दोनों को देख मासूमा। सबके सिर पर जाने क्या जुनून-सा सवार हो गया। बदहवासी की हालत में हम आपके कमरे की ओर जाने को तैयार हो गए। फिर रोते-रोते ख़ाँ साहिब के घर जा पहुँचे।

वकील साहिब ने साँस रोक पूछा—वहाँ क्यों जानम !

—बूढ़ी ख़ाला हमें बेटी करके मानती हैं। हमें रोते पाया तो ख़ाला बोलीं—घबरा नहीं बेटी ! यह अनबनी तो आनी-जानी है। हाँ, हम लोग कल शाम की गाड़ी से अजमेर शरीफ़ जा रहे हैं। चाहो तो हमारे साथ चल निकलो। दिल को सकून मिलेगा।

कृपानारायण साहिब के सिर पर दो दिमाग़ चालू हो गए। अपना तो था ही, ऊपर से अनवर अली ख़ाँ साहिब का एक और जुट गया। कभी अपनी ओर से सोचें, कभी ख़ाँ साहिब की ओर से। आमने-सामने की ज़िल्लत में कोई तसल्लीबख़्श हल न सूझा तो महक को समेट नया पत्ता दिखा दिया।

—जानम, बदरू को हम किसी अच्छे बोर्डिंग हाउस में भेज दें तो कैसा रहे। आप उदास तो न हो जाएँगी ?

जवाब में झरने, तालाब सब भर गए। ढलानों पर से नीचे दौड़ने लगे। वादी की ओर।

महक ने आँखें मीच लीं। क्या सिलसिला चल निकला है ! कुछ नज़र आता है, कुछ नहीं आता। सामने वकील साहिब लेटे हैं और हम उनकी मिस्ल बनी उनके सामने खुली हैं। वही पढ़ेंगे उसे ! या अल्लाह !

13

एक शाम हमने इन्हें बैठे-बैठे गुनगुनाते सुना। ग़ालिब को दोहरा रहे थे। अपने में ख़ूब मगन लगते थे। हम पड़े-पड़े सोचते रहे—इस कमरे से ही बेख़बर हुए बैठे हैं। सामने कोई फ़ाइल खुली पड़ी थी। पैसे की गरमाइश दिल तक पहुँच रही है। तलब उठेगी तो हमारे पास आ लिपटेंगे नहीं तो उधर निकल जाएँगे। हम हैं कि डर के मारे मरे जा रहे हैं।

अगली शाम वकील साहिब बाहर गए और खाने के वक़्त लौट भी आए। हम ऊन की लच्छी घुटनों पर डाले गोला बना रहे थे।

हमें पलंग पर बैठे देख ठिठक-से गए। सोचा, जाने क्या देख रहे हैं !

—क्यों साहिब, आज इतनी जल्दी कैसे ? बाहर नहीं जाइएगा !

इन्होंने जैसे सुना न हो। खड़े-खड़े अपने कोट का बटन खोला। दूसरे को छूते-न-छूते पता नहीं क्या सोचा और पलटकर कमरे का दरवाज़ा बन्द कर दिया।

हम डरे। हाथ गोले में अटक गया। वह पास आकर हमारी माँग पर टकटकी बाँधे नज़र जमाए रहे। फिर तो इन पर मानो भूत सवार हो गया।

एक-एक कर हमारे कपड़े उतार दिए और हमारी चोली हाथ में लिये-लिये कभी चूमें, कभी आँखों को लगाएँ, कभी हमें पहनाएँ-उघाड़ें। हमें बाबा नज़र आने लगे। हम पगलाए-से उनसे लिपट-लिपट गए।

तमाम रात इनमें छिपे बाबा हमारी ओर लपकते रहे। बार-बार हम छटपटाते रहे। बाबा के साथ जो कुछ भी हुआ, किया था, वह हमारे बदन पर लौट-लौट आता रहा। अपना घर, यह अपने, यह कमरा सब उस अन्धी गुफा में खो गए। उसी अन्धी गुफा में विचरते रहे।

सुबह दरवाज़े पर खटका हुआ। यह उठकर ग़ुसलख़ाने की ओर गए तो हमें पीछे से देख ऐसा लगा कि कोई दोपाया चला जा रहा हो। अजब लगा। आज से पहले सोचा ही नहीं। इस लीला में भी झीखते-कलपते रहे। बाबा ने तो इस जून में हमें स्वर्ग दिखा दिया। हाँ, रात तो हमीं ऊपर रहे। जन्त्र-मन्त्र, वशीकरण जो भी रहा हो, इनके साथ तो ऐसा आनन्द हमने पहली बार जाना।

यह नहा-धो तैयार होकर आए तो हम तब भी लेटे पड़े थे। ऐसे देखा जैसे हम कुछ ग़लत कर रहे हों। फिर दबे से हँसकर कहा—अब उठिए, हमें कचहरी पहुँचना है। हमारे साथ नाश्ता लेना चाहें तो जल्दी से...

—न, आज तो हम प्रसादी खाएँगे, कुछ और नहीं।

यह ऐसे देखते रहे कि कुछ समझ न पाए हों। फिर हमें थपथपाया और खानेवाले कमरे की ओर निकल गए।

हम सोचने लगे—यह गहरी निगाह से हमारी माँग की ओर क्यों ताक रहे थे। हमारा ध्यान फिर बाबा के थान की ओर भटकने लगा। कीकर की झुरमुटी पर फिर वही बयार बहने लगी।

क्या हर्ज है, ऐसी बेवफ़ाई पर। यह भी तो फ़राशख़ाने में उँड़ेल आते हैं अपने को। हमारे लिए कितना बचता है। फिर हाथ लगते ही हमारे बदन पर उस औरत का कंटक चुभने लगता है। क्या करें ! हमारी मजबूरी। हमारा दर्द इन तक नहीं पहुँचता। इन्हें, इनके ख़ानदान की इज़्ज़त को हमीं तो सिर पर उठाए रहेंगे ! इनके बच्चों की माँ हैं न हम ! कहीं रज्जो जान गए तो...

वकील साहिब ही पता पा गए तो...

पिटारी में ऊन के प्याज़ी और आसमानी गोले डाले छुन्ना बीबी ग़लीचे पर बैठी बुनाई में मस्त थीं।

मशीन की मानिन्द चलती अँगुलियाँ कभी सलाइयों से फन्दे बुनें, कभी जोटे। कभी डालें, कभी उतारें। देखते-देखते स्वेटर की लम्बाई बालिश्त-भर हो गई। छुन्ना ने हथेली खोल मापी और आँखों के सामने धर अपने कसे हाथ की बुनावट देखने लगी। अच्छी पीठदार उभर रही है। रंग भी एक-दूसरे से घुल-मिल रहे हैं। मासूमा को प्याज़ी और नीचे हल्की नीली धारियाँ, बदरू की नीली में गहरी नीली धारियाँ। अच्छी सजेंगी। बच्चे .ख़ुश होंगे।

किवाड़ का पल्ला खोल किसी बच्चे ने चुपके से अन्दर झाँका और बुआ के नज़र उठाते ही गुम। ज़रूर बब्बू होंगे। माँ ने देखने को भेजा होगा कि हम सलमा-सितारा जड़ रहे हैं या तिल्ले की तार का जाल बिछा रहे हैं। परसों ही तो भाभी ने हमसे साड़ी का ख़ाका और बूटी बना देने को कहा था। हमने इनकार कर दिया। अब इस सर्दी में भला चौखटे पर कैसे नज़र गड़ाए रहेंगे। यह मौसम ही नहीं है उस काम का। गर्मी में कर देंगे। इन दिनों तो स्वेटर बुनने की ऋतु है।

गलियारे में फिर छोटे-छोटे पाँव उठाने की आहट। चिक उठाकर फिर बब्बू।

छुन्ना बुआ ने आवाज़ दी—आइए, मीठी सौंफ की पुड़िया रखी है आपकी।

बब्बू तेज़ी से कमरे में नमूदार हो गए।

—क्यों बब्बू साहिब, क्या स्कूल का काम कर लिया ?

—नहीं छुन्ना बुआ। नूनू-मुन्नू दोनों मार रोए चले जा रहे हैं। दो हिसाब के सवाल और एक इमला रह गए। बाद में कर लेंगे। हमें खट्टा चूर्ण दीजिए न !

—मीठी सौंफ नहीं चाहिए ?

—न। खट्टा-मिट्ठा अनारदाने का चूर्ण। मज़ा आ जाएगा।

—लीजिए। उस दिन की हिदायत तो याद है न !

—जी बुआ। अँगुलियाँ नहीं चाटते। ज़बान से स्वाद लेते हैं। यही तो समझाया था आपने।

चूर्ण ख़त्म होने पर बब्बू ने बाहर झाँका और फुसफुसाकर कहा—छुन्ना बुआ, ज्योति दीदी की पक्की हो गई है। कल सुबह-सुबह सब लोग लखनऊ जाएँगे।

चाची कह रही थीं कि आपके कमरे के सामने से न निकलेंगे। पिछवाड़े से जाएँगे।

छुन्ना बुआ अनसुने ही फन्दे डालती-उतारती रहीं। सलाइयों की नोक-झोंक एक-दूसरे से खटखटाती, टकराती रही।

—छुन्ना बुआ, आप बिछुए क्यों नहीं पहनतीं ?

ओंठों पर अँगुली रख बब्बू को इशारा मिला—बस। जाइए, स्कूल का काम करिए जाकर।

बब्बू दबे पाँव बाहर हो गए।

यह क्या ! दोनों सलाइयाँ एक-सी डाल दीं। दोनों उल्टी। कहाँ था ध्यान भला हमारा!

छुन्ना ने एक-एक फन्दा उतारकर बुनाई को तरतीब दी। कुछ देर में ताईजी आती होंगी, पोते को गोद में उठाए। हैरान-परेशान हुई-सी कहेंगी—इस वक़्त क्या ले बैठी ! आधा दिन अन्दर और आधा बाहर। दोहरी साँझ में काम नहीं किया जाता। ताईजी के बदले उनकी नुमाइन्दगी करती पारो भाभी आन पहुँचीं।

—छुन्ना बीबी, जैतून का तेल रखा होगा। नूनू कान के दर्द से रो-रो हल्कान हुआ जा रहा हे।

—नहीं पारो भाभी, हमारे पास नहीं। मालती भाभी से ले लिया होता।

छुन्ना के इनकार को परे सरका पारो भाभी पास आन बैठीं।

—छुन्ना बीबी, किसका बुन रही हो ?

—बदरू और मासूमा के बना रहे हैं।

—बड़ी भाभी ग़लत नहीं कहतीं कि छुन्ना बीबी तो उन बच्चों पर क़ुर्बान हो-हो जाती हैं।

—कुछ हर्ज है क्या !

—अरे उनकी माँ क्या कम सिलाई-बुनाई जानती है !

हूँ ! तो काँटा वहीं अटका पड़ा है।—हम तो अपने शौक़ से बना रहे हैं। फिर उनसे भला इजाज़त थोड़े लेनी थी।

पारो भाभी की आँखें फैलते-फैलते छोटी हो गईं।

—बुरा मत मानना छुन्ना बीबी, उनके पीछे ख़ानदान की शोहरत तो ख़ासी हो रही है।

छुन्ना बीबी ने दिल्लगी की—न तो हमारे अभी स्वेटर पूरे हुए और न हमने उन तक पहुँचाए। बिरादरी को भी हमारी रंग-बिरंगी बुनाई से क्या लेना!

—जो भी कहिए, लड़कियों के ब्याह-शादी के वक़्त तो गड़े मुर्दे तक उखाड़ लिये जाते हैं।

छुन्ना ने निहायत ठंडी आवाज़ में कहा—किसकी किससे पक्की हो रही है, पारो भाभी, यह तो कहिए!

तो इन तक पहुँच गई।

—किसी एक की बात थोड़े ही कर रहे हैं। यहाँ जो ऊपर थले से लड़कियों की क़तारें खड़ी हैं, जिसका मुहूर्त निकल आए।

—पारो भाभी, वक़्त से सबकी हो जाएगी। मारे जल्दी से आज ही परेशान क्यों हो रही हैं?

—बात ऐसी है बीबी कि अपने ख़ानदान-क़बीले के बगुले भी हंस लगा करते हैं।

—भाभी, क्या हमीं ने उन पर मोहर लगा दी?

—आप जानें। घर-भर की रोज़नामचानवीसी तो आप ही के ज़िम्मे है।

छुन्ना बीबी हँस दीं—आज की तारीख़ में कुछ नया हो-हवा रहा हो तो कहिए। लिखने बैठ ही गए तो उसे भी शामिल कर लेंगे।

पारो भाभी को मज़ाक न भाया। ख़फ़ा होकर उठ खड़ी हुईं और दरवाज़े की ओर बढ़ते हुए बोलीं—जिसके ज़िक्र से आपको ठंडक पहुँचती हो उसी की ओढ़नी पर चमेली का जाल काढ़िए।

लो साहिब, यह पानीपत की तर्ज़ो-तालीम तो दरम्यानी पगडंडी पर ही उतर गई।

छुन्ना बुआ ने पानदान उठाया। मुँह में गिलौरी रखने को ही थीं कि नन्हीं गुड़िया को गोद में उठाए ताईजी आन पहुँचीं। जमकर बैठ गईं तख़्त पर और गुड़िया को गोद में डाल थपथपाने लगीं।

—मार रो-रोकर घर-भर सिर पर उठा लिया। छुन्ना बीबी, क्या तुम्हारे

पास छैलबिहारी की चिट्ठी आई ? बंसी ने प्रतापनारायण के बेटे के बारे में पूछा था। उनसे सुनते हैं, सिविल लाइन्स में कोठी डलवा रहे हैं।

—हमें कुछ मालूम नहीं।

—अह-अह, ऐसा भी क्या ? तुम्हारे देवर हैं। क्या अब भी पुरानी अनबन चल रही है ?

छुन्ना सिर्फ़ मुस्कुराई।

ताईजी तप गईं।

—अरे वह पतलून की बहू कह रही थी सत्संग में कि छुन्ना बीबी से किसी की नहीं बनती। मौक़ा देखा नहीं और दूसरे के ख़िलाफ़। ख़िलाफ़त का झंडा उठा रखती हैं।

छुन्ना बीबी हँसी तो हँसती ही चली गईं।

—ताईजी, ख़िलाफ़त का झंडा तो मुहम्मद अली, शौक़त अली के हाथ में है। उस जलूस में भला हम कहाँ से चस्पाँ हो गए ! हाँ, पतलून की बहूवाली बात तो कमाल की ! अपने लोगों के नाम बिगाड़ने का मर्ज़ तो लाइलाज। अच्छे-भले प्रद्युम्न भाई की छेड़ बना दी।

—अरे क्या ग़लत रखा ! टोडी-सा बना रहता है। किसी ने आज तक उसे पाजामे में नहीं देखा। राय साहब का नवासा ठहरा।

छुन्ना ने पीकदान उठा मुँह ख़ाली किया और ताश उठा हाथ में पत्ते फेंटने लगीं। सोचा, अभी साफ़ हुआ जाता है सारा खेल।

—ताईजी, तीन पत्ती कि गंजीफ़ा।

—नहीं री ! ऊपर काम पड़ा है। बहूजी तो नूनू में लगी हैं।

—शतरंज की बाज़ी को थोड़े ही कह रहे हैं। नूनू के रोने की आवाज़ भी बन्द हो चुकी है। चुप हैं। सो चुके होंगे। ताईजी, हम पत्ते बाँट रहे हैं।

ताईजी के अन्दर की बेसब्री चेहरे पर साफ़ झलक रही थी।

—देख छुन्ना, हमें ढंग से पत्ते न दिए तो हम न खेलने बैठेंगे।

—ताईजी, पत्ता अपने हाथ से निकलेगा तभी तो आप तक पहुँचेगा।

—बिटिया, बड़े ख़तरनाक काम किया करती हो।

—इशारा कहाँ है ? क्या कुछ और भी कर डाला ?

—एक हाथ सात पत्तों पर क़ब्जा किए रहेगा तो खेलनेवाला ख़ाक खेलेगा। छुन्ना बीबी रंग में आ गईं :

दरिया से मौज मौज से दरिया नहीं अलग

हमसे जुदा नहीं है .खुदा और .खुदा से हम !

ताईजी ने भी शायरी की दोलत्ती झाड़ दी। लाड़ से कहा—बिटिया हमें तो वह सुनाओ :

इक निगाहे-लुत्फ़ पर

लाखों दुआएँ मिल गईं

उम्र का अपनी बढ़ाना

कोई तुमसे सीख ले !

शेरो-शायरी की पुरानी क़द्रदान हैं हमारी ताईजी।

—पत्ते इधर-उधर मत करना छुन्ना बीबी !

—तौबा ताईजी ! क्या हम इतनी ही रोयंटी मारा करते हैं !

मुनिया को तख़्त पर सुला शाल ओढ़ा दी गई और दोनों अपने-अपने निशानों से लैस खेल-खेल में एक-दूजे को आज़माने लगीं।

सीढ़ियों पर से उतरती क़दमों की आवाज़ पर छुन्ना बोलीं—ताईज़ी, ज़रा बंसी भाई को रोकिए। नीचे उतर रहे हैं तो हमारा काम भी कर देंगे।

—बंसी बेटे, ज़रा इधर आइए। छुन्ना कुछ मँगवाने को कह रही हैं।

बंसी भाई ने दहलीज़ में खड़े-खड़े पूछा—क्या मँगवाइएगा !

—पाव-भर खुरचन-इमरती और पाव-भर ही नमकीन पकड़ लीजिएगा।

बंसी भाई कुछ शशोपंज में दीखे।

—आप घंटेवाले तक तो जा ही रहे हैं !

ताईजी की पेशानी बौखला उठी। लगा छुन्ना ने हाथ बढ़ा हमारी पोटली ही खोल दी। बेग़ैरत। यह लड़की किसी की सगी नहीं।

बंसी भाई भी झुँझला उठे। छुन्ना बीबी को तो ख़ब्त हो गया। जिस-तिस का पर्दाफ़ाश करने की क़सम उठा रखी है।

ताईजी ने मुनिया की शाल ठीक करते-करते नाखून से मुनिया को जगा दिया। गोद में लेकर कहा—हम चले। कल व्रत करेंगे। हाँ, जमुनाजी पर स्नान के इरादे हों तो मुँहअँधेरे हमारे साथ चल निकलो।

छुन्ना बीबी ने जवाब में ऐसी आँखों से देखा ज्यों कोई दिल्लगी की जा रही हो।

—न साहिब, अभी अपने डूब मरने के कोई इरादे नहीं।

इधर ताईजी उठीं, उधर बउआजी आन पहुँचीं।

—लीजिए ताईजी, आपका साथ पक्का हो गया। बउआजी, धोती-तौलिया तैयार कर रखिए नहाने को। ताईजी सुबह जमुनाजी पर स्नान को जा रही हैं।

बउआजी को यह मज़ाक समझ में न बैठा। बोलीं—जिज्जी, कृपा ने नुगदी के लड्डू और कचौड़ी तो भिजवा दिए न ?

—बड़े टोकरे हैं, दस-दस सेर के तो होंगे ही। मुंशीजी अभी गिन्नियाँ देने आए थे मालती को।

—कितनी मँगवा लीं ?

—सास, ससुर और एक लड़के को ही तो।

ताईजी ने देवरानी को हिसाब पेश कर दिया।

—भूल जाती हो। अभी तो लड़के की दादी-नानी दोनों ज़िन्दा हैं।

बउआजी को अपने बड़े बेटे की जहाँगीरी तराज़ू का ध्यान हो आया।

—दो तो छोटी मँगवाई होंगी ?

बिना कोई जवाब दिए ताईजी कमरे से बाहर हो गईं।

बउआजी ने हैरानी से पूछा—अच्छी-भली बैठी थीं, हमारे आते ही नाराज़ कैसे हो गईं ?

—आव देखा न ताव और आपने गिन्नी के ज़िक्र से अगले का पोशीदा राज़ ही खोल दिया।

—अह-अह, मुंशीजी आए तो हमें ही दे रहे थे। हमने उन्हीं के पास भेज दिया। मुरादाबादवालों की कुछ पूछताछ करने आई होंगी !

—पहले आईं पारो भाभी जैतून का तेल माँगने।

छुन्ना बीबी शरारत से हँसीं—कौन इन कमरों में बच्चे पल रहे हैं जो हमारे यहाँ जन्मघुट्टी, निरमसी, हरड़, नौसादर रखे होंगे।

बउआजी को यह बात न भायी—काहे शिकवे ले बैठीं। बहाने से प्रतापनारायण के बारे में पूछने को आई होंगी।

इत्ते ताईजी की बड़ी बहू मालती अन्दर आई और फ़रियादी बनकर बउआजी से कहा—पारो भाभी ने कहलवाया है कि ज्योति के काम में कोई ख़लल न डाले। अच्छा न होगा।

छुन्ना बीबी शोख़ी से हँसीं—क्यों, क्या मामला दीवानी अदालत में ले

जाने का इरादा है ?

मालती भाभी ग़ुस्सा खा गईं—इतनी उम्र हो गई पर आपकी यह आदत न बदली।

—आप लोगों का हमसे तो बेगाना है ही, पर हम भी तो अपनों में पराए हुए रहते हैं।

—इसे आप जानिए। बाक़ी मुरादाबादवालों से कुछ कह-सुनकर नई-नई मस्नवियाँ न लिखवा मारिएगा। आपकी शह पर तो शेर हो जाएँगे।

—भाभी, हमें तो आपने तक़दीर का रुतबा अता कर दिया। ऐसा क्या है जो हमारे चाहने से होगा और न चाहने से न होगा !

कोई पुराना हिसाब चुकता होना था सो बड़ी भाभी ऐंठ से बोलीं—पेट का पानी नहीं हिलता तो अन्दर बासी फूटने लगती है। हम तो इत्ता जानते हैं जो आग खाएगा वह अंगार ही तो फेंकेगा।

छुन्ना बीबी ख़ास वकील साहब की बहन बन गईं। उन्हीं के-से ठस्से से कहा—ढंग से बताइए भाभी, यूँ ही अनाप-शनाप दफ़ा न लगाती जाइए हम पर।

—आप देख रही हैं न बउआजी। बात यूँ करती हैं ज्यों हाथ में गुलाबपाश लिये बैठी हों और नज़र ऐसी कि अन्दर का जलता-दहकता कलेजा अगलों की .ख़ुशियाँ जला डाले।

—नहीं बहूजी, छुन्नी ऐसी नहीं।

—हमारा मुँह न खुलवाइए। बीबी जिसे मगन होकर देख लें उसे तो नीचे पड़ा जानो। इनका जहूरा तो किस-किसने नहीं देखा !

छुन्ना ने सख़्ती और रुआब से कहा—बस, बहुत हुआ। जाइए, काम में तवज्जो दीजिए। फिर सुबह जमुनाजी के स्नान को भी तो आपको जाना है। हाँ, आगे से नहीं, घर के पिछवाड़े से निकलिएगा।

मालती बहूजी दनदनाती हुईं बाहर निकल गईं तो बउआजी ने लड़की को करेला नज़र से देखा—तक़दीर की मारी को कहीं चैन नहीं। क्यों उलझती रहती हो ?

—हम न किसी से कुछ पूछने गए और न कहने। जाने क्या से क्या कहानी गढ़ रही हैं। एक नाम धर दिया हमारा, विधवा। वह तो हम सगुण शास्त्र के बाहर, उस पर इनकी सब ख़ामियों-नाकामियों के ज़िम्मेवार भी हमीं।

इनके लिए दुबारा से निकाल लें बिछुए और टिकुली ! हद है अन्धविश्वास की !

बउआजी कुछ न बोलीं।

—जो अच्छा हो सो उनके भाग का और जो बुरा सो हमारे कपाल का।

बउआजी तोशक के सहारे ऊँघने लगी थीं। आँखें खोलीं तो बेटी से कहा—यह क़तइयत न तुम्हारे हाथ में और न हमारे। कलाइयाँ सूनी हो जाएँ तो उम्र-भर को लानत-मलामत। ऐसे में कान-आँख मूँदकर ही अँगुलियों के बल चलना होता है। बहुतेरी पड़ी हैं ऐसी। हमारी मानो तो सत्संग-पूजा में मन लगाओ छुन्नी, उसी से वक़्त कटेगा।

छुन्ना ने उठकर सामने की खिड़की खोल दी।

—यह क्या ? इस मौसम में गरमी लग रही है क्या ?

—हाँ।

बउआजी इस गुस्ताख़ी पर उठ खड़ी हुईं—पाँव ठंडे हो रहे हैं। जाकर बिछौने में लेटती हैं।

—देखो छुन्ना, इन बातों का बुरा नहीं मनाया जाता। खुर्रेपन से तो ख़ुशसीरती कहीं अच्छी।

पल्ले पर हाथ रख बउआजी पलटीं—सुबह ज़रा देर से उठ लेना। निकल जाने देना उन्हें।

बउआजी के बाहर होते ही कमरे में दो-दो छुन्ना बीबियाँ जलने-तपने लगीं। आमने-सामने, आगे-पीछे—जहालत की हद हो गई !

—उनकी नहीं छुन्ना बीबी, अपनी बात करो। ग़फ़लत और काहिली में या तो पत्ते खेलती रहो, सिलाई-बुनाई करती रहो। दिल लगाने को ग़ज़ल गुनगुनाती रहो, सुबह-शाम पूजा-आरती करती रहो, नहीं तो मरो विधवा की मौत !

—चौप्प ! तुमने भी तो कभी एंट्रेंस पास किया था। फिर ?

—फिर क्या ?

छुन्ना बीबी उठीं और दूसरी खिड़की भी खोल ली—उस दिन उमराव बहादुर भी तो यही कह रहे थे कि आगे पढ़िए। क्या दद्दा से पूछ लें ?

—पागल हो गई हो क्या ? अपने बल-बूते पर करना होगा।

14

वक़्त से न होने की माँदगी इस बार कुछ और ही तरह की थी। चोर-मुँहे चिन्ता और ख़ौफ़ हमारे भीतर दुबके पड़े थे। मन में धुकधुकी-सी लगी रहती। छाती तले छोटी-छोटी भूसी की आग जलती हो जैसे। बदन के अन्दर पसरे गुंजल किसी अनजाने ज़ोर से खींचते-धकियाते और घायल परिन्दे की तरह फड़फड़ाते।

बात की खाल निकालनेवाले हैं यह ! जान गए तो...। पर जानेंगे कैसे ? हम भाभी के साथ रायसीना ही तो जाते रहे। इसमें अनोखा क्या है ? जो भी हो, भाभी .ख़ुद सँभालेंगी, उनकी रंगअंदाज़ी कम ऊँची नहीं।

रात खाने के बाद वकील साहिब घर लौटे तो ख़रीदारी में धोतियों का गट्ठर लेते आए। इन्होंने हाथ के दबाव से सुतली तोड़ी और धोतियाँ हमारे सामने फैलाकर कहा—कटरे में सूरजमल की कोठी से उठा लाए हैं। देखिए। पसन्द कीजिए। ज़रा गिन लीजिए, चौबीस। सबके लिए हो जाएँगी। रंग-बिरंगी किनारेदार धोतियों में बउआजी और ताईजी के साथ एक और सफ़ेद धोती जोड़ दी गई थी। सफ़ेद रेशम की तीन। हमने इन तीनों को

उठा ढेर में से अलग कर दिया तो इनकी पेशानी पर तपता-सा तेवर उभरा और चुप्पी में गुम हो गया। लो साहिब, बहन के लिए हमदर्दी हो रही है। अब तक तो सभी कह-कहकर हार गए। देखें अपने दादा की बात कैसे टालती हैं। विधवा हैं तो पहनेंगी ही। यह पास आ लेटे और आँखें मूँदे पड़े रहे। हम कई देर इनका इन्तज़ार करते रहे, फिर आप ही सरक इनसे लग आँखों में रुलाई भर लाए।

इन्होंने हमारा सिर सहलाया, फिर पुचकारकर कहा—सोने की कोशिश करिए। देर काफ़ी हो चुकी है।

—हमारी तबीयत ठीक नहीं। कनपटी में रह-रह दर्द-सा उठे है। बीच-बीच में चक्कर-सा भी महसूस होता है।

—क्या दिन में सीना-पिरोना चलता रहा ?

वकील साहिब धीमे-धीमे हमारा सिर दाबते रहे।

इन्हें सोया जान हम उठे। ग़ुसलख़ाने से वापस आए तो यह उठकर बैठे थे।

—क्या बात है ? क्या तबीयत कुछ नासाज़ है।

हमने जम्हाई ली। साँस को सम किया और हौले से कहा—सुनिए, हमारे अन्दर कुछ गुमकने-सा लगा है।

यह पहले ठिठके-से हमारी ओर देखते रहे जैसे यक़ीन न आया हो, फिर हमारा गाल सहला लाड़ से कहा—क्या सुबह कुछ परेशानी होती है ?

—हाँ। पहले तो उबकाई-सी आती रही, अब तो खाया-पिया बाहर निकल जाता है।

यह आँखों से क़ुर्बान-से हो-हो गए। हमारे पेट पर हाथ फिराकर कहा—क्या आपने बउआजी से बात की ? कि हमीं वह ख़ुशकिस्मत हैं जिन्हें यह मुबारक ख़बर दी जा रही है ?

हम नादानी से इन्हें देखते रहे। लजाते रहे।

यह अपनी बात पर रुके रहे।

—सुनिए, बउआजी को कुछ अन्दाज़ा तो होगा।

हमने सिर हिलाया—हाँ। आजकल सुबह-शाम हमारे खाने-पीने पर नज़र रखती हैं।

सुनकर वकील साहिब सच में ख़ुश हुए। माँ के लिए भीग-भीग गए।

—देखिए, आपके आराम का वक़्त है। कोई चिन्ता-फ़िक्र मन में न रखिए। जिस चीज़ का दिल हो, वह बनवाइए। मुंशीजी बाज़ार करते ही हैं। सुबह-शाम आपसे पूछते हुए निकल जाएँगे। हाँ, इस वक़्त कुछ लीजिएगा ! दूध, चाय ?

हम इनसे लगे-लगे बोले—भुनी कलेजी पर मन होता है। दिल चाहता है कच्ची ही खाती रहें।

वह कुछ हैरान-परेशान-से हुए हमें देखते रहे।

—कुछ फल या मेवा ले लिया करें, वही ठीक रहेगा। यह लीजिए, किशमिश है। हाँ, नाहर गोश्त लेने जाते ही हैं जामा मस्जिद तक, गुरदे-कपूरी के साथ कलेजी भी लेते आया करेंगे। कल मोती बाज़ार से अनार भिजवा देंगे। मोतदिल होता है।

—जाने क्या है, इस बार फल-सब्जी देखने को भी मन नहीं करता। बउआजी मुरब्बे के लिए कह रही थीं। पर हमें तो मीठे से मतली होने लगती है।

कुछ रुककर हम इनसे मिन्नत-सी करने लगे।

—बकरा क्यों न कटवा लिया करें ! रान और टखनों से पाँवों में कुछ जान आएगी। सनसनाहट होती रहती है। धड़ के नीचे बदन जैसे पानी में डूबा रहता है।

यह एकाएक बड़ा मोहक हँसे। हमारी ठुड्डी छूकर बोले—क्यों, इस बार क्या शेर खड़ा करने के इरादे हैं !

फिर हाथ पकड़कर हमारे नाखून देखे—ख़ून की कमी है। डॉक्टर से बात करेंगे। कल सुबह आ ही रहे हैं।

हम कमज़ोरी महसूस करने लगे। करवट ले ली तो इन्होंने हम पर हल्के से कपड़ा ओढ़ा दिया। पल-भर को सोचा, हमें भी इनसे इतनी ज़िद क्यों करनी थी। अब तो दलदल में फँसे पड़े हैं। भला कैसे निकलेंगे ! बाबा ही निकालेंगे।

तमाम रात हम अपने घर में नहीं, कहीं और ही भटकते रहे। कीकर का जंगल-सा उगा था। उस घोर वीराने में वह अँधेरी-सी कुटिया जैसे सन्नाटे में पड़ी कोई बुचकी हो। उसमें तो हमीं बँधे हैं। हमारी घिग्घी बँध गई...इन्होंने हिलाया तो हम इनका हाथ पकड़ फिर बाबा में खो गए।

—देवी हमारा ध्यान करो। हम तुमसे दिशाओं का बन्धन करेंगे। हम तुम्हारा गुँथन करेंगे। हमें अपने में संयोजित करो।

नींद के अँधेरे में रह-रह बाबा हमारी ओर लपकते रहे और हम बार-बार उनके तले दुबकते रहे।

सुबह आँख खुली तो वकील साहिब कुर्सी पर बैठे नज़र आए। करवट ले हम फिर अलसाने लगे। इन्होंने हथेली दे हमें कमर से बाँह में भरा और हमारे बाल सिरहाने पर फैला दिए। फिर पैतानेवाली खिड़की का आधा पल्ला खोल दिया। धूप का अक्स इनके चेहरे पर पड़ा तो हम हकबका-से गए। इस तरह हमने पहले तो इन्हें देखा नहीं। इतने पास कि दूर के लग रहे हैं। आख़िर यह शख़्स है तो कौन है ! हमारे ख़ाविन्द, बउआजी के बेटे, किसी के बाप, किसी के चचा-भाई-भतीजे और किसी के महबूब ! एक ही आदमी जाने शतरंज की कितनी चालें चला करता है। पूरी गृहस्थी को अलग-अलग गोटों से खेलता है। किसी को रिझाता है। पटाता है। सताता है। ज़ेर-साया में तो हम पड़े हैं। इनके लिए तो कसोरा हैं। पिया, जी भर गया तो दूसरा उठा लिया। और हम ? हम ? हम भी क्या यही कर रहे हैं ? यह क्या खटखटाने लगा ? हमें क्या झकझोरने लगा है ? इधर बढ़ते हुए बाबा।

घबराहट में हमने चीख़ मारी और बउआजी, बउआजी चिल्लाने लगे।

दूर से इनकी आवाज़ आई हो जैसे—हम आपके पास हैं। आपको ऐसा क्या याद आ गया ?

फिर थपथपाकर कहा—सुनिए, हमारे ख़ानदान की बरकत बढ़नेवाली है। इसे ख़ुशी-ख़ुशी नवाज़िए। हर रंजिश और ग़ुस्से-गिले को भूल जाइए।

हमने बाँहों से कसकर इन्हें पकड़ लिया जैसे यही बाबा हों।

15

दिन कभी बरसने और कभी बरखा के इन्तज़ार के। कभी बादल, कभी धूप। माना। मान लिया साहिब। पर पहाड़ियों के ऊपर और घाटियों के तले हवाएँ तो एक-सी ही चलती हैं। फ़रक तो इतना ही कि ऊपर बहें तो ठंडक पहुँचाएँ, नीचे चलें तो जी को झुलसाएँ। देखते जाइए। ज़िन्दगी का खेल है, खेला ज़रूर जाएगा।

बैठे-बैठे महक का दिल घबराने लगा। ये लम्बी अकेली शामें। सिलाई-कशीदे के बिना अब करने को और रखा भी क्या है ! आज दो महीने से ऊपर हुए, वकील साहिब न आए। अजब मामला है उनके दिल और दफ़्तर का। सिलसिला अब कुछ ऐसा कि आज आए हैं तो फिर अगले मौसम। बीच में महीने न जाने कहाँ गुम ! उस पर मिलने पर तेवर ऐसे कि न हम शिकवा कर सकें और न उन्हें सफ़ाई देनी पड़े।

तौर-तरीक़े से लगता कुछ ऐसा है कि इस घर की सीढ़ियों से उतरते दिल-ही-दिल नसीहतें निकालते होंगे। आज के बाद इधर लौटकर न आएँ तो वही अच्छा। फिर भूले-चूंके बीवी से लुके-छिपे इधर आन निकलते हैं।

बहाना तो इतना ही कि चलो साहिब काम से थके पड़े हैं। ज़रा रात-भर की राहत ही सही।

महक बानो की आँखों में वकील साहिब के जिस्म का ख़ुमार फड़कने लगा ! जानम। जानम ! गुँथी आवाज़ बानो के बदन में मचलने लगी। कबूतरों का जोड़ा जैसे कपड़ों के अन्दर सरसराने लगा।

महक बानो ने ओढ़नी से माथा छुआ जैसे थकन से पसीना पोंछा हो। अय-हय, ऐसा भी क्या कि बदन के ज़ोर अगला दूर से ही परेशान करता रहे !

तो साहिब, दिल के आईने में वकील साहिब क्या साफ़ नज़र आए ! गेहुँआ रंग, इकहरी काठी, चौड़ी पेशानी। क़द-बुत ऐसा कि आदमी आँखें उठाकर ऊपर देखे। गुमानी आँखें भी ऐसी कि एक बार देख लें तो सच-झूठ की कैफ़ियत ही बाक़ी न रहे। जो वकील साहिब कहें वह सच, जो दूसरा कहे सो झूठ। इस पर भी न इनाम-इकरार के तेवर, न धौंस-घुड़की, न हेठी-हेकड़ी। कुछ ऐसे जैसे कोई हाथ में तराज़ू लिये लगा रहे दूसरों को तौलने।

रईसों का ख़ानदान, पर रईसों का कोई ज़ाहिरा ठाठबाट नहीं। खाना खा रहे हों तामचीनी में, लेकिन लगे यही कि सोने की कटोरी में से बुरकी उठाई जा रही है। हम तो इतना जानते हैं कि ऐसी बन्दिश बाँधना आसान नहीं। कोई बहरूपिया भी ऐसा नहीं कर सकता। चाँदी को चाँदी ही तो कहिएगा, और सोने को सोना। यूँ अपनी शख़्सियत पर भी कोई सोने का पतरा चढ़ा ले तो उखड़कर कहीं-न-कहीं से झाँकेगा ज़रूर। सोना अगर सोना है तो थोड़े-बहुत खोट के साथ सोना-सोना ही रहेगा। खोट की लें तो कौन-सा इंसान भला खोट से बरी है ! बन्दा तो दिल से बनता है। और दिल ही पीरो-मुर्शिद है।

ज़ीने पर क़दमों की आहट उभरी।

—बब्बन मियाँ, कौन है ?

कोई जवाब न आया। आवाज़ ऊपर बढ़ती चली आई। आँखें उठाईं। वकील साहिब खड़े थे।

हड़बड़ी में ओढ़नी सँभाली।

—आइए।

उठने को हुई, उठ न सकी। हँसकर कहा—पाँव सोया पड़ा है। उठ नहीं पा रहे।

कृपानारायण पास आ झुके। बारी-बारी पाँव थपथपाया और बानो को चूमकर कहा—हमारी कोताहियों की मुआफ़ी हो।

महक बानो के सुलगते कच्चे रंग पर आनेवाली रात का अक्स झिलमिलाया। अदा से कहा—आज का तो कहना ही क्या ! इधर हमने सोचा, उधर आप चले आए। हम-सा .खुशक़िस्मत और कौन होगा साहिब !

वकील साहिब घर के कोसनों के आदी। अचानक सुरंग के पार देखने लगे। आवाज़ को हल्का बनाकर पूछा—आपसे इतना तो सुन लिया कि हमारी ओर ही पगडंडियाँ ज़र्द नहीं पड़ीं, पर आप हमें तब की कहिए जब हम महीनों डुबकी लगा जाते हैं। कुछ गिले-शिकवे तो आपने भी पाल रखे होंगे। आपसे भी सुनना चाहते हैं। अपने तक न रखिए। हमसे कहिए।

महक बानो हँसी।

—भला हम भी क्या कहें ! ज़ाहिरा हक़-अख़्तियार की तलामतें भी कहाँ से आवेंगी। अपने आप ही चल निकली है यह आवाजावी। जब भी आपकी इनायत हो जाए।

वकील साहिब के माथे पर न जाने क्यों तेवर उभर आए।

महक की तकनी पर धूल-मिट्टी की हल्की-सी परत महसूस की : जो दिख रहा है वह साफ़-सा नहीं, जो दिख नहीं रहा वह इतना साफ़ कि .खुद की याद दिलाए। पेंच तक पहुँचने को कहा—बात को पूरी कीजिए। जो आपके दिल में है उसे हम तक पहुँचाइए।

महक मुस्कुराई—वकील साहिब, हम बात का मुखड़ा कैसे लगाएँ ! जो भी कहेंगे मुनासिब तो न होगा।

—कहिए। कह दीजिए, हम इन्तज़ार कर रहे हैं।

—साहिब, इस नाते-रिश्ते का कोई नाम तो न हुआ। दिल की ललक-लालसा ही तो। आपके किए छत सिर पर पड़ी है। सो न सरकते बने, न आगे बढ़ते।

वकील साहिब को चुपका देख उकेरने को कहा—सोचें तो एक ढंग से अच्छा ही हुआ। दौड़ ही ख़त्म हो गई न ! अम्मी न जाने कहाँ-कहाँ भागती फिरीं और देनेवाले ने आख़िर तक तरह न दी। एक घड़ी .खुशी की नसीब

न हुई।

कृपानारायण ख़ामोश रहे। फिर एकाएक सिर हिला हल्केपन से कहा—जानम, कहाँ बढ़ना चाहती हैं? क्या हम आपके रास्ते में अड़े हैं?

महक ने पान का बीड़ा पेश किया और चुलबुलाहट से कहा—आप जिरह करने लगेंगे तो हमें भी वकील की मदद लेनी होगी।

वकील साहिब ने लाड़ से बानो के बालों को सहलाया—हम आपकी मदद पर हैं। शुरू कीजिए।

—क्या कहें साहिब! यूँ तो आप हमारे बहुत-कुछ हुए, पर हक़ीक़त यह भी कि हमारी अम्मी ने आपको दामादी का जोड़ा तो पेश नहीं कर रखा, सो आपकी ओर से जो भी हो हमारे सिर-माथे। थोड़ी-सी फ़िक्र बच्चों की ज़रूर है।

वकील साहिब मन-ही-मन .खुश हुए और बेफ़िक्र भी। ऊपर से खीझकर कहा—हम क्या पूछना चाहते रहे और आप क्या ले बैठीं। हम ज़ोर-जबरदस्ती कुछ ऐसी बात करने को कहें जो आपके हक़ में न हो तो क्या मान जाइएगा?

महक ने हलक़ से पान नीचे किया और वकील साहिब ने साफ़ देखा महक के चेहरे पर कोई सख़्ती-सी टकराई।

—समझ में बैठ गई कि अपने लिए फलाँ रास्ता ठीक नहीं तो उधर क्यों क़दम उठाएँगे।

वकील साहिब ने इस गुस्ताख़ी पर मालिकाना हक़ जमाना ज़रूरी समझा।

—दुश्मन आपको कमरा दिलवा दें कि चकाचौंध में जा बैठिए तो क्या चली जाइएगा?

महक बानो वकील साहिब की खोह के पार देखने लगी। दीन और दुनिया दोनों बिगाड़ने पर उतारू हैं क्या? हँसकर कहा—यह तो आप कर रहे हैं साहिब। हम तो आपकी छत्रछाया में बैठे हैं।

वकील साहिब के माथे पर तेवर उभर आए। फिर हँसकर कहा—आपके पड़ोस में कोई कुटनी तो नहीं आन बसी?

महक बानो हँस-हँस गई।—यह क्या सूझ गई आपको? ज़्यादा पढ़े-लिखे नहीं पर कुछ तो सोच-समझ हम भी रखते हैं।

हम भी। हूँ। पेंच तक पहुँचने के लिए कहा—जानम, बात अधूरी न रहने दीजिए। जो कहना चाहें, कहिए।

—हम इस बात को कौन-सा मुखड़ा लगाएँ ! जो भी कहेंगे हमारे हक़ में मुनासिब न होगा।

—हमारी ओर से पूरी छूट है। आप कहें।

वकील साहिब का जाना-पहचाना चेहरा पराया-सा लगने लगा। जाने किस गुंजल में लपेट लें।

ओंठों पर गहरी परेशानी की हँसी लाकर कहा—वकील साहिब, हमारी तक़दीर में रद्दोबदल करने के इरादे हैं क्या ? सच कहें तो हम किसी के कहने में क्यों आने लगे ! आपकी सुनते हैं तो आपसे ही कहेंगे।

कृपानारायण कुछ देर अपने में ही गुम रहे, फिर आवाज़ में कुछ रूखापन पिरोकर कहा—किसी के करने-धरने से तक़दीरें नहीं बदला करतीं। ख़ुद उनका सामना करना पड़ता है।

महक ने सोचा, आज के दिन यह भी ख़ूब तर्ज़ है गुफ़्तगू की। सरोते से छालिया काटते हुए कहा—आप ही का कहना ठीक होगा। वैसे अपना हाल तो यह कि अंगुल-भर न सरक सकें।

वकील साहिब ने तेज़ निगाह को ऊपर-नीचे किया और सरसरी तौर से हँसकर कहा—दिल के सन्नाटों से कुछ बातचीत हो रही है। यह बताइए, कहाँ सरकने की तैयारी है ?

महक बानो हँसने लगी—कहाँ सरकेंगे साहिब, हमारी तो गुंजाइश आप ही के हाथ में है।

वकील साहिब चुप-सा हो गए। फिर जाने कैसी आवाज़ में कहा—उम्र के अपने तकाज़े हुआ करते हैं और जाने क्या-क्या निगल जाते हैं। जानम, आप किस तकल्लुफ़ में हैं। आप भी कह डालिए।

—हम क्या कहें। हमसे बेहतर तो आप हमारी बात जानते हैं। बाक़ी बन्दा इतना ही तो चाहता है कि ख़ुदा उसे आगे बढ़ने की तौफ़ीक़ दे।

कृपानारायण मज़ाक से बोले—कह डालिए, थोड़ी-सी बेवफ़ाई में कोई हर्ज नहीं।

महक ने वकील साहिब के चेहरे पर छिपी-घुली बेएतबारी-सी देखी तो कहा—अब तो यही जी चाहता है कि...

वकील साहिब ने बात पूरी न होने दी। जाने क्या सोचकर पुरानी बन्द झिलमिली खोल दी।

—आपको अम्मी से आख़िरी मुलाक़ात तो याद है न ?

—हाँ। दिन-रात, महीने-बरस कैसे दौड़ते-गुज़रते चले जाते हैं। उसी दिन की तो बात लगती है जब आपके साथ अम्मी से मिलने गई थी। खाँसी ऐसी कि उनका पूरा पिंजर हिलता था। फिर भी कहाँ पता था कि उनसे फिर कभी मिलना न होगा।

—उन्हें जब हम पहली बार मिले तो रात-भर सो न पाए। वह ख़ूबसूरत चेहरा और क़त्ल का जुर्म। जैसे किसी के गुनाह ने दिन के उजाले को रौंद दिया हो।

महक गुज़रा वक़्त अपने तक खींचने लगी—कहाँ अम्मी का कच्ची कपास-सा रंग और कहाँ हम। कभी बाल बनाते-बनाते ठिठक जाते हैं। जानते हैं क्यों ? हमारे अपने चेहरे पर अम्मी का चेहरा झाँकने लगता है।

किसी बौखलाहट की ठंडी ख़ामोशी ने एक साथ महक और कृपानारायण को जकड़ लिया।

—यह दाहक दिल दहला देनेवाली चर्चा भला आज ही क्यों ?

महक आहिस्ता से बोली—मुँडेर पर कोहनी टिकाए कभी आपका इन्तज़ार करती हैं तो लगता है हम नहीं, अम्मी खड़ी हैं।

कृपानारायण अन्दर तक काँप गए। बानो को अपने साथ लगा लिया और पुचकारकर कहा—जो गुज़र गई वह ख़त्म हुई। पुरानी परछाइयों को दिल के इर्द-गिर्द इकट्ठा न कीजिए।

—कहाँ मुमकिन है वकील साहिब ! हम ही तो अम्मी का साया बने बैठे हैं। कभी अकेले में लगता है, अम्मी का सिर अपने ही धड़ पर रखा है। कभी कान में चुपके से हिदायत देने लगती हैं कि बानो, मेरी बेटी, अपने हक़ न छोड़ना। नवाब साहिब ने उनके ज़ेवर क्या रखे पगला दिया उन्हें।

कृपानारायण साहिब से क्या भूला हुआ था ! उनके वकील थे। फिर भी महक की बात पर एक दहशत-सी दिल के आर-पार हो गई। नसीम बानो के सिर पर भी यही पागलपन सवार हुआ था। यही तो उस ख़ौफ़नाक वारदात की वजह थी।

महक को बाँहों में घेर किसी बच्चे की मानिन्द बानो को अपने साथ लगा लिया और नसीम बानो की बेटी को चूमते चले गए।

जानी-पहचानी बदन की हरकतें एक-दूसरे को ढाढ़स देने लगीं।

महक बानो एकाएक किसी जानी-पहचानी राह पर उतरी हो। हाथ से वकील साहिब को गहराया और हौले से कहा—यहाँ तक पहुँचने में इतनी देर तो न किया कीजिए।

वकील साहिब ने पुचकारकर कहा—जानम, हमारे पास वक़्त की कमी रहती है। वरना...

—वरना क्या साहिब ! कुछ तो ऐसा कहिए जो आपके इन्तज़ार में हम याद कर लिया करें।

कृपानारायण कुछ देर ख़ामोश रहे, फिर उदासी से कहा—आपसे अब क्या कहें जानम ! हालात ने करवट ही ऐसी ली है कि...

—ऐसा भी क्या है वकील साहिब, जो आपके हाथ से बाहर है ? इस पर यक़ीन करने को जी नहीं चाहता।

—जानम, कभी हम भी यही समझा करते थे।

महक सकते में आ गई। फिर वकील साहिब को उकसाने को कहा—जिसका कोई इलाज न हो उसे पालते रहने से भी क्या फ़ायदा !

कृपानारायण का हाथ बानो की अँगुलियों में गुँथा था, वहीं पत्थर हो गया। न हिले, न कुछ कहा।

महक के अपने अँधेरों में चिमगादड़ फड़फड़ाने लगे। हिम्मत कर कहा—हमसे काहे छिपा रहे हैं। कुछ तो हम भी समझते होंगे।

वकील साहिब अपने दफ़्तर की कुर्सी पर जा बैठे। तुनककर कहा—कहिए, कहिए, आप ही कहिए। आपको क्या समझ में आता है ?

—आप ख़ुद साहबे-नज़र हैं, हम आपको क्या बतावेंगे भला ! हम तो अपने को ही समझाकर सब्र कर लिया करते हैं कि दिन-रात मुक़द्दमों की तैयारी, इतने बड़े कुनबे की ज़िम्मेदारी, तुम्हारा नम्बर तो आख़िर में लगा पड़ा है महक बानो ! तुम्हारी बारी जल्दी कैसे आएगी !

कृपानारायण जवाब में कुछ न बोले।

बानो के अन्दर पहले कुछ खौलने लगा, फिर ठंडा हो गया। बात को सही जगह पहुँचाने को कहा—हम आपसे अपनी सिफ़ारिश कैसे कर सकते हैं !

वकील साहिब को बिना तरद्दुद के मनचाहा सिरा मिल गया। रौब से कहा—आप हमें इतना ही अपना समझे बैठी हैं कि अपने दिल की बात हमसे

नहीं बाँट सकतीं !

किसी हिसाब-किताब से बानो ने सूँघ लिया कि आज की डोर वकील साहिब की बीवी थामे हुए हैं तो सीधी-सादी आवाज़ में कहा—यह सुआ-डोरा तो कहीं और से चला लगता है। हमें ही उस गुनाह में क्यों पिरो रहे हैं ?

वकील साहिब ने जैसे कुछ सुना ही न हो। अजीब-सी ख़फ़गी से कहा—बात हो रही है तो इतना तो बताइए ही बताइए कि बच्चों के लिए हमें क्या करना चाहिए ! हमसे क्या उम्मीद की जाती है ?

महक परेशान हुई—जाने आज आप किस बात पर उतारू हैं ! बच्चों की बाबत हमीं से क्यों कहलवाना चाह रहे हैं ? बदरू, मासूमा हमारे ही बच्चे तो नहीं, आप भी तो उनके बाप हैं।

वकील साहिब रुखाई से बोले—जानम, हमने आपको ख़बरदार किया था।

बानो खिलखिलाकर हँसने लगी—वकील साहिब, हमें बताइए महज़ चाहने से ही क्या हम इन्हें पैदा कर सकती थी या हमारे बग़ैर भी आप इन दोनों के बाप बन सकते थे ?

कृपानारायण साहिब इस बयान को छँटवा देना चाहते हैं। बेसब्री से कहा—इस तरह की दलीलों पर आपने कब से सोचना शुरू किया ?

—लो साहिब, आप तो पल-भर को भी क़ानून, क़लम और कचहरी को नहीं भूलते। वकालत का चोगा तो दिन-रात आप पहने ही रहते हैं। भला बताइए, ज़िन्दगी का अच्छा-बुरा, स्याह-सफ़ेद क्या क़ानून से ही सही किया जाता होगा !

वकील साहिब गुमसुम हुए सोचते रहे कि महक जो कह रही है वह हुज्जत नहीं दानाई है, पर इनसे क्या कहें कि ज़िन्दगी सचमुच क़ानून से ही चलती है। फ़राशख़ानेवाले घर उसकी हदों के बाहर ही माने जाएँगे।

सिर पर कोई ठंडा-सा पथरीला बोझ महसूस किया। आख़िर सीधी-सादी महक यह सब कब से सोचने लगी ! आजू-बाजू कौन हैं जो सिखा-पढ़ा रहे हैं।

महक को घेर आँखें मूँद लीं और अपने हवेलीवाले कमरे में जा पहुँचे।

आपको रज्जो की क़सम जो आप आज घर से निकले।

कृपानारायण कपड़े बदल रहे थे, बदलते रहे। न जवाब में कुछ बोले, न बीवी की तरफ़ ही देखा। कोट उठा कंधे की ओर लेने को थे कि कुटुम्ब ने हाथ से झपट लिया।

—कहे देते हैं आज हमें छोड़कर आप कहीं नहीं जाएँगे।

आवाज़ की तीखन को पहचान कृपानारायण बीवी का चेहरा पढ़ने लगे।

कहीं कुछ नया न हो ऐसी समतल आवाज़ में कहा—कहीं चलने का इरादा हो तो कहिए ! हम तैयार हैं।

वकील साहिब ने दिल-ही-दिल सही किया कि बीवी का यह हक़ बराबर बनता है और जायज़ है।

कुटुम्ब प्यारी असमंजस से अलमारी में से साड़ी निकालने लगीं। फिर पलट मियाँ की ओर देखा जो इत्र की शीशी हाथ में पकड़े थे।

बाहर जाने का ख़याल ही उड़नछू हो गया।

—चौबीसों घंटे महबूब बने फिरते हैं। आप यह बताइए कि तैयार कहाँ को हो रहे थे ! वहीं न जहाँ आप गिरवी पड़े हैं। औलाद कंधों तक पहुँच गई, अब भी आशिक़ बने घूमते हैं।

कुटुम्ब प्यारी घुड़की के लिए तैयार थीं पर अन्दाज़ा न लगा सकीं कि यह क्या पलटा देंगे।

वकील साहिब ने क़दम भरा। बीवी के पास आए। कंधों से घेर बीवी को पलंग पर बिठाया और चुहल के अन्दाज़ में कहा—आपको आज हमें ख़ुश करना होगा। वादा हुआ, हम ग्यारह तक लौट आएँगे।

कुटुम्ब की आँखों में छटपटाती तरेर देखी तो सरसरी तौर पर जोड़ा—दरवेश साहिब के यहाँ शेरो-शायरी की महफ़िल है। बुलावा आ चुका है, जाना तो पड़ेगा ही। जल्दी लौट आएँगे।

—क्या उनका दस्तरख़ान छोड़ सकेंगे ? खाना लगते-लगते तो आधी रात गुज़र जाएगी।

वकील साहिब जाने क्यों मुस्कुराए—एक बार हमने कह दिया तो उसे पूरा करेंगे। आधी रात से पहले आपके पास होंगे।

कुटुम्ब ने मन-ही-मन हार मान ली हो जैसे। रुसवाई, ख़फ़गी और बेबसी से मियाँ की ओर देखा तो वकील साहिब ने हौले से बालों की लट सहला दी।

कुटुम्ब ग़ुस्साई-सी छिटकीं और गुस्ताख़ी से बोलीं—हमें यह कोठोंवाली छेड़छाड़ क़तई नहीं भाती।

वकील साहिब ख़ामोश तल्ख़ी से उठ खड़े हुए। जूतों पर नज़र मारी और ड्योढ़ी की ओर बढ़ गए।

महक बेआहट वकील साहिब के बाहर बैठी रही और मुँदी आँखों से कृपानारायण यह सोचते रहे कि हमारे और हमारी बीवी के बीच दुश्मनी ख़तरे के निशान तक पहुँच चुकी है। क़यामत आने को थी, टल गई। गले में फन्दा डाल हमें आज़ाद करने जा रही थीं। ताईजी मौक़े पर पहुँच गईं। बिरादरी-भर में हम मुँह दिखाने को न रहते। भला पूछिए मर्द हैं हम। मेहनत करते, कमाते हैं। कुनबे को पालते-पोसते हैं। तो क्या थोड़ी-बहुत दिलजोई-दिल्लगी पर भी हमारा कोई अख़्तियार नहीं ! एक हमारी बीवी है—जाने किसके बहकाने में आकर यूँ तड़प रही है ज्यों उसकी गर्दन पर हम छुरी रखे बैठे हों। दिलो-दिमाग़ में उगी आँख किसी हक़ीक़त से मिल जाए, जुड़-बँध जाए तो इस ताल को मेल से कैसे अलग कीजिएगा ! लेकिन जो गुबार हमारी बीवी के सिर पर चढ़ा है वह उतरने में कैसे आएगा। पहनने-ओढ़ने की कमी नहीं, लड़केवाले हैं। कल को शादी-ब्याह होंगे—कृपानारायण साहिब ने हड़बड़ाकर आँखें खोल दीं।

—यह क्या जानम, हमारे जूतों के फीते खोल दिए ! हमें आज हर हालत में वापस पहुँचना होगा।

—लीजिए बाँधे देते हैं।

आँखें महक के चेहरे पर रुकीं तो लगा सिर पर झूलते आँधी-तूफ़ान में कहीं यही सूरत तो गुम हो जाने को नहीं !

महक ने छेड़ा—जाइए साहिब, आप अपनी ख़्वाबगाह में ही जाइए।

वकील साहिब ने झुककर जूते का तस्मा बाँधा, फिर खोला जैसे कुछ उलझा पड़ा हो। बानो को मकर से देखते पाया तो पूछा—क्यों ? कुछ ख़ास बात है क्या ?

महक मुस्कुराई—इतनी ही कि एक शख़्स एक ही वक़्त दो बिछौनों के फ़र्ज़ कैसे निभा सकता है !

कृपानारायण साहिब ताज़े हो आए। क़ायदे से मुख़्तसर-सा हँसे—बताइए, आज दोनों में से किसकी तरफ़दारी की जाए !

—आप तो साहिब इन्साफ़ कीजिए, लिहाज़दारी नहीं।

वकील साहिब .ख़ुश हो इस फ़रेब-ए-सादगी को देखा किए और देखते-देखते बानो को खींच बाँहों में भर लिया—जानम, अब आपसे भी क्या कहें !

महक का गला भर आया—क़सम से, आप न रुकते तो आज की रात हम सौ बार मरते, पर आपसे कुछ न कह पाते।

कृपानारायण अजीब सख़्ती से, बेरहमी से बानो को दाबने-तापने लगे जैसे उनके पास उनकी बीवी हो। कुछ ज़िद। आदत। रंजिश। कुछ दुश्मनी।

बानो ने जाने किस अहसास से कोई वीराना देख लिया। कड़े हाथ से रोक देकर कहा—आप किसे खिला रहे हैं? बीवी को कि हमें ?

कृपानारायण तेज़ी से अलग हो गए। कपड़े ठीक किए और बानो की ओर न देखा। जूते पहने और ज़ीने की ओर बढ़ते हुए इतना ही कहा—चलते हैं। हमें जल्दी लौटना है। बदरू की किताबें मुंशीजी पहुँचा जाएँगे।

महक झपटकर आगे बढ़ी मानो अलग होते साये को पकड़ लेना चाहती हो—बदरू की किताबों की फ़िक्र न कीजिए। कहीं-न-कहीं से हम जुटा लेंगे। न होगा तो ख़ैरात में माँग लेंगे।

तो काँटा यहाँ फँसा पड़ा है।

महक बोलती गई—माँ कोई भी हो, बच्चे तो बड़े बाप के हैं न ! उन्हें भी गया-गुज़रा क्यों समझे हुए हैं आप ! क़लम-दावात तो मुंशीजी, कापी-किताब तो मुंशीजी। क़ायदे से कुछ इन्तज़ाम किया होता। हम पर क्या अहसान है साहिब, औलाद आपकी है। हम कुछ न हुए तो...

ग़ुस्से में घूरते-घूरते कृपानारायण अचानक ठिठक गए। महक को इस रंगत में वकील साहिब ने पहली बार देखा हो जैसे।

क्या सच में उनकी दानिशवरी से महक का यक़ीन उठ गया ? खुले उड़े बालों से महक का मुखड़ा अंगारे-सा भखने लगा। अँगिया का फीता कंधे पर बाहर दीख रहा था। वकील साहिब का अन्दर-बाहर दरकने लगा। ऐसा लगा जैसे .ख़ुद ही अपने से ओझल हो रहे हों।

बानो को बाँहों में भर लिया। साँस रोके दोनों किसी जानी-पहचानी आहट

की राह जोहते हों पर दोनों पत्थर हुए रहे। बदन के किसी हिस्से से कोई गूँज न उठी।

कृपानारायण कई देर तक छत की ओर देखा किए, फिर भर्राए गले से कहा—जो तूफ़ान उठ खड़ा हुआ है उसमें हम एक-दूसरे के लिए बाक़ी भी बचेंगे, कुछ कहा नहीं जा सकता।

महक की साँस ऐसे चलने लगी जैसे परिन्दा पंख फड़फड़ाता हो।

—ऐसा क्यों ?

—हमारी बीवी गले में फन्दा डालने को थी...

महक ने सुना न हो। जैसे उसे जानना ही क्यों ज़रूरी है। गले में खटास भरकर कहा—क्यों साहिब, उनके गले में फन्दे और इन बच्चों की परवरिश में क्या एक ही मसला फँसा पड़ा है ?

कृपानारायण ताव खा गए। अपने को क़ाबू कर कहा—जानम, सब्र रखिए। बच्चों के लिए जो मुनासिब होगा, किया जाएगा।

—आपके बच्चे हैं, हमीं पर क्या अहसान !

वकील साहिब ढीले पड़े। समझाकर कहा—जानम, मुहब्बत के अख़्तियार हमेशा ज़ाहिरा नहीं हुआ करते।

महक बानो वकील साहिब पर आँखें गड़ाए कुछ देर देखती रही फिर हँसने लगी।

कृपानारायण साहिब को भान हुआ कि वह महक बानो से हमेशा के लिए अलग हो रहे हों। बेताबी से कहा—इधर आइए, हमारी बात सुनिए। जानती हैं, कुछ देर पहले जाने को हुए तो लगा हम आख़िरी बार यहाँ से चले जा रहे हैं।

बानो ने वकील साहिब की ओर देखा तो चेहरा पीला पड़ गया। बेजान आवाज़ में कहा—क्या सचमुच ?

—हाँ।

कृपानारायण की आवाज़ इतनी हल्की कि वह इस 'हाँ' को ख़ुद भी सुनना न चाहते हों।

—मगर क्यों साहिब ?

—हालात की मज़बूरी। अब हम आपको क्या-क्या बताएँ !

—दूसरों की ग़लतियों की सज़ा भी क्या आप हमीं को देंगे ?

वकील साहिब का गला रुँध गया—वह हमारी बीवी है, बानो।

महक बानो का बदन सर्द हो गया और चेहरा कड़ा।

कृपानारायण को लगा वह बेटी का नहीं, बेटी की माँ का सामना कर रहे हैं। पुराने गुज़रे वक़्त की खोखल में से नसीम बानो निकल आई हैं।

महक गुमसुम हुई रही। आँखों के आईने तड़के और दिल के कपाट पर खटाक से चिटकनी लग गई। वकील साहिब मानो बरसों पुरानी पोशाक झाड़ उठ खड़े हुए।

किया सैर इस ख़राबे का बहुत
अब चल के सो रहिए।
किसू दिवार के साये में
मुँह पर ले के दामां को।

खेल शुरू होने में कितनी देर लगती है और ख़त्म होने में तो और भी कम।

16

मुहल्ले, टोले, गुमटी, दालान, चबूतरे, सभी बेरंग से हुए पड़े हैं। किसी भीड़ में खो गए लगते हैं। और, यह कमरा मानो .ख़ुद की मुट्ठियों में ही बन्द पड़ा हो। इसमें धड़कते जान-जहान भला क्या हुए ! बाँहों की फरफराहट ही ख़ामोश हो गई। सिर्फ़ इसलिए न कि ताने-फेरे से बुने जाल में कहीं कुछ टूट गया। जुड़ न सकने पर दरार उठ आई। दरार ही तो।

बाहर बिजली के खम्भों से रोशनी अब भी रात-रात-भर झरती है। पेड़ों के साये दीवार पर हिलते-थिरकते रहते हैं। हाँ, कमरे के अन्दर की रूह तो मुँद चुकी। ग़ौर से देखें तो रास्ते तो बन्द ही हुए लगते हैं। पर खुली हैं दूकानें पान की। गिलौरियाँ बना-बनाकर खाए जाते हैं। दिल में पुराने मलाल-जंजाल बुदबुदाते हैं और फिर आप ही थककर टल जाते हैं।

दीवार पर लगे घंटे की टन-टन बन्द हो गई लगती है। क्या घड़ी की सुइयाँ भी थम गईं ? नहीं, चल रही हैं। जो छोटी-मोटी .ख़ुशियाँ उस वक़्त में से उठती रहीं, हम तक पहुँचती रहीं। नींद में चलते आदमी की तरह .ख़ुद से बेख़बर। कभी वह भी मौसम था। हम थे, वकील साहिब थे। उनके होने

से हम हम न थे। हमारे होने से वह भी वह न थे। लुकन-छिपन ऐसी शुरू हुई कि बच्चे आन पहुँचे। कितना अरसा हुआ जब ऐसा था। कभी था, अब नहीं। वह वक़्त खो गया लगता है। खो ही चुका।

भीतर की नज़दीकी ढहती है तो बाहर की हदबन्दी ऊँची उठने लगती है। ऐसे में न बाहर से अन्दर दीखे और न अन्दर से बाहर। क्या आँच चुक गई थी ? पहले दिल बुझता है और खेल मर जाता है। रह जाती हैं ख़यालों में परछाइयाँ। गुज़रे हुए साये। साये आवाज़ नहीं सुनते, सिर्फ़ आँखों में भटकते हैं। भूत की तरह आँखों के आगे नाचते हैं। जितने देखो—वह गए और ओझल हुए।

आख़िर तो इंसान के जिस्म का घोड़ा कब तक लगातार दौड़ता रह सकता है ? थक जाता है तो यही होता है। क़ुदरत भी यही और इंसानी फ़ितरत भी। पहले अपने आस-पास बस्ती आबाद करता है फिर खंडहर बना बस्ती से छूट जाता है। जो छूट गया उसे पाने के लिए बाज़ की तरह झपटने से कभी भी क्या ! पैग़ाम ! नहीं, अब पैग़ाम उन तक नहीं पहुँचता। ख़ैर, याद तो आती होगी। वह क़ानून याद किए रहे और हम क़ायदा। तसल्ली इतनी ही कि पाँव के अँगूठे तले रखा बीड़ा हमने उन्हें कभी नहीं खिलाया। उनकी उनके साथ और अपनी अपने साथ। हम अपने को समझा ही चुके थे। हम अम्मीवाला खेल न खेलेंगे। डर ! डर ही तो, क्या-क्या न हुआ उनके साथ ! अपने चेहरे पर पीठ होते ही नवाब साहिब की, अम्मी पगला गई थीं। जिनके पीछे वह हलकान हुईं वह थी मुहब्बत बाइज़्ज़त। कलावन्तों-डेरेदारों के लिए कितना मुश्किल सफ़र ! कितना कड़ा इम्तहान ! हो गई क़त्ल की सज़ा में जेल।

अच्छी-ख़ासी होश में थी जब अम्मी के साथ बम्बई स्टेशन पर उतरी थी। फिर तो कभी दाएँ-बाएँ, इधर-उधर, आगे-पीछे। ज़ेवरों के लिए अम्मी की भागमभाग तो इस महकिया का भँवर ही बन गया। कभी अम्मी पीछे और नवाब साहिब आगे। कभी नवाब साहिब की माँ आगे और अम्मी पीछे।

नानी-परनानी के भारी ज़ेवरों की सन्दूक़ची अम्मी की उम्र की सारी ख़ुशियाँ बटोर ले गई। कभी नवाब साहिब की ओर से सुलह-सफ़ाई, कभी तरेर-फुंकार। कभी वह सुनहला ख़ज़ाना उन्हें दिखा दिया जाए, कभी उनकी नज़रों से छिपा दिया जाए।

भटकन देख अम्मी की, सहमी-सी ख़ामोश हुई रहती। रह-रह अम्मी और नवाब साहिब के बोल अपने नक पहुँचते। कुछ समझ में आते, कुछ यूँ ही सिर पर से गुज़र जाते। एक-दूजे की आवाज़ें सुन-सुन दिल दहलता रहता। डर।

नवाब साहिब की धुन लगी दौलत से कहीं वज़नी नानी-परनानी के ज़ेवरात और जुए-शराब पर नीलाम होती नवाब साहिब की जायदाद। छिड़ गई दोनों में। अम्मी की मदद पर तो था ही कौन ! मिन्नत-समाज़त से कुछ न हुआ तो फिर वही हुआ—क़त्ल पहल कर ली अम्मी ने। उनकी पैरवी की वकील साहिब ने। हम मिले और बँध गए।

अब तो वह बात भी पुरानी लगने लगी। मिले थे, जुदा भी हो गए। शरीफ़ों की तालीम भी ऐसी। फूँक-फूँककर क़दम उठाएँ, ऐसे कि अपनी भी रहे और दुनिया की भी। नाक की सीध पर—सैकड़ों निगाहें जमाने की और एक अपनी। वही गुम। जो इस तर्ज़ का दामन पकड़े वह वही करे जो वकील साहिब ने किया। उनके लिए तो ग़लत भी कहाँ था ! घर-गृहस्थी में जमे पड़े थे। जितना हो सका, चला लिया। हम थे सो नत्थी हुए रहे। अपना आगा-पीछा ही ऐसा रहा। दिल को समझाते रहे कि था कोई जादू जो अपने पर छाया रहा। टूट गया तो क्या कीजे। कुछ अँधेरे में घुल गया, कुछ दिन के उजाले में। रातों में याद आई तो सोचा चलो ग़ैर हुए तो भी क्या ! याद तो आई। सुबह बच्चों को देखा तो ख़ैर मनाई। वकील साहिब दूर हो चुके तो क्या कीजिएगा ! उनके बहाने ज़िन्दगी में कुछ बरकत हो आई। नहीं तो उस माँ की बेटी की सुध लेने को किसको पड़ी थी ! वकील साहिब ने ही हाथ दिया था।

जितने घाव अम्मी को मिले उतनी ही रुलाई हमने अपनी ओढ़नी में सुखाई। उन्हें इस लड़की का भी होश भला कहाँ था ! हर चोट के बाद पगलाई-सी उठ खड़ी हों दुबारा लड़ने को, सामना करने को। कभी नज़र पड़ जाने पर जैसे किसी ख़्वाब में बोलतीं हों—महकिया बेटी, रियाज़ किया करो। अपने को सँवारो। इसी रूह से आँख बनती है जो जहान को देखती है और लय बाँध उसे गा लेती है। अपने में पी लेती है।

जानती हो, मेरे गुरु, तुम्हारे पिता क्या कहा करते ? कहते, नसीम बानो, दुनिया की एक ही राह पर दिल जमाए रखोगी तो क्या देखोगी ? गवैए के

लिए एक राग की, एक तान की, एक सुरताल की फ़िदाई काफ़ी नहीं। ऊपरवाले को देखो उसके हज़ार जलवों में। हर मौसम में नया दौर, नया शोर, नया रंग। हज़ारों तो फल और हज़ारों ही पात। सूरज है तो चाँद भी। चाँद है तो सितारे भी। आसमान है तो बादल भी। बादल तो बिजुरी भी। धूप है तो बरखा भी। धरती है तो समुद्र भी। सागर है तो पहाड़ भी। पर्वत तो नदियाँ भी। हरियाली है तो रेतीला भी। रेत तो कँटीला भी। तपिश है तो बर्फ़ भी। नसीम बानो, इतने ही सुरों में हम अपनी उम्र को क्यों न गा लें !

हम बहुत बार अम्मी को खीझ और झुँझलाहट में डूबे देखते तो पास जा पूछते—अम्मी, आपके उस्तादजी का क्या हुआ ! उनकी बात कहिए।

अम्मी के माथे पर बल पड़ जाते। नवाब साहिब की बेगम जैसी हो उठतीं। टालने को कहतीं—अब तुम्हें क्या बतावें क्या हुआ ? महकिया, वह तो तुम्हीं में ज़िन्दा हैं। उनके सुरों को तुम्हीं उठाओगी। तुम्हीं गाओगी। इस झूठी रियासत के चक्कर में हम तो उन्हें खो चुके। हमने उन्हें बड़ा सदमा पहुँचाया।

हम देखते, चुँधी-चुँधी आँखोंवाले नवाब साहिब शर्बत में लगे रहते। आस-पास लौंडे जमा रहते। अम्मी चीख़तीं और नवाब साहिब की माँ हँसतीं। मैं अम्मी को आस-पास नज़र आ जाती तो पिटती। चुपके-चुपके रोती तो अम्मी आँखें मूँद सो जातीं। ज़ोर से रोती तो और पिटती।

आते-आते वह क़यामत का दिन आ पहुँचा और सबकुछ परिन्दा बनकर उड़ गया। रह गए हम, अम्मी के गुरु सूरजसेन की बेटी। अम्मी जेल में थीं। उनका मुक़द्दमा लड़नेवाले थे वकील साहिब। क्या ख़बर थी कि उन्हीं की तराजू पर हम तुलने को थे।

न कोई रियासती तामझाम, न नवाब साहिब-जैसी दौलत और न उन-सा जाहिलपन। गुनगुनी-सी भलमनसाहत ऐसी जो न गर्म ही और न सर्द ही। न जिला सके और न मार सके। न फ़ना हो और न फ़ना करे। आप ही अपने जलवे से टँके रहे। कमाल बस इतना ही कि न इधर से बख़िया उधड़े और न उधर से जोड़ लगे।

हमने जब देख लिया कि फटे हुए पर टाकी न जमेगी तो फिर हमीं क्यों खींचतान से उसे लीर-लीर करते।

यह सोच-सोचकर हम हैरान-परेशान ज़रूर होते कि अम्मी के नाम से वकील साहिब ख़ौफ़ज़दा हो-हो जाते। जाने क्या होता कि हमें देखते-देखते उनका चेहरा ज़र्द-सा पड़ जाता। सोचते, वकील साहिब-जैसा शख़्स ख़ुद ही अपने से डरा हो तो उन्हें कोई दूसरा क्या डराएगा। फ़र्ज़ के नाम पर वह तो ऐसे हुज़रे तक ले जाएगा जिसे वह न अपना कह सकें और न कह सकें पराया।

मासूमा के पहुँचने पर जो वकील साहिब की बेरुख़ी हमने देखी तो वह देर तक हमें घायल किए रही।

बदरू हमें पड़े तो भी वकील साहिब इतना ही चाहते रहे कि हम छुटकारा पा डालें।

कहते, बहुत जंजाल न फैलाइए, पर हमें तो हाजी बाबा के सामने बैठे रमली की याद थी कि बेटी, तेरे बेटा होगा जो तुझे गद्दी दिलाएगा। हम भी कहाँ भूल सकते थे वह पेशीनगोई। इसी पर अटके रहे। आख़िर उस बूढ़े रमली ने कुछ हिसाब-किताब तो लगाया होगा।

हमारे बाद अम्मी ने अपना हाथ दिखाया।

रमली बाबा ने अम्मी की हथेली पढ़ी। फिर सख़्ती से कहा--तुम्हारे पास यही लड़की है और कुछ नहीं।

अम्मी निहोरा करने लगीं—कुछ तो और बताइए !

बाबा ने सिर हिला दिया—आगे घटाटोप अँधेरा है। हम कुछ नहीं देख सकते। रास्ते-भर अम्मी ख़ामोश रहीं और सख़्ती से हमें देखती रहीं। कभी अपनी हथेली देखतीं और कभी हमारा माथा। लगता है, अम्मी अभी भी हाजी अली पर ही खड़ी हों।

जो होनेवाला था, वह रमली बाबा ने ज़रूर जान लिया था। वही सच होकर रहा।

आख़िरी बार हम अम्मी को मिलने जेल में गए तो अम्मी का चेहरा झुलसा-झुलसा-सा था। कुछ बोलीं नहीं। मुलाक़ात ख़त्म होने पर हम हुड़क-हुड़क रोने लगे तो अम्मी बोलीं—हमने तुम्हें वकील साहिब को सौंप दिया है। इनके बेपूछे-गाछे कभी कुछ मत करना महकिया।

हमारे मन में उथल-पुथल मच गई। चीख़कर पूछना चाहते रहे अम्मी से कि हम क्या करेंगे, कहाँ रहेंगे, पर आवाज़ न निकली।

निज़ामे-क़ुदरत है—किस मोड़ पर क्या जुड़ जाए, क्या छूट जाए, कब टूट जाए, क्या पता !

बच्चों के बड़े होते-होते मासूमा और बदरू दोनों में अलग-अलग अन्दाज़ और मिज़ाज उभरने लगे। मासूमा जब-तब वकील साहिब को सख़्ती से देखने लगती तो हम परेशान हो-हो उठते। लगता हमीं आँखें उठा नवाब साहब को घूरे चले जा रहे हैं। बहाने-बहाने बेटी को वहाँ से उठा देते—जाओ बेटी, भाई को कुछ खिला-पिला दो।

हम यह भी देखते कि वकील साहिब मासूमा के पास होते तो अपने में कुछ बन्द से हुए रहते। बदरू सामने होते तो उनकी आँखों में लाड़ की लुनाई उतर आती। लगता बदरू हमारे नहीं, उन्हीं के बेटे हैं।

बहन-भाई दोनों के अलग-अलग रंग निकलने लगे। हम साफ़ देखते—बेटी चुप-सी हुई अब्बू को दिल-ही-दिल जाँचती-तौलती रहती और बदरू अपनी बोलचाल और हाव-भाव में वकील साहिब के तर्ज़ और हुनर को ही दरसाते। बच्चों की बाँट कुछ ऐसी होती कि लड़की माँ की बेटी और लड़का अपने बाप साहिब का। वकील साहिब की आमदो-रफ़्त जब घर में धीरे-धीरे कम होने लगी तो मासूमा अपनी ख़ामोशी में भी हमें घेरे रहती। हमारे चेहरे को टटोलती रहती। अब्बू के बारे में न कुछ पूछती, न कहती।

इससे ठीक उलटे बदरू हमें बीच-बीच में ऐसे घूरते ज्यों हमीं ख़तावार हों। बाप-बेटे के दरमियान कुछ ऐसा कि एक-दूसरे के नाम पर ही हुमक पड़ें। कुछ-न-कुछ कहलवाने को बदरू हमें उकसाते रहते।

—अब्बू काम में घिरे रहते हैं। दम मारने की फ़ुरसत नहीं होती उन्हें। मुंशीजी कह रहे थे...

मासूमा ने आँख से घुड़क दिया—साल-भर हो गया अब्बू को यहाँ आए।

—ईद पर आए थे न !

—जैसे खड़े-खड़े आए थे वह हमें ख़ूब मालूम है।

—आपा, उन्हें गाड़ी पकड़नी थी। उनका केस लगा था इलाहाबाद कोर्ट में।

—उहँ, हमें ख़ूब याद है। अगले दिन इतवार की छुट्टी थी।

—सुना अम्मी आपने ! आपा हमेशा कुछ-न-कुछ उनके ख़िलाफ़ ही कहती हैं।

मासूमा ग़ुस्से से बोली—अम्मी के ज़ेवर भी अभी तक लौटाए नहीं।

बदरू बिना पूरी बात सुने दौड़े हुए आए—सुना आपने, कहाँ की तोड़कर लाई हैं। ज़ेवर भागे जा रहे हैं न !

महक बोली—बेटे, आप भी क्यों तुनक हुए पड़ते हैं। मासूमा ने कुछ ग़लत तो नहीं कहा।

मासूमा चिढ़कर बोली—जब अब्बू रज्जो भाई की अम्मा के साथ कंगन माँगने आए थे तो याद है आपने क्या कहा था ! और हमने क्या ! हमीं ठीक निकले। आज तक तो वह कंगन न आए।

अम्मी झूठ-मूठ के तेवर चढ़ाकर बोलीं—भला तुम बच्चों को इसमें पड़ने की क्या ज़रूरत ?

हाथ में किताब खोले बदरू बौखलाए-से बैठ गए। दो-एक बार उठे। चप्पल की ढूँढ़ की।

—पता नहीं आपा मेरी चप्पल से क्यों इतनी चिढ़ती हैं ! कहीं-न-कहीं सरका देती हैं।

मासूमा ने अम्मी को सुनाकर कहा—आप कमरे की ओर जा रहे होंगे। अचानक क्या काम पड़ गया अब्बू से ?

—हम वहाँ नहीं जा रहे। आपको शक कैसे गुज़रा ? ज़रूरी है क्या कि हम चप्पल पहनें तो अब्बू के कमरे की ओर जाएँ ?

हम दिल-ही-दिल हँसे।

जिहर की शुरुआत ! जहाँ से हमने लड़का पाया है उस ख़ानदान के रंग-ढंग भी हमें झेलने होंगे।

हम अपना नफ़ा-नुक़सान याद रखें तो भी इन बच्चों को भूलें कैसे ? अपने से भी दूर भला कैसे जाएँ ? कुछ भी कहें, अपने दम से ही जुड़ा पड़ा है सारा जहान ! इस ठिये पर अटके पड़े हैं। सच कहें तो अम्मी के उस ख़ौफ़नाक ग़म से तो कहीं हल्का है। जितना कुछ हाथ आया वह आधा सपने-सा अन्दर और आधा हक़ीक़त बन अपने से बाहर पसरा पड़ा है। कुछ ऐसे ज्यों कमरे में अँधेरा हो और बाहर से रोशनी पड़ती हो। बाहर अँधेरा हो और अन्दर रोशनी जलती हो।

हम कुछ भी सोचते रहें, वकील साहब हमारे बच्चों के बाप हैं। जितना निभा सकें उतना ही सही।

सीढ़ियों पर झटापट की खटाखट ! ज़रूर बदरू होंगे।

—आप तो ज़ीने पर यूँ चढ़े आते हैं ज्यों आपका पीछा किया जा रहा हो। सँभलकर क़दम उठाया कीजिए। घिसी पड़ी हैं सीढ़ियाँ, फिसल गए तो !

बदरू ने बहन की ओर रुखाई से देखा भर।

हाथ में किताबें लिए-लिए बदरू हमारे पास आन बैठे।

—बूझिए भला, आज हमें टाउनहॉल के सामने कौन दीखा। अब्बू थे। हमने पलक न झपकी। ख़ामोशी से पान चबाते रहे...साथ रज्जो भाई की अम्माँ थीं। कमरे की ओर जा रहे होंगे।

—क्या दुआ-सलाम हुई उन लोगों से !

बदरू हमें घूरते रहे, ज्यों हम ही इसके ज़िम्मेवार हों।

हमने मुस्कुराकर कहा—अब काहे पछता रहे हैं। आगे बढ़कर आदाब किया होता।

—कैसे करते ? अब्बू ने हमें देख लिया था पर अनदेखा किए रहे। वह साथ थीं न ! हम पीपल की ओट में हो गए थे।

सुनकर हमारी हँसी न रुकी—क्यों साहिब, आपने ऐसा क्यों किया ? छिपने की ज़रूरत थी कुछ ? उधर आपके अब्बू कतरा गए, इधर आप।

बदरू और खीझे—अम्मी आप तो ऐसे बात कर रही हैं जैसे अब्बू ग़ैर हों। उनसे ऐसी भी क्या अदावत !

लड़के के सामने हमने ख़ुद ही कुछ अटपटा-सा महसूस किया। नरम पड़कर कहा—बेटे, हम तो वहाँ मौजूद नहीं थे। हो सकता है, वे सीधे निकल गए हों या आप ही भीड़ में अब्बू को न दिखे हों।

—जी हाँ। यह भी जोड़ लीजिए कि क्या पता तुम्हारे अब्बू ने तुम्हें पहचाना ही न हो।

मासूमा बोली—भला अम्मी क्यों ऐसा कहने लगीं ! क्या उन्हें मालूम नहीं कि आप उन्हें हफ़्ते में कितनी बार मिलने जाते हैं।

—उन्हें मिलने जाना कोई गुनाह है क्या ?

—बेटे, आपको कभी किसी ने रोका-टोका ? अब्बा हैं आपके। ज़रूर मिलते रहिए। हम तो आपकी माँ ही हुईं। हरदम आपको दिखती ही हैं घर

में। बाक़ी ईद का चाँद तो वही हुए।

मासूमा झुँझलाहट में कुछ कहने को थी कि हमने इशारे से रोक दिया।

—भाई के लिए पराँठा-टिकिया गर्म कर लाइए। शाही टुकड़ा बाद में।

—न, हमें चाहिए ही नहीं।

मासूमा ने छेड़ा—कमरे से गुलाबजामुन खाकर आए होंगे। हमारे लिए भी लेते आते।

बदरू पलंग पर जा लेटे और छत की ओर देखने लगे।

—दूध में फेनियाँ डाल लाएँ ?

—न।

—हम तो अम्मी के लिए हरी पत्ती का कहवा बनाकर लाते हैं।

मासूमा तश्तरी में तीन प्याले रख लाई। बदरू लपककर माँ के पास आए और कलाई की चूड़ियाँ खनखनाने लगे।

अम्मी कुछ न बोलीं तो ख़ुशामद से कहा—कुछ तो पूछिए अम्मी। यह भी क्या कि अगले को बस देखते ही चले जाना ? उधर आपा हैं कि हर किसी पर हँसा ही करती हैं। सुनिए, अब्बू सिर्फ़ हमारे ही नहीं हैं। आप लोगों के भी कुछ होते हैं।

—ग़लती आपकी और क़सूरवार दूसरों को ठहराया जा रहा है।

महक ने मज़ा लिया। बेटे से कहा—बताइए साहिब, उस ओर की नई-ताज़ी क्या है ? हम भी जानने को बेसब्र हुए जा रहे हैं।

—अब्बू तो कुछ थके-से लगते थे। रज्जो भाई की अम्माँ अलबत्ता तगड़ी लग रही थीं। खूब बनाव-सिंगार किए थीं।

—यह ताकने-झाँकने की आदत आपने कब से पाल ली ? चलिए, बताइए क्या पहने थीं ?

—सुनहरे किनारे की साड़ी और ऊपर तिल्ले की बूटीवाला शाल। शाल लाल रंग का था और आगे पेट पर फैलाए हुए थीं। अम्मी, कुछ बात होगी।

मासूमा ओंठों में हँसी और पास से उठ गई।

—आपा को देखा आपने ! जब देखो मख़मल का बटुआ बनी रहती हैं। हाँ अम्मी, रज्जो भाई की अम्माँ ज़रूर बच्चे से हैं।

महक बानो ने दिल-ही-दिल अन्दाज़ा लगाया। फिर उगालदान उठा पान थूका और सिर हिलाकर कहा—होगा। भला इसमें अनोखी बात क्या है ?

बदरू अपना हिसाब जोड़ने लगे।

—अम्मी तीन तो हुए वे और एक हैं हम।

मासूमा ने घूरा—हमें भी गिनिए जनाब ! अम्मी, देखा आपने ! इन्हें हम नज़र नहीं आते।

—नई बात नहीं। बेटियाँ बहुतों को नज़र नहीं आतीं।

बदरू अपने ही ख़यालों में अटके रहे—अम्मी, इस बार तो उन्हें लड़की होनी चाहिए।

महक ने बेटे को छेड़ा—क्यों साहिब, लड़के से भला आपको क्या परेशानी ? ख़ानदान में एक भाई और जुड़ेगा। अच्छा ही तो है।

—अम्मी, आप नहीं समझतीं। रज्जो भाई और हम होंगे एक तरफ़ और दम्मो-पम्मो और अगर तीसरे भी भाई हुए तो तीनों दूसरी तरफ़। जानती हैं इसका नतीजा क्या होगा ?

महक बानो बेटी की ओर मुड़ी—यह तो कह चुके, अब आप भी कुछ कहिए।

—हम भी तो एक ही बेटी हैं। दूसरी के आने से सब कुछ उसी हिसाब से बँटेगा।

बदरू ने चमककर कहा—छुन्ना बुआ भी तो घर की बेटी हैं।

मासूमा बोली—वह तो ससुरालवाली हैं। उनसे भला हमें क्या डर !

महक का कलेजा जाने किस अन्देशे से धकधक करने लगा।

बच्चे भी भला कहाँ-कहाँ पहुँचने लगे। वकील साहिब सुनें तो ज़रूर सोचें कि हमीं इन्हें सिखाते-पढ़ाते हैं। अब इनसे क्या कहें कि वहाँ न आपकी नाल गड़ी है और न ही ख़ानदानी शजरे पर नाम चढ़ा है। जो तुम्हारा है उससे बेवफ़ाई पर क्यों तुले हैं ! समझाकर कहा—हम आपकी माँ हैं सो कहते हैं कि अपनी मेहनत पर भरोसा कीजिए। दूसरों के सहारे कैसे कटेगी !

—देखा आपा, अम्मी की हिदायत ! अब्बू से कैसे खिंची पड़ी हैं।

मासूमा ने माँ के चेहरे पर अब्बू को मुकरते-से देखा तो बड़ी-बूढ़ियों की तरह बात को हँसी में फैला दिया—अब थोड़ा पढ़-लिख लो मेरे भैयन ! यही तो कहकर बुलाती है हवेली की महराजिन आपको।

महक सहसा बच्चों से अलग पड़ गई। बाप से परे माँ की अपनी तौफ़ीक़

भी क्या हुई ! बच्चे हैं कि नज़र उठती है तो वहीं। तार बजती है तो भी वहीं।

ज़ीने पर पैरों का शोर सुन बदरू के कान खड़े हो गए।

यह चाल मुंशीजी की है। इनकी एड़ी के नीचे दो कील लगे हुए हैं। वही हैं।

मुंशीजी ही नमूदार हुए। बन्दगी की और रुक्का निकाल बदरू की ओर बढ़ा दिया।

—यह छुन्ना बीबी ने भिजवाया है।

महक अपलक देखती रही और पान चबाती रही।

बदरू ने ख़त खोला। पढ़ते ही मासूमा के बड़े भाई बन गए—आपा, लड़ाई ख़त्म। हाथ मिलाइए। पुराना सब झगड़ा रफ़ा-दफ़ा !

मुंशीजी ने पूछा—क्यों साहिब, पढ़ाई कैसी चल रही है ? हम तो आप पर उम्मीदें लगाए बैठे हैं।

—हम क्या बतावें मुंशीजी, नतीजा ही बताएगा। फ़िलहाल तो इतना ही कि पास हो जावेंगे। हाँ, कुछ दिमाग़ में न बैठा तो परचे के आख़िर में इतना तो लिख ही आवेंगे कि :

ख़जाने की कुंजी तेरे पास है।
अगर पास कर दे तो क्या बात है।

मुंशीजी बोले—बेगम साहिबा, इन्हें मना कीजिए। कहीं परचा देखनेवाले साहिब चिढ़ गए तो...

—मुंशीजी, हम मज़ाक कर रहे हैं। आप क्या सच मान गए ?

—मासूमा बेटी, मुंशीजी के लिए गाजर का हलवा तो ले आओ।

मुंशीजी चखकर ख़ुश हुए। बदरू से कहा—आपको भी वकील साहिब की तरह हलवा ख़ूब भाता है।

—जी मुंशीजी। बादाम और खोयेवाला हो तो बात ही क्या !

—साहिब, हम आपको खिलाएँगे, मिट्ठन हलवाई का।

बदरू चहके—मुंशीजी, ज़्यादा इन्तज़ार न करवाइएगा।

मुंशीजी मुस्कुरा दिए। बेगम साहिबा से इजाज़त ले ज़ीने की ओर मुड़े। फिर जैसे कुछ याद आया हो, जेब से लिफ़ाफ़ा निकाल बदरू की ओर बढ़ा दिया।

—आपका फ़ार्म जाने को है न ! नतीजे के बाद तो हमारी दावत पक्की है। जहाँ तक मैं देख सकता हूँ साहिब, वकील साहिब के साथ वकालत तो आप ही करेंगे। रज्जो साहिब को इसमें दिलचस्पी नहीं।

—मुंशीजी, यह बड़े जोखिम का काम है। अब्बू की नज़र तो आप जानते ही हैं। हमें भी मुंशीजी बनाए रखेंगे।

महक ने कुछ ग़ुस्से में, कुछ मज़ाक में धमकाया—भला यह क्या कह रहे हैं ! मुंशीजी तो वकीलों के दाएँ हाथ हुआ करते हैं।

बदरू जोश में बोले—मुंशीजी, हमारी और आपकी तो नत्थी हो गई।

मासूमा बोली—आप तो ऐसे कह रहे हैं ज्यों वकालत पास ही कर ली हो।

मुंशीजी—वह भी कर लेंगे।

बदरू ने मुंशीजी के पाँव छू लिये।

—साहिब, हमारी पेशीनगोई है कि आप दर्जा अव्वल में पास होंगे।

बेगम साहिबा ने बड़ी मीठी नरम आवाज़ में कहा—आपका मुँह मुबारक हो मुंशीजी !

—अम्मी, आपा को आज हम बढ़िया मिठाई खिलाने को हैं। बोलिए, इमरती कि बालूशाही।

—मिठाई तो वही आएगी जिस पर आपका मन हो।

—जी नहीं। आज वह आएगी जो आप चाहेंगी। आज तो बात ही कुछ और है।

बदरू तेज़ी से सीढ़ियाँ उतर गए।

—अम्मी, कुछ समझ में आया बात क्या है ?

—जेब गर्म है। मुंशीजी ने फ़ीस के पैसे दिए होंगे।

बदरू लौटे तो एक हाथ में गुलाबजामुन का मटकैना था। इमरती और समोसों के लिफ़ाफ़े अलग। मासूमा को पकड़ाकर कहा—मेहमान आ रहे हैं अम्मी ! छुन्ना बुआ के ससुराल से हैं। आपा को नया जोड़ा पहनवाइए। नीली मुक्कैशवाली ओढ़नी फबेगी।

हैरान-परेशान आपा माँ की ओर देखने लगी तो बदरू ने बहन को घेरकर कहा—अब वक़्त नहीं है। जल्दी करिए। इत्ते हम छुन्ना बुआ का पैग़ाम अम्मी को पढ़वाते हैं। लीजिए—सरताज भाई के रिश्ते में लोग मासूमा को देखने

आ रहे हैं। साथ दादा होंगे या रज्जो। मासूमा नीला या गुलाबी पहने।—छुन्ना।

महक ने बेटी का माथा चूमा और कंघा उठा लड़की को अपने आगे बिठा लिया। लम्बे घने बालों में कंघा घुमाया, बाल बाँधे और लड़की को पसन्द करनेवालों की निगाह से देखा।

—अम्मी, यह क्या तमाशा है ! हमें जाने कैसा-सा लग रहा है। हँसी-खेल में बैठे थे, आते ही चौंका दिया। अम्मी, घबराहट हो रही है।

बेटी को सिर पर ओढ़नी डालते देखा तो दिल-ही-दिल कहा—ग़रीबनवाज़, आपके हुक्म से...

बदरू ने मिठाइयाँ तश्तरियों में लगा दीं। बब्बन मियाँ ने झाड़-पोंछ कर दी।

—अम्मी, आपा के हाथ की कढ़ाईवाला मेज़पोश निकाल मेज़ पर बिछा दीजिए। हाँ, आपा के हाथ में ऊन और सलाइयाँ दीजिएगा। स्वेटर बुनती रहेंगी तो अच्छी लगेंगी।

—पहले तो फन्दे डालने पड़ेंगे न !

—वह भी डल जाएँगे। पर यह तो बताइए भाई, आपने यह सब कहाँ से सीख लिया !

—इसे छोड़िए अम्मी। इनके बुन्दे बदलवाइए। चाँदी के ठीक नहीं।

—बेटे, कुछ हम पर भी छोड़िए ! चूड़ियों, बुन्दों में भला लड़कों का क्या दख़ल !

बदरू समझाकर बोले—अम्मी, छुन्ना बुआ के ससुरालवालों को तो जानते हैं न हम। चाँदी-वाँदी उनके लिए कुछ नहीं। उन्हें सबकुछ सुनहरी भाता है।

—जिनसे हमारी मेल-मुलाक़ात तक नहीं, वहाँ का क़ायदा-क़रीना सब सीखे हुए हैं। ज्यों वहीं रहते हों। उन्हीं की रियाया बने फिरते हैं।

मासूमा बोली—हम हाथ में कशीदा क्यों न ले लें।

—नहीं आपा, बिलकुल नहीं। हमारी मानिए। कशीदे पर गर्दन झुकाएँगी तो बैठी हुई गठरी-सी लगेंगी। अवध चाचा की बहू आए दिन साड़ी की कढ़ाई को बैठती हैं तो वैसे ही दिखती हैं।

महक बानो ने तल्ख़ी से बेटे को चुप करवा दिया—हमें बताने से फ़ायदा। हमने न आपके किसी नातेदार को देखा और न ही किसी सगेवाले को। उनके ज़िक्र पर ही हुए रहते हैं।

मासूमा टकटकी बाँधे माँ को देखती रही, फिर लाड़ से कहा—हमें डर लग रहा है अम्मी !

महक ख़बरदार हो गई। बेटी से छेड़छाड़ कर कहा—देखने में तो आता है अपनी बेटी काली है, मोटी है, नाटी है। अब करें तो क्या करें !

बदरू मासूमा को छेड़ने लगे—छुन्ना बुआ के ससुरालवाले तो सभी पक्के रंग के हैं।

महक ने मानो बदरू का ऊँचा उठता क़द पहली बार देखा हो। मज़ाक में कहा—आपके ख़ानदान के और लोग तो बड़े गोरे-चिट्टे हैं। पूरी नस्ल ही कच्चे रंग की है साहिब !

—अम्मी, हमारे चचा लोगों पर छींटाकशी न कीजिए।

—आप-जैसा गोरा धुला रंग तो वहाँ कहाँ से आएगा ? मुरादाबाद से क्या ? अपने को पीतल में ढलवा लें तो दूसरी बात है।

महक बानो बेटी को लाजवाब करने को अपनी बेटी बन गई—आपके अब्बू और चचा लोग तो अनवर अली साहिब से भी कहीं गोरे-चिट्टे हैं।

बदरू चीराख़ानेवाले ताऊजी बन गए—बजा फ़रमाया साहिब ! हम भी तो आप से ही गोरे-चिट्टे हैं। दूध के धुले। सिर्फ़ आँखें हमारी आप-सी नहीं। वह दो फाँकें तो आपने आपा को दे दीं।

महक ने माँ बनकर माथे पर त्योरियाँ चढ़ा लीं—यह क्या माजरा है, जिस-तिस पर कसा करते हैं !

बदरू ख़ूब हँसे। छेड़छाड़ करने को कहा—क्या भोलापन है अम्मी ! क्या हम आपकी शक्ल नहीं पहचानते ? आपने सोचा हम अब्बू को दोहरा रहे हैं। ऐसी बात नहीं। बउआजी ने आपा को देखकर कहा था—क्यों न हो ! सुनते हैं लड़की की माँ भी तो बड़ी तोहफ़ा है।

सुनकर महक का दिल डबडबा आया।

बदरू माँ के कान में कुछ कहने के अन्दाज़ में बोले—यह बात अब्बू ने ही बउआजी से कही होगी।

महक ने झूठ-मूठ ग़ुस्से से बेटे को हाथ से परे कर दिया और मासूमा को गले से लगाकर कहा—मेरी बेटी मेरा मौसम।

—और हम अम्मी ?

—आप हमारे लिए ग़ैरों के। साँवले और कालों के।

तीनों मिलकर हँसने लगे। ज़ीने पर आवाज़ ही न सुनी और मेहमान आन पहुँचे।

—बानो भाभी आदाब !

सबसे आगे छुन्ना बीबी थीं, घर की बेटी।

17

मुद्दतों के बाद पहुँचे वकील साहिब महक के कमरे में तो लगा ही नहीं कि अपने से जुड़ा कुछ पुराना भी रखा है वहाँ। सीढ़ियाँ चढ़ अन्दर दाख़िल हुए तो पल-भर को अटपटा-सा महसूस किया। सोचा—जवानी में आदमी क्या से क्या कर डालता है। पीछे उम्र-भर अपने किए-दिए को भुगतता रहता है।

महक बानो ने वकील साहिब को कुर्सी पर बैठते देखा तो जी में आया—लो साहिब, यह तो कुछ और ही-से लग रहे हैं। ढीले पड़ चुके। पुरानी चाल-ढाल और फुर्तीली रफ़्तार क्या हुई ! पाँव में अब पाज़ेब नहीं न ! इनके पाँव में औरत की आहट ही पाज़ेब है। वही खनकती-ठुनकती है इनके वुजूद में। फिर क्या, वह रुआब और रौनक़ ही कुछ और होते हैं।

वकील साहिब ने कसे चेहरे से महक को देखा तो उसके ओंठों पर एक छोटी-सी गुम हँसी पकड़ ली। परेशान हुए। भला अन्दर-ही-अन्दर क्या सोचा जा रहा है। चले तो आए हैं हम, पर जाने इस औरत पर हमारी कुछ पकड़ भी बाक़ी है कि नहीं।

महक ने दिल में सोचा—कभी बेताबी से इन्तज़ार किया करते थे हम।

आज लगता है, पुराने सिलसिले का कोई निशाँ ही बाक़ी नहीं। ख़याल ही की तो बात ठहरी। कभी सवारी के ख़याल, कभी पालकी के और कभी ख़ानापूरी के।

—ख़ैरियत तो है ? कैसी गुज़र रही है ?

—तान-बन्धान चल रही है। सुबह-शाम बरक़रार है। साथ ही हँडिया-चूल्हा भी।

हूँ। दोतरफ़ा।

—बच्चों के शादी-ब्याह आन पहुँचे। आपकी ही बदौलत। नहीं तो यह भाग-दौड़ हमारे बस की भला कहाँ थी !

कृपानारायण ख़ामोश रहे। महक के चेहरे पर पुरानी बानो न दीखी। मुखड़े के बहाने-बहाने सबकुछ देख डाला। माथा, भौंहें, बालों की अठखेलियाँ, आँखें, नाक, ओंठ। टुकड़ों-टुकड़ों में तो सभी कुछ सही-सलामत लगता है। शायद ख़ाँ साहिब मौसम को थामे हुए हैं।

वकील साहिब की पीठ थरथराने लगी। बदन में सेंक-सा उठा। काँच पर ढलते सूरज के अक्स तले सहसा महक उन्हें सीझी धरती-सी लगी।

चौकस हो सोचा—लीजिए, अब भी पुराने वक़्तों में जमी पड़ी हैं। वक़्त तो बदलता रहता है। बदल गया। कसमा-कसमी की गुंजाइश भी भला अब कहाँ। इनका चेहरा देखिए। लिखा पड़ा है कि महफ़िल ऊपर-नीचे हो गई थी, फिर चल निकलेगी। इनसे क्या कहें ! उतरता है कोई वक़्त तो हाथ से सारे रंग समेट लेता है। इन्हें क्या ख़बर उस ज़लील क़िस्से की। भैरों बाबा और भभूतियों के पाश ! हमारा दिल ही मर गया।

सामने बैठी जैसे ख़ामोशी से उकसा रही हों—कुछ कहिए।

—आप ही कहिए।

—हमें क्या कहना है ! हम तो सुनने के लिए हैं।

मौसम तो बेगाना उतरा पड़ा है। बात भी क्या होगी ! पूरी शख़्सियत पर ही जो लिखा पड़ा है कि गरज़मन्द तो हमीं हैं।

कृपानारायण अनजाने ही किसी बन्द अँधेरी कोठरी में जा पहुँचे। दुबके पड़े दो परिन्दों की फड़फड़ाहट सुनने लगे।

दुपट्टा सहेजते महक की चूड़ियाँ खनकीं तो वकील साहिब मानो किसी पुरानी नींद से उठ खड़े हुए हों। अपने को झकझोर लिया। ख़बरदार-चौकस

हो अपनी कर्ता की हैसियत सँभाल ली।

तो हमारी थाह ली जा रही है। साफ़ नज़र आ रहा है दुबारा जीने को मचल रही हैं। हम चाहें तो हमें अख़्तियार है साहिब ! हमारा हक़ बनता है। इनकी और इनके बच्चों की परवरिश हमारे ज़िम्मे ही। इन्हीं की बेटी की शादी करने जा रहे हैं। जाने कितनी पीढ़ियों के बाद इनके यहाँ की बेटी गृहस्थी की सेज तक पहुँचेगी।

वकील साहिब के चेहरे पर अजब-सी पेचीदा निगाह देख महक ने पानदान अपने आगे खींच लिया।

कृपानारायण दिल-ही-दिल हँसे। कभी हमारे लिए भी यह मकाम बहिश्त था। अब तो महज मोर्चा सँभाले बैठी हैं। कमरा वही का वही। खिड़की वही और दिल पर ओस गिरानेवाली ओढ़नी भी इनकी वही। बानो को कौन समझाए, आदमी नहीं उम्र बदलती है। बदल जाती है उम्र। इन्हें हमारी मूँछों में सफ़ेदी नज़र आ रही होगी। इन्हें शायद मालूम नहीं कि ख़ुद भी तलहटी पर खड़ी हैं !

महक की आँखें गुज़रे बरसों के पिछवाड़े से वकील साहिब की काली शेरवानी पर अटकी रहीं तो सोचा—मुहब्बत भी क्या-क्या रंग बदलती है। बदल गई। इन्हें कैसे बताएँ कि अब इस चरागाह में सब सुनसान है। कोई आवाज़ नहीं।

महक ने गिलौरी बाँधी और एक साथ नज़र और पानवाला हाथ उनकी ओर बढ़ा दिया।

सोचा—चेहरानवीसी तो इनकी पुरानी आदत है। वही बारीक़बीनी।

वकील साहिब की नज़र कोने में रखी झमझमाती सिलाई की डलिया पर पड़ी तो मुलायम आवाज़ में कहा—बेटी के लिए कुछ सिया-पिरोया जा रहा है क्या ?

महक उमग उठी। पुरानी वफ़ा उभर आई।

—यह ओढ़नी तो अपने लिए ही बना रहे हैं। तीन अंगुल की कढ़ाई किनारों पर कर रहे हैं और बीच में बूटी का जाल।

महक ने ओढ़नी वकील साहिब के सामने फैला दी।

वकील साहिब ने पतली महीन ओढ़नी पर सलमे-सितारे का काम देखा तो भान हुआ ओढ़नी लोहे के बोझ तले दबी हो।

इतने में महक उठी और शंघाई का बादामी जोड़ा सामने ला रखा।

—अम्मी की ख़रीद का टुकड़ा पड़ा था। सोचा उनकी निशानी है, सो पीहर की ओर से हमारा जोड़ा भी तैयार है। ख़ैर से दोनों बच्चों की शादियाँ भुगत जाएँगी।

वकील साहिब के चेहरे पर रेत का भँवर उठा और उनके अन्दर साँय-साँय करने लगा।

महक अपनी रौ में बोलती रही—आपने तो हमारी समधिन देखी होगी। क्या बहुत ख़ूबसूरत हैं ?

कृपानारायण ने दबी-घुटी आवाज़ में कहा—आपसे ज़्यादा नहीं।

महक हँसने लगी। पुरानी हँसी—बात क्या है साहिब ? आप तो लड़ी पिरो रहे हैं। भला हमें .खुश करने की ज़रूरत क्या आन पड़ी ?

वकील साहिब के कलेजे पर लोहे की ज़ंजीर कसने लगी। आँखें मूँदी, खोलीं। फिर जैसे थकन महसूस करते हों—सिर कुछ भारी-सा हुआ पड़ा है।...चाय की फ़रमाइश की जा सकती है क्या ?

—क्यों नहीं ! अभी लीजिए। बदरू भी लौटते ही होंगे।

कृपानारायण के अन्दर कुछ लड़खड़ाया, फिर थिर हो गया। सीधेपन से कहा—सुनिए, बदरू आ ही जाएँ तो किसी काम से हवेली भिजवा दीजिएगा।

महक ने सिर हिलाया। दोचित्तापन !

—कुछ गुस्ताख़ी तो नहीं कर बैठे आपसे ! जबसे मोच्छ निकली है दूसरों के ऊपर होकर चलने लगे हैं।

—नहीं। बदरू से कोई शिकायत नहीं हमें। इस बच्चे ने हमें कभी परेशान नहीं किया।

कुछ देर ख़ामोश रहकर जोड़ा—क्या कहें अब आपसे ! इन दिनों छोटे-बड़े सभी हमारी ओर कुछ ऐसे देखा करते हैं जैसे हम गुनहगार हों उनके।

महक ने लम्बी साँस ली और थाह पाने को वकील साहिब का चेहरा टटोलने लगी।

—गड़े मुरदे उखाड़े जा रहे हैं। सभी को निपटना होता है, ज़िन्दगी में, सो यह भी निपटेंगे।

महक को नागवार गुज़रा। ऐसे कहा जा रहा है ज्यों हवेली की इ़ज़्ज़त-आबरू पर हमीं ने सेंध लगाई हो। इनकी ताज़ातरीन काट को क्या कहिए !

वकील साहिब के चेहरे पर कोई तीखी झुंझलाहट ख़ामोशी में ओझल देखी तो अपनापे से कहा—दरगुज़र कीजिए, अब और क्या ! ज़माने को किसने रोका है ! हम और आप ही क्या कर लेते !

हम और आप ! बहुत ख़ूब ! सुनकर कृपानारायण खीझे, फिर जाने क्यों चेहरे का रंग उड़ गया। क्या सचमुच हम पर बियाबाँ आन पहुँचा जिसे यह देख पा रही हैं।

—अल्लाह का दिया सब कुछ है। जो गुज़र गई वह खातों में जा चढ़ी। अब उसका फ़िक्र क्यों ! बेटे पढ़-लिख ठिकानों पर लग जाएँ तो फिर भला आपको क्या परेशानी ! रज्जो बेटे तो बड़े लायक़ और दाना हैं। ख़ानदान के दस्तूर-मामूल को आप ही की तरह निभा लेंगे।

महक का कहना कुछ ऐसा था कि वकील साहिब के दिल में जा खुबा। सकून मिला। आँखों में नमी-सी महसूस की। मन में आया, इस औरत का भी क़सूर क्या था ! इतना ही कि यह हमारी बीवी नहीं है।

वकील साहिब के कानों पर हवेली की आवाज़ें भीड़ बनकर इकट्ठा हो गईं। बड़ी दौलत है याद पुरानी, पर पूरे कुनबे से घिरे पड़े हैं। ज़िन्दगी वहीं टँगी है।

महक के बालों में वकील साहिब को कहीं-कहीं सफ़ेदी नज़र आई तो बड़ा अटपटा मोड़ लिया। किसी पुराने वरक़ में से निकाल एक फ़िकरा महक की सीध में डाल दिया।

—यह क्या पहन रखा है आपने ! बेटी की शादी हो रही है। ख़ुशी का मौक़ा है। अच्छा जोड़ा पहनिए।

हूँ। सगापन जताया जा रहा है। लो साहिब, यह भी करके देख लेते हैं।

काशनी जोड़े पर आसमानी ओढ़नी पहनकर सोचा पुरानी जायदाद पर हक़ जताया जा रहा है। हमने भी अमल तो किया ही। कुछ झुँझलाए हुए-से हैं। हम भी काहे परेशान करें !

वकील साहिब ने कुछ और-सी फबन देखी महक बानो पर। कुछ कहा नहीं।

—कहिए, आप कुछ दुबलाए-से दिख रहे हैं। दुल्हन कैसी हैं। अब तो घर में अमन-चैन होगा।

इस गुस्ताख़ी पर वकील साहिब की राख रँगी कनपटी चिलकने लगी।

बदन देखिए वैसा का वैसा। औरत खींच लेती है ताक़त आदमी की। वह ढीला पड़ जाता है और यह लोग उसी रंग में। क़ुदरत ने इन्हें सौंप रखा है यह करिश्मा।

—बहूजी का मिज़ाज कुछ बदला ? सुनते हैं कई चालीहे कर चुकी हैं। भैरों बाबा के यहाँ से खेचरी लेकर आई थीं। यह आवाजावी तो पान की जड़ समझिए। एक बार उग जाए तो छुटकारा पाना मुश्किल है।

वकील साहिब जाने क्यों बौखला-से गए। हमने निगरानी कम की तो तमाम हाथ-पाँव चलाने शुरू कर दिए। कहाँ की शोख़ी है ? कोरे घड़े में पानी-सी खलक रही हैं। नहीं। नज़रअन्दाज़ करिए। यह खेल ही ऐसा है। तभी तक इसकी आब है जब तक ख़्वाब ख़्वाब है।

—छुन्ना बीबी ने स्कूल में पढ़ाना शुरू किया यह अच्छा किया।

—हूँ।

वकील साहिब किसी मोड़ से अपनी हवेली को देखने लगे।

चल रहा है वही सिलसिला। गहमा-गहमी और रौनक़ें। लड़ाई-झगड़े तो घर-गृहस्थी के कोनों में दुबके पड़े रहते हैं। चाहे जब भी सिर उठा लें। बाक़ी बच्चे हँस-खेल रहे हैं। पैदा हो रहे हैं। कहीं सगाई, कहीं ब्याह। कभी प्यार, कभी रंजिश।

—जी हाँ, इंसान के हाथ में ही कितना है ! जो मिल जाए वही अपना। जो गुज़र जाए वही सपना।

—आपका वक़्त कैसे कट रहा है ? लगता तो यह है कि सिर्फ़ अफ़वाहें जमा करने पर लगी हैं।

महक ने मज़ा लेने के अन्दाज़ में कहा—छोड़िए, आप क्या जानते न होंगे ! हम कहेंगे तो बुरा मान जाइएगा।

वकील साहिब की इज़्ज़त मानो दाँव पर लग गई हो।

—सुनिए, आपको हमें बताना होगा।

—अब क्या कहें ! हमने .ख़ुद उन्हें मुँहअँधेरे भैरों बाबा की कुटिया से निकलते देखा है। एक बार नहीं, कई बार। आप बेख़बरी में थोड़े सोए रहते होंगे। हम तो दुल्हन की बेवफ़ाई पर कई रातें न सो सके। चाहा किसी तरह आप तक पहुँचाएँ पर यह सोचकर कि गलत समझे जाएँगे, चुपका हो रहे।

वकील साहिब न सख़्त पड़े न ढीले। आँखें कमरे के बाहर छोटे-से सहन पर गड़ा दीं। मुँडेर पर पड़ी पिछली मौसम की सुराही उन्हें ख़ाली और बेमतलब लगी। देती रही होगी कभी राहत गर्मी में।

कृपानारायण साहिब को कुछ सूझ गया। तेवर चढ़ाकर पूछा—आप भी इतनी सुबह वहाँ क्या कर रही थीं ?

महक न झिझकी। बेख़ौफ़ी से कहा—हम भी मटका-पीर मटका चढ़ाने जा पहुँचे थे। हमारा भी तो आपसे कुछ लगा-जुड़ा था।

वकील साहिब को मौक़े के मुताबिक़ कुछ ठीक-सा जवाब मिल गया।

उठकर महक के पास आए। पुराने हाथों से बाल सहलाए और बाँहों में भर लिया। देर तक बेजान लेटे रहे। गुज़रे हुए को जोड़ने के लिए कई बार पुकारते चले जानम-जानम, मगर महक की चूड़ियों की खनक के सिवाय कोई जादू जिस्म में न उभरा।

झपी आँखों में से महक ने कोई ऐसा मंज़र देख लिया जैसे हज़ारों झाड़-फ़ानूस एक साथ भरभरा कर बिखर गए हों। चेहरे की रंगत बेजान, बेआँच हुई पड़ी थी। यह चेहरा वह नहीं जो कभी था और वह जो अब है। किसी पाबन्दी से घिरे लगते हैं। गंडा-तावीज़।

पीर साहिब का कहा याद आया तो आँखों के आगे धुएँ के छल्ले उठने लगे। वह लपटों की दुनिया क्या हुई ? क्या सचमुच ही ख़त्म हो गई ?

वकील साहिब ने महक की ओर देखा तो सूरत कुछ ऐसी बनी जैसे शतरंज के जमावड़े से उठ बैठे हों और आस-पास की दुनिया से ताल-मेल बिठाने की कोशिश में हों। बड़ी ताज़गी से कहा—शहज़ादे कैसे लगे ! आपकी रज़ामन्दी के बिना तो हम कुछ न करना चाहेंगे....इस मामले में तो हम आप ही के फ़ैसले को तरजीह देंगे।

—पढ़े-लिखे हैं। देखने में सुडौल। ख़ानदान भी ज़िन्दादिल है। बाक़ी तो...

—कहिए-कहिए, कह डालिए। मन में न रखिए।

महक मुस्कुराई—रंग ज़रा पक्का तो है ही।

कृपानारायण मुस्कुराए। अपने यहाँ के रंग का ही ज़िक्र हो रहा है।

—क्यों साहिब, आप भी रंगों में फ़र्क करने लगीं ? भला कब से ?

—फ़र्क तो इतना ही कि वकील साहिब की बेटी गोरी है और बेटे आप

पर पड़े हैं। ये दोनों रंग तो हमारे सामने कब से उजागर हैं।

—जानती हैं, हज़रत कब से मासूमा को दिल में बसाए हैं ! कहना चाहिए, बाक़ायदा पाले हुए हैं। रज्जो साहिब की सालगिरहवाली शाम से। बरसों हो गए, उनके सब्र की तारीफ़ करनी पड़ेगी।

महक हँसते-हँसते ठिठकी और वकील साहिब के पार देखने लगी।

निगाहों और कानों की इस दुनिया से कृपानारायण परेशान हुए। वक़्त को मुट्ठी में सँभाल रखने के लिए आँखों-ही-आँखों में कहा—कहाँ देख रही हैं और क्या सुन रही हैं ? इस चरागाह में सब सुनसान है। हाँ, मासूमा का काम सब ढंग से हो जाए तो हम सुर्ख़रू हों। लड़का अच्छा है और ख़ानदान में लम्बा-चौड़ा झमेला नहीं। तीन भाई-ही-भाई हैं। माँग के ले रहे हैं।

—आपकी बेटी में भी गुण और हुनर की कमी नहीं।

वकील साहिब ने घुली-पिघली आवाज़ में कहा—रंग-रूप में बेटी बिलकुल महक बानो। हाँ, सामान की फ़ेहरिस्त बना छुन्ना को भिजवा दें। कपड़े-जोड़े तो कुटुम्ब बनवा ही रही हैं।

महक ने आँखें उठाईं तो देर तक वकील साहिब के चेहरे पर लगी रहीं।

—बदरू-मासूमा कल हवेली जाएँगे तो ज़ेवर की भी पसन्द करवा ली जाएगी। नेत्रचन्द के यहाँ से आदमी कल सामान दिखाने आएगा।

महक बानो की तकनी में उम्र-भर की प्यास उभर आई। मख़मली डिब्बों में हीरे, मोती, पुखराज, कुन्दन। उछाह से कहा—दरीबे ही में जो देख लें। हम भी साथ हो लेंगे।

कृपानारायण चुप रहे ज्यों सुना न हो। आँखों में जाने कैसा बेदरेगी का सन्नाटा छाया रहा। बात इनकी बेजा नहीं पर इन्हें अपने यहाँ के हालात क्या समझाएँ। मजबूर हैं हम।

महक के अन्दर छिपी पड़ी राख में से चिनगारियाँ-सी उठने लगीं। हमारी बेटी की शादी है और उसके ज़ेवर-कपड़े बनते देखने की हमारी ख़ुशी हमीं से छीनी जा रही है।

वकील साहिब ने सब समझा। इन्तज़ार करते रहे कि महक की ओर से कुछ और आए तो जवाब दें मगर वह कुछ न बोली।

वकील साहिब ने इस सिदक़ का इनाम देना ज़रूरी समझा।

—कुछ अच्छा न लगे तो दिल को न लगाइएगा। शादी-ब्याह के मौक़े

पर कुछ अपने मन का हो जाता है, कुछ नहीं भी होता।

महक के ओंठों पर एक हल्की-सी लकीर खिंची रही। वही पुरानी आदत। वकील साहिब तो इसके माहिर रहे। हमने तो अपनी ओर से कुछ कहा ही नहीं।

—मासूमा के लिए जो आप करेंगे उसमें भला हमारी सोच की ज़रूरत कहाँ है !

संगदिली से घात लगाए कृपानारायण महक का चेहरा टटोलते रहे।

—शादी में कुछ ख़ास करने की ख़्वाहिश हो तो हमसे कहने में झिझकिए नहीं।

महक ने पान लगाया और वकील साहिब की ओर बढ़ा दिया--लीजिए।

ठंडक और लू एक साथ बहने लगीं। जेब से रूमाल निकाल चेहरा पोंछा कुछ ऐसे कि दोनों के बीच फैले बरस ही पोंछ दिए और हल्की-फुल्की आवाज़ में कहा—शादी की ख़ुशी में कुछ आपसे भी माँगा जा सकता है क्या ?

क्या दिल्लगी है। काहे परचा रहे हैं ! तक़रार से फ़ायदा !

अगर कुछ भी हमारे बस में है तो क्यों नहीं साहिब ! मासूमा के लिए कुछ सामान तो बना पड़ा है। कढ़ाई के पलंगपोश, तोशक, गद्दियाँ।

सुनकर वकील साहिब काफ़ी देर तक हँसते रहे।

—जवाब नहीं जानम आपका ! हम क्या कह रहे हैं और आप क्या समझ रही हैं !

महक देर तक वकील साहिब को देखा की और रुक-रुककर कहा—कभी कुछ माँग लेना झूठ होता है, कभी कुछ दे डालना भी।

—जानम इस धर्मकाँटे में किसको तौला जा रहा है ? हमें कि अपने आपको ? रिश्तों की भी अपनी मजबूरियाँ और मंज़ूरियाँ हुआ करती हैं। हज़ार जोड़ना-तोड़ना चाहें, वह आपका दामन नहीं छोड़तीं। ख़ुद ही अपने को निभाती चली जाती हैं।

इस बार महक के हँसने की बारी थी। मिज़ाज से सिर हिलाया—एक हद तक, फिर एक-न-एक दिन दम तोड़ देती हैं।

—नहीं। पुरानी राह-रस्म और क़ौल-क़रार सिर उठाते ही रहते हैं। आज लगता ही नहीं कि इतना वक़्त गुज़र चुका, मगर हमें वक़्त ने कुछ दिया भी है।

महक का मुखड़ा किसी आँच से भखने लगा।

साँस रोके वकील साहिब ने कमरे को पुरानी नज़र से देखा। न घर पुराना लगा और न अपना देखना ही। महक को अपने पास ले लिया। महक की तेज़ साँसों ने उनके कपड़ों को सरसराया तो हड़बड़ा-से गए। माथा चूमकर कहा—जानम, आप तक पहुँचने की हमारी तौफ़ीक़ ही ख़त्म कर दी गई है।

महक कई देर साँस रोके रही, फिर सिर हिलाकर कहा—कहाँ से कहाँ उतार दिया दुल्हन ने आपको ! बहुत बुरा किया।

वकील साहिब झुँझलाए-तिलमिलाए, फिर समझाकर कहा—जानम, मुहब्बत की रिहायश सिर्फ़ जिस्म में नहीं, दिलो-दिमाग़ में भी होती है।

महक ने आँख न झपकी और बड़ी अनोखी आवाज़ में कहा—दिलो-दिमाग़ क्या काया के अन्दर नहीं होते ?

—हाँ होते हैं, मगर...

वकील साहिब ने फ़िकरा बीच में ही छोड़ दिया।

दुबारा अपने को अपने से जोड़ा तो धीरे-से कहा—वक़्त-वक़्त की बात है महक बानो। कभी आपकी सोहबत में आबशार था यह जिस्म, आज पेड़ का रूखा तना-सा पड़ा है।

महक देर तक ख़ामोश रही।

दिलासा देने की ग़र्ज़ से वकील साहिब बोले—हम-जैसे ज़ख़्म खाए हुए भला एक-दूसरे को दे भी क्या सकते हैं ?

जवाब में महक ने न जाने कैसे देखा कि कृपानारायण का चेहरा ज़र्द पड़ गया। किसी दूसरे किनारे से बाँह बढ़ा महक का हाथ पकड़ा और सहमकर कहा—आपके गुनहगार तो हम हैं, हमारी बीवी नहीं। जानम, उन्हें हमने बहुत सताया। इंसान के बरदाश्त की भी हद होती है। दिल ही तो है, इसमें कभी-कभी साँप, मगरमच्छ, चीते, बिच्छू पलने लगते हैं तो आदमी को अपनी सुध-बुध नहीं रहती।

—हाँ साहिब, ताक़त और शौकत के जनावर तो सब आप लोगों के ज़िम्मे हुए। आपकी बीवी और हमारी रूह में तो बिल्लियाँ पला करती होंगी।

वकील साहिब के हाथ में बड़े काम का सिरा आ गया। हँसकर कहा—आपकी रूह में तो गिलहरी पलती रही है, इतना तो हम जानते हैं। चंचल और चुलबुली।

—साहिब, आपकी दुल्हन के दिल में क्या-क्या पल रहे हैं ? जिन्न-भूत कि भैरों बाबा ?

बेमुँही सख़्ती को फैलाकर कहा—जो कुछ भी हैं, वह हमारी बीवी हैं। हमें उन्हें सँभालना पड़ता है। हमारा फ़र्ज़ बनता है।

महक बानो की आँखें बेबसी में फरफराकर देर तक उनको घूरती रहीं। पुराने हादसे की याद दिलानेवाले इस ख़ौफ़नाक झपाके से सँभल वकील साहिब ने बयान की आख़िरी दलील की पुख़्तगी से बात ख़त्म कर दी—क्या करें ! वह हमारे बच्चों की माँ हैं।

महक के दिल पर कंकर नहीं पत्थर जा लगा। पैरों तले सीलन और आँखों में गीली लकड़ियों का धुआँ। आजू-बाजू मासूमा और बदरू। और यह रहे हम। हम तो फ़क़त एक धब्बा थे। इनके हाथों पुँछ गए !

नहीं महक बानो, नहीं।

वीरान घाटी से आती आहट ने वकील साहिब को खटखटाया।

—कुछ तो हम भी हुए आपके कि नहीं ?

वकील साहिब चुप रहे।

—हमारे पास भी आपके दो बच्चे हैं।

—हूँ।

अपने लफ़्जों को समेटने में थे कि सहसा कुटुम्ब की माँग का सिन्दूर आँखों में झिलमिलाया और महसूस किया कि इस औरत के लिए हमारे दिल की पुरानी चिड़िया तो कब की मर चुकी।

चौकस हो रुखाई को मुलायम कर कहा—अब इन बातों से कोई फ़ायदा नहीं। हम जहाँ पहुँच चुके हैं अब वहाँ से लौट नहीं सकते। इस ज़िन्दगी में शायद कभी नहीं। ग़ौर से सुनिए, हम लोग एक-दूसरे का ख़्वाब समझते रहे होंगे पर अब ग़ैर हो चुके हैं। कोई ग़लतफ़हमी न होनी चाहिए। मासूमा के लिए जो कुछ भी हवेली से किया जा रहा है वह इसलिए कि हमारा फ़र्ज़ बना दिया गया है।

—खुलासा तो कीजिए।

कृपानारायण ने संजीदगी से कहा—मुरादाबादवालों ने लड़के के लिए मासूमा को हमसे कुछ ऐसे माँगा जैसे...

वकील साहिब ठिठक गए।

—जैसे भला क्या ? हमें बताइए साहिब ! हम परीशाँ हुए जाते हैं। हमें भी कुछ जानने का हक़ है कि नहीं ?

—सुनिए। मुरादाबादवालों ने मासूमा को हमसे ऐसे माँगा जैसे वह हमारी और कुटुम्ब की बेटी हो।

—क्या मतलब ?

—जैसे वह शादी के बाहर की लड़की न हो। आप तो जानती हैं, ख़ानदानों में इस बात का ख़याल किया जाता है।

महक के गले से खरखराहट उठकर आस-पास फैल गई। वह मासूमा और बदरू की माँ की फ़रियाद न हो, किसी बेनाम परिन्दे की चीख़ हो।

धमकाने के-से अन्दाज़ में वकील साहिब बोले—हम जो कहने जा रहे हैं उसको सुनने की ताब रखिए। बात ज़रूरी है और जल्दी ही सुलझानेवाली भी।

—कहिए। हम सुन रहे हैं।

कृपानारायण अपने सफ़र के लिए तैयार।

—हम मासूमा बेटी के फ़ायदे की बात कह रहे हैं।

महक को दम आया हो। जी हल्का हुआ। आख़िर वकील साहिब ने मासूमा को बेटी तो बुलाया।

—छुन्ना के ससुराल का घराना है। बीच ही की रिश्तेदारी है। वहीं से हम पर यह शर्त रख दी गई है कि हम रस्मी तौर पर मासूमा को गोद ले लें।

—गुस्ताख़ी माफ़ वकील साहिब ! आप मासूमा के बाप हैं। उसे गोद क्यों लीजिएगा ?

—समझिए। शादी के बाद मासूमा का पीहर वहीं माना जाएगा। यहाँ नहीं। यहाँ आने की इजाज़त भी उसे नहीं होगी।

महक के कान मानो बहरे हो गए। सामनेवाला चेहरा आँखों के आगे से गुम हो गया। इसी बेसुधी में कोई ज़लज़ला उठा और भुरभुरा-भुरभुराकर दीवारें नीचे गिरने लगीं। छत फटी और चौखट में से किवाड़ टूटकर अलग जा पड़े।

दालान के मलबे में एक-दूसरे से लगी तीन परछाइयाँ सामने आन खड़ी हुईं। नसीम बानो, महक और मासूमा।

—कल हम इसी वक़्त आएँगे। हमें उम्मीद है, मासूमा को ख़याल में रखकर आप अपना फ़ैसला देंगी। बानो, यह मासूमा की ज़िन्दगी का सवाल है। हमारा और आपका नहीं। फ़िलहाल पुराने शिकवे-शिकायतों को इस मामले से अलग रखिए।

18

फ़ासला और फ़ैसले के बीच सिल बनी बैठी है महक बानो। अब दलील और हुज्जत की भी क्या बिसात ! आजू-बाजू कुछ ढूँढ़ने पर निकले तो क्या ढूँढ़े। कुछ है भला जो हाथ बढ़ाकर थाम ले। बच्चों को देखे तो ख़ुद गुम और अपने आपको देखे तो बच्चे। माँ का ऐसा इम्तिहान !

सीढ़ियों पर बदरू और मासूमा एक साथ चहचहाए तो आवाज सुन ललक-सा उठा अपना दिल। अन्दर का उजाड़ पल-भर में ओझल हो गया।

—अम्मी, उन लोगों ने आज तो सचमुच में थका मारा। कभी हवेली, कभी दरीबा, कभी चाँदनी चौक।

आँख उठाकर देखा। बेटी का चेहरा खिला है जैसे किसी छिड़काव से तर हुआ हो। क्यों न हो ! ससुराल की ओर क़दम उठ चुका। अब इसके लिए तो यह घर पराया।

—अम्मी, हलक़ सूखा जाता है। क्या शर्बत बना लें ?

अचरज से देखा बेटी की ओर, फिर मुस्कुराकर कहा—सर्दी है। अभी तो शर्बत के दिन कहाँ। मुँह-हाथ धोइए। हम चाय का पानी चढ़ाते हैं।

बेटे-बेटी को चोर नज़रों से एक-दूसरे को देखते पाया तो दिल जैसे काग़ज़ के फरेरे-सा फुरका और आँखें अपने पर ही सिमट गईं। एक-एक करके उभरने लगे नज़रों में गिरी, छुहारा, मिश्री, थालपोशों से सजे थाल और समधिन के माथे पर चन्दन का टीका।

नहीं, नहीं। ऐसी कड़ी सज़ा हमारे ही लिए क्यों तजवीज़ की गई ? क्या सचमुच हमीं गुनहगार हैं ? वकील साहिब ने हमें इस गोरखधन्धे में घेर लिया। क्या निकल पाएँगे ?

बदरू की ओर देखा। किसी गुम सोच में खोए बैठे लगते हैं। पूरे बाप हैं। बाप और बेटे में बात हो चुकी लगती है। हाँ हो चुकी। उन्हीं की तरह छिपे-छिपे तरेर फेंक रहे हैं। कभी हमारी ओर और कभी खिड़की की ओर।

बदरू ने खुले से माँ का सामना न किया तो महक ने बड़े सलीक़े से पूछा—क्यों बेटे, क्या-कुछ दिलवा दिया दरीबे से ? कैसे देख रहे हैं ससुरालवाले मासूमा को ?

बदरू ने बिना आड़ी-तिरछी किए माँ का चेहरा टटोला और बड़े जोश-ख़रोश से कहा—अम्मी, ससुरालवाले तो न्योछावर हुए जाते हैं आपा पर। इनकी सास साहिबा का मुँह गोल गुथना है। भारी-भारी क़ीमती ज़ेवर बनवाए जा रही हैं। ऐसे जैसे मुजरों में पहने जाते हैं।

अनजाने ही महक की नब्ज़ रुक गई हो जैसे। कौन दस्तक दे रहा है ? और कहाँ ! जहाँ हमारे लिए सिर लुकाने की जगह नहीं ? हम तो अब तक इनके बाप साहिब के हवाले से किसी चौराहे पर पड़े थे।

बानो का चेहरा सख़्त हो गया। उठी और अँगीठी लहका चाय का पानी चढ़ा दिया। कोयलों की आँच पर पानी नहीं, दिल खौलने लगा। बच्चे झोली में हमारी ही पड़े थे, पर हमें उन पर अख़्तियार नहीं। एक फ़ैसले-भर से छीन लिया जाएगा।

महक बानो की आँखें बावर्चीख़ाने में कुछ खोजने लगीं। तीख़ी आवाज़ में पूछा—गोश्त काटने की छुरी भी भला कहाँ रखी है !

बदरू लपककर आए। चूल्हे के पास बैठी अम्मी का पीला चेहरा देखा और ख़बरदारी को छिपाकर कहा—ढूँढ़ देते हैं, पर बब्बन मियाँ आज गोश्त तो नहीं लाए।

वही छल-मकर। इनकी तफ़तीश पूरी। वकील साहिब के यहाँ ही दाख़िल

दफ़्तर होगी।

मासूमा भाई के साथ आन खड़ी हुई। सोचा, अम्मी का काँटा कहीं और अटका पड़ा है। मान क्यों नहीं जातीं !

महक ने बेटी की आँखों में जाने क्या पढ़ लिया, तीखी आवाज़ में कहा—यहाँ सल्तनत नहीं बँट रही। आराम करिए। हम चाय ला रहे हैं।

कहाँ है अपना ज़ेवर ! अम्मी के गए पीछे हमने सन्दूक़ची की शक्ल नहीं देखी। क्यों ! आख़िर क्यों ? जिनके लिए अम्मी ने जान दी। उसके साथ-साथ हमारी सारी दुनिया भी समेटी जा रही है। न ! हम ऐसा न होने देंगे।

हाथों ने चाय लगा दी, और फ़र्श पर आलथी-पालथी मार महक बानो ने चाय बना बच्चों को आवाज़ दी।

मासूमा पास आई और माँ से लिपट गई।

अम्मी ने हाथ से दुलराकर अलग किया और पूछा—सासरेवाले तो अच्छे लगे न ?

मासूमा बड़ी-बड़ी आँखों से माँ को देखती रही, फिर धीमे से कहा—हमें तो डर लग रहा है, अम्मी।

महक ने कुछ कहना चाहा पर ओंठ गुमसुम हुए रहे।

प्यालों में चीनी हिला ऊपर देखा तो पाया, बेटी की तीख़ी नज़र चेहरे पर गड़ी है। झुंझलाकर हाथ से बाल ऊपर किए और दुपट्टे से माथा पोंछा।

—यह क्या अम्मी, पसीना आ रहा है क्या ?

इस कोंचती-सी तुर्श आवाज़ पर महक तिलमिलाई मगर ख़ामोश रही।

चाय के घूँट भरते-भरते दोनों बच्चे उसे अपने सामने उठ आई फ़सील की तरह लगे। यहीं खुदी पड़ी है वह खाई जहाँ हमें धकेल दिया जाएगा।

बेटे को घूरते देखा तो हाथ अपने चेहरे पर फिराया, और बालों में अँगुलियाँ सरसराकर कहा—रेत-मट्टी की तह जमी पड़ी है। ग़ुसल लें तो ज़रा चैन आए।

भाई-बहन एक साथ बोले—अम्मी, इस वक़्त ? इस मौसम में ? आप परेशान लगती हैं। बात क्या है ?

लड़के की ओर देखते-देखते महक की भौंहें तनी रहीं। ओंठों पर अजीब-सी मुस्कान रेंगती रही।

—बात क्या होगी। कोई पत्ता सिर को चढ़ा लगता है। गरमी महसूस हो रही है।

मासूमा उठकर पलंग पर जा लेटी।

बदरू ने अम्मी से कहा—अब्बू ने आपसे कुछ कहा ?

सोचा, अल्लाह हिम्मत दे इनका सामना करने की। बाप-बेटे, दोनों हम पर तैनात हैं।

—बातें तो आपके अब्बू से कई हुईं। आप किसका ज़िक्र कर रहे हैं ?

इसके पहले कि बदरू कुछ कहें, मासूमा ने सिरहाने पर से सिर उठाया और हिचकियाँ भर-भरकर कहा—अम्मी, कहा जा रहा है कि शादी के बाद वे लोग हमें इस घर में न आने देंगे।

बदरू फ़ौरन बड़े भाई के अन्दाज़ में बोले—उनकी बात तो माननी ही होगी। इसके सिवाय चारा भी क्या है ! अम्मी, आपा को हवेली में आने की तो इजाज़त होगी। हम जाकर मिल लिया करेंगे और आपको बता दिया करेंगे।

महक बानो कुछ न बोली और दबी-लुकी नज़र से बेटी को देखती रही। कोई मदद न पा अपने धीरज को पछाड़ती रही।

मासूमा से आँखें मिलीं तो वहाँ वही पुराना अक्स दीखा जिससे वह कभी अब्बू को देखा करती थी। लगा मासूमा जैसे मन-ही-मन बड़बड़ा रही है—हूँ, बेगानी हुई पड़ी हैं अम्मी तो !

अचकचाकर देखा, मासूमा का मुखड़ा एक साफ़-शफ़्फ़ाफ़ आईना हो और उसमें से झाँकती उसकी अपनी शक्ल।

दिल बिसूरने-सा लगा। कुछ न सूझा तो बड़ी मुलायम आवाज़ में कहा—ज़रा पानदान तो पकड़ाइए हमें !

बदरू ने अम्मी की नरम आवाज़ में भी सख़्ती महसूस की। पानदान अम्मी के सामने रख दिया। कुछ कहने को ही थे कि महक ने माँ होने के तेवर से देखा।

—आपको कुछ कहना है क्या ?

—अम्मी, आपा को तो देखिए ! लगातार रोए चली जा रही हैं। क्या बचपना है ? रोने से ऐसे मामले सुलझते होंगे। अब तो साहा-चिट्ठी भी जा चुकी है।

बानो ने दिलचस्पी से बेटे को देखा। हममें से क्या तो रंग मिलाए हैं, हमीं पर बरसा भी दिए। वही बाप साहिबवाली अदा। छटपटाहट महसूस की दिल के अन्दर। बेटा-बेटी, दोनों मुखड़े गले में अटक गए। सुगबुगाहट में कहा—मासूमा बेटी, ससुरालवाले इजाज़त न देंगे तो हमसे मिलने कैसे आओगी ! तुम्हारे सोचने की भी तो बात है यह।

जवाब बदरू ने दिया—अम्मी, आपा से क्या पूछ रही हैं ? वह तो आपसे अलग होना ही न चाहेंगी। आप ही को समझाना होगा इन्हें।

महक के अन्दर उठा तूफ़ान अपने में ही थिर हो गया।

बड़े ठहराव से कहा—मासूमा ही हमें बताएँगी। बोलो बेटी, अपने दिल की कहो।

मासूमा ने सिरहाने पर से सिर उठाया और बिलखकर कहा—हमें कुछ समझ में नहीं आ रहा अम्मी। फ़िक्र से हमारी तो जान निकली जाती है।

महक ने अपने लिए तिनका-भर टटोला—कैसे करोगी ! माँ से दूर रह पाओगी यह तो ख़याल में आता होगा।

मासूमा ने चुटला ढीला कर बाल खोल दिए और तकिए में मुँह छिपा सिसकियाँ भरने लगी। महक ने बेटे की ओर देखा—क्या हो रहा है यह ?

बदरू ने जैसे माँ को घुड़क दिया—उदास हो रही हैं और क्या ! समझती हैं कि उनका कहा तो मानना ही पड़ेगा। बाक़ी परेशानी तो यही है न कि आप दोनों एक-दूसरे को न मिल सकेंगी। इनका दिल भी कैसे लगेगा !

महक पान चबाते-चबाते मुस्कुराई।

—बेटियों को अपने घरों में दिल लगाना ही पड़ता है।

बदरू .खुश हुए ज्यों माँ से बाज़ी जीत गए हों।

—अम्मी, यहाँ से तो बुलबुल की तरह उड़ जाएँगी आपा।

महक बानो चुपचाप रही।

—जानती हैं, आपा के लिए इतनी बड़ी-सी नथुनी पसन्द की गई है। अजीब लगेगी। पतली-सी नाक और इत्ता बड़ा बाला। पूरा गाल ढक जाएगा।

—क्यों साहिब, आपने तो अभी से बहुत कुछ देख डाला। छुन्ना बुआ ने अपने यहाँ की कोई लड़की तो नहीं दिखा दी ? महक बानो हँसने लगीं। बोलीं, मन हो तो करवा दें तुम्हारी भी। हमने कहा, हम तो विलायत् से पढ़कर लौटेंगे तभी करेंगे।

—रुपए के बिना कैसे जाइएगा !

—अम्मी, यह तो अब्बू का काम है, वही करेंगे। अब देखिए, आपा का कर ही रहे हैं।

सूइयों की चुभन। बच्चे तो वहीं के हैं। हमें किनारे पर छोड़ इन्हें समेट लिया।

—अम्मी, उस दिन दम्मो पास बैठे थे। बुआ को जाने क्या सूझा। उनकी ओर देखकर कहा, दम्मो, तुम्हारे बदरू भाई तो वहाँ से मेम ले आवेंगे। दम्मो भाई ने नाक-मुँह सिकोड़कर कहा, उस घर में मेम। बदरू भाई, सिविल लाइंस में कोठी लेनी पड़ेगी। हमने कहा, दम्मो भाई, हम पहले से ही सोचे हुए हैं। रहेंगे तो सिविल लाइंस में ही। अम्मी, रज्जो भाई की माँ साहिबा भी पास बैठी थीं। घूरती रहीं पर कुछ बोलीं नहीं।

महक ने ठंडी आवाज़ में कहा—अब सोइए, कल बात होगी।

मासूमा पलंग की पाटी पर सिर पटकने लगी।

—हमें मालूम है, अम्मी कभी राज़ी न होंगी। सब यहीं धरा रह जाएगा।

बदरू दौड़कर बहन के पास पहुँचे और हौले से कहा—ऐसा न कहिए आपा, अम्मी बहुत ख़फ़ा हो जाएँगी। उन्हें बुरा लगेगा।

महक को न बोलना था, न बोलीं। ख़ामोशी से गावतकिए पर कोहनी टिकाए पान चबाती रही।

ऊपरवाले का खेल ! रेत में पाँव धँसे जाते हैं। तपती धूप और रेगिस्तान। दीख रही हैं यही दो झाड़ियाँ और वह भी वकील साहिब की हुईं।

बदरू माँ को देर तक निहारते रहे। चुपके-चुपके। फिर कुछ सूझ गया। अन्दर गए और पेठे के अंगूरों की पिटारी अम्मी के आगे रख दी—हम तो भूल ही गए। अब्बू ने आपके लिए भिजवाए हैं। चखिए तो !

महक एक टक बेटे की ओर देखती रही।

बदरू ने खोलने को सुतली खींची तो हाथ के इशारे से रोक दिया। उगालदान उठा पीक उगली और बड़े मज़ाक से कहा—क्यों साहिब, पान की गिलौरी मुँह में देखकर मिठाई पेश की जाती होगी ! क्या हवेली में यही हुआ करता है ?

मासूमा की सिसकियाँ तेज़ हो गईं।

बदरू ने दोनों की ओर बारी-बारी देखा। दोनों से एक ही सवाल पूछना

हो जैसे कि यह भी भला क्या खेल है ?

छालिया काटने को सरौता उठाया फिर पानदान परे सरकाकर कहा—बत्ती बुझा दीजिए। कल आपके अब्बू आएँगे तो बातचीत कर ली जाएगी।

सुबह हमेशा की तरह मासूमा ने नाश्ता बनाया। पराँठे सेंके, अंडे की भुरजी बनाई और दस्तरख़ान बिछा खाने की तश्तरियाँ लगा दीं।

चेहरे पर सावन-भादों का अनोखा रंग चढ़ा था। कोई नया चेहरा ख़यालों में दीख जाता तो मुखड़े पर ग़ज़ब की लाली घिर आती। दिल के झरोखे से नए-नए चेहरे झाँक जाते। वह उनकी अम्माँजी, ससुरजी, उनकी चचेरी बहनें राधा और रुक्मिणी। दोनों कितनी चुलबुली और दिलकश। हँसती चली जाती हैं। छेड़ती रहती हैं हमें भी और अपने दद्दा को भी।

—दादा, आप कहाँ देख रहे हैं। यह देखिए, यह हैं हीरे और पन्ने के झुमके।

रुक्मिणी चहकने लगी—दादा तो अपने हीरे को देख रहे हैं।

इनके दादा हमारी ओर देखने लगे और हम शरमा गए।

नहा-धो महक बानो बच्चों के पास आई तो सब्ज़-बूटी का प्याज़ी जोड़ा गोरे रंग पर ख़ूब फब रहा था। गले में चाँदी की दो-लड़ी माला। घुँघराले बालों को छल्लेदार क्लिप समेटे थे।

अम्मी पर मासूमा को बड़ा लाड़ आया। कभी अम्मी को सोने की माला पहना सकते !

बदरू ने पराँठा उठाया। अम्मी की माला पर नज़र डाली।

—आज यह माला कहाँ से निकाल बैठीं। चाँदी की अच्छी नहीं लगती। हमारी नौकरी लगेगी तो आपको रज्जो भाई की माँ-जैसा लॉकेट बनवा के देंगे। सोने के पान में अब्बू की तस्वीर खुदी है।

महक ने लड़के के पार देखा और बड़े मिज़ाज से कहा—हमें पान तो बस खाने को ही पसन्द है।

मासूमा ने हिम्मत बाँधकर कहा—अम्मी, उन लोगों की पसन्द भी न जाने कैसी है ! क़ुन्दन के इतने बड़े-बड़े झुमके दिलवा रहे हैं। भारी इतने कि पहननेवाले के कान लटक जाएँ !

—ज़ेवर-गहनों के मामले में ऐसे ख़तरे-खटकों का ज़िक्र नहीं किया जाता। गहने जितने भारी हों उतने ही अच्छे। एक बात गिरह बाँध लो, अपने ज़ेवर

की देखभाल ख़ुद अपने ज़िम्मे। इसमें किसी तरह की कोताही न होनी चाहिए।

बदरू सुनकर तमक पड़े—अम्मी, क्या बात कर रही हैं ? गहनों की सन्दूक़ची तो इनकी सास के पास रहेगी न ! आपा सँभालेंगी ? ऐसा करेंगी तो जाते ही जंग शुरू हो जाएगी।

महक बानो अजब-सी बेहिम्मती से अपने को छुड़ा लेने को हुई। सोचा—हम भी भला बलि का बकरा क्यों बने बैठे हैं। सब तय किए हैं कि क़ुर्बानी होगी तो हमारी ही।

यकायक बदरू ने देखा—अम्मी के चेहरे पर कुछ नया-सा रुआब और जलाल उभरा। सोचा, अब्बू से ख़फ़ा हैं। कुछ तो ढीली पड़ीं। अब्बू शादी के लिए सब मुहैया कर रहे हैं और यह अपनी ज़िद पर। नहीं, अब कुछ बदलेंगी।

महक ने बदरू की आँख पढ़ी। टनोका लगाकर कहा—हमारी नसीहत याद रखना। गहना हाथ से छिटक जाए तो लौटकर वापस आना मुश्किल।

—अम्मी, कुनबों में ज़ेवर कभी बहू-बेटियों के अख़्तियार में नहीं होता।

महक तन गई। बेटे को घूरा—बदरुद्दीन, औक़ात में रहिए। ज़रूरत से ज़्यादा बोलना अच्छा नहीं।

बदरू मासूमा की ओर देख दिल-ही-दिल भुनभुनाने लगे।

मासूमा ने भाई की पैरवी करना ज़रूरी समझा।

—अम्माँ, यह अपने को कुछ समझने लगे हैं क्योंकि रज्जो भाई इन्हीं की सुनते हैं।

महक का ज्यों कोई मुक़ाबला होनेवाला हो, अपने ही बच्चों से।

—यह भी तो कहिए, रज्जो भाई की माँ से आपकी कैसी पट रही है ?

—अम्मी, अच्छी-ख़ासी। अब हम कुछ पूछें तो जवाब देती हैं। खाने-पीने को पूछती हैं। अब्बू सामने हों तो और भी ज़्यादा लाड़ जताती हैं।

मासूमा ने माँ का चेहरा देखा तो जल्दी से कहा—परेशान तो ख़ासी हुई रहती हैं। वैसे निगरानी रखें तो किस-किस पर ! छुन्ना बुआ से डरती हैं।

बदरू बोले—अम्मी, अब वह पहले-जैसी बात नहीं है।

—क्या मतलब ?

—अब्बू के सामने रज्जो भाई और हमें एक-सा ही समझना पड़ता है उन्हें।

महक के चेहरे पर कुछ उभरा, कुछ गुमसुम हो गया। सिर हिलाया—तो यहाँ तक पहुँचे हैं मियाँ बदरुद्दीन।

बदरू ख़फ़ा हो गए—भला यह भी क्या मज़ाक है ! हमें ऐसी छेड़छाड़ नहीं भाती।

—सुनिए, आप अपना नाम ही बदल डालिए : बदरीनारायण। जँचेगा। वही जँचता है आप पर।

दोनों भाई-बहन आँखों के इशारों में उलझे रहे। न हँसे, न कुछ बोले। तेवर चढ़ाए माँ को घूरते रहे।

आधा पराँठा रकाबी में छोड़ मासूमा उठ गई। बहन के पीछे-पीछे बदरू उठे। मूढ़े पर बैठ जूता पहना और सीढ़ियों की ओर बढ़े।

महक ने कोई फ़ैसला लिया हो—ज़रा रुकिए : आपसे बात करनी है।

मासूमा का दिल धड़कने लगा। जाने क्या कहने को हैं ! अगर छुन्ना बुआ चली आतीं तो अम्मी को समझातीं। यह तो अड़ी हैं।

बदरू पलटे—क्या कहना है अम्मी ?

—देखो बेटे, तुम दोनों अब बच्चे नहीं। हम भी तुम्हारी माँ हैं, ग़ैर नहीं। मासूमा के ससुरालवालों ने जो शर्त रखी है, सोचने पर तुम्हें कैसी लगती है ?

—अम्मी, उनकी ज़्यादती है, पर अब जो है सो है।

—हमारी बेटी को न इस घर में आने की इजाज़त होगी और न ही अपनी माँ से मिलने की। अब हम तुम दोनों पर छोड़ देते हैं जो चाहो सो फ़ैसला करो।

बदरू आन-की-आन में अपने बाप बन गए। उन्हीं के अन्दाज़ में बोले—आपकी ओर से तो दूरअन्देशी और लिहाज़दारी की ज़रूरत है। आप भी चाहेंगी कि आपा की शादी हो जाए।

बेइख़्तियार जी हुआ कि रो लें पर अपने पर क़ाबू पाकर कहा—हम अपनी बेटी की माँ हैं। हर माँ को अपने बच्चों के लिए ममता होती है। हमसे ये उम्मीद करना कि मासूमा की शादी के बाद उसे हम देख ही न पाएँ...

मासूमा ने अपने हाथों में मुँह छिपा लिया। रोने लगी।

महक की अपनी आँखें छलछला आईं। दबे पाँव सामने से निकल गईं।

बेटी की सिसकियाँ सुनकर चाहा चीख़कर कहें—बेटी, एक बार तो

कहतीं : अम्मी, आपको छोड़कर कैसे जाऊँगी। याद करने को कुछ तो रहता इस माँ के पास।

मासूमा रोती रही।

महक अपने में धँसी रही। वह अब बच्चों से अलग है। किसी मुड़े-तुड़े पुरजे की तरह कोने में फेंक दी गई है। इस आँधी में यह रुक़्क़ा कहाँ जा गिरेगा !

यकायक भाई-बहन ने मिलकर कमरे में फैले एक वक़्त के टुकड़े कर डाले। झक्क से कुछ टूटा और दो हिस्सों में बँट गया।

मासूमा ने आँखें पोछ लीं। चुन्नी ओढ़ ली। भाई से कहा—छुन्ना बुआ गिरजे के सामने खड़ी इन्तज़ार कर रही होंगी। वक़्त से न पहुँचे तो बेकार बदमज़गी होगी।

महक के जवाब का इन्तज़ार किए बिना बदरू और मासूमा घर से बाहर हो गए।

दस्तरख़ान पर पड़ी पिरचों में मासूमा का आधा पराँठा पड़ा था।

महक ने सामने रखा प्याला उठा ओंठों से लगा लिया। ख़ाली था सो आहिस्ता से नीचे रख दिया।

19

मासूमा घुटनों पर सर डाले बैठी है। बदरू कामों में मसरूफ़। हाथो-हाथ जाने क्या-से-क्या किए जा रहे हैं। अरे यह क्या ! पानी पर फ़र्श बिछा रहे हैं। ऊपर शामियाने भी उठ आए। और हम सबसे ग़ाफ़िल हुए इस कोने में क्या कर रहे हैं ? क्यों छिपे बैठे हैं ?

लाल क़िले की फ़सील के साये में एक झुरमुट-सा तैर रहा है। हरे-भरे का मज़ार। सामने परकोटे पर टँगा है चाँद।

ख़रामाँ-ख़रामाँ इधर चले आ रहे हैं ख़ाँ साहिब। और कोई उनके पीछे से बगटुट भागा चला जा रहा है खाई की ओर। कौन ? कौन है ? जाना-पहचाना-सा चेहरा। वही अपने वकील साहिब। मगर कहाँ जा रहे हैं ?

कानों पर किसी ने खड़का किया। हड़बड़ाकर आँखें खोलीं। न पानी। न किश्ती। न लाल क़िले की दीवार। न हरे-भरे का मज़ार। सामने खड़े हैं बहन-भाई, छुन्ना बीबी और वकील साहिब।

—आदाब भाभी ! क्या सो रही थीं। ज़ीने के किवाड़ तो खुले पड़े हैं। बब्बन मियाँ दिखे नहीं। हाँ, क्या बच्चे चले गए ?

—हाँ।

महक ने दोनों हाथों से बाल समेटे। गले में ओढ़नी डाली और पलंग पर से उठ बैठी।

कृपानारायण पुराने पड़े ख़ास मेहमान के अन्दाज़ में कुर्सी पर जा बैठे।

छुन्ना ने मखमल में लिपटी पोटली महक के आगे रख दी और आवाज़ को मुलायम कर कहा—मासूमा का भारी जोड़ा तो देखिए। उम्दा बना है।

महक ने हाथ से रोक दिया—न, इसे न उघाड़िए। हमारा फ़ैसला है कि हम न देखेंगे।

छुन्ना ने .खुशामद की—भाभी, हमें गुनहगार न बनाइए। मासूमा के ब्याह के जोड़े हैं। आप उसकी माँ हैं। आप न देखेंगी तो...

महक ने मानो आँखें उठा वकील साहिब की छाती पर धर दीं और सख़्त आवाज़ में कहा—हमारा फ़ैसला है। हमें मजबूर न कीजिए।

—आप इतनी समझदार, ऐसा क्यों कह रही हैं ?

छुन्ना ने मख़मल का लाल डिब्बा आगे बढ़ाया।

—यह देखिए, जड़ाऊ हार और कंगन, इधर से बने हैं। कुटुम्ब भाभी की ख़ास पसन्द है। ठीक ऐसे ही रज्जो की बहू के लिए भी बनवा लिये हैं।

—हमें न कुछ कहना है, न देखना है छुन्ना बीबी ! आप लोगों के हाथ से सब काम सही होंगे, इतना यक़ीन हमें है।

—महक भाभी, यह शगुन के गहने-कपड़े हैं। आप देख लेंगी तो मासूमा को भी फले-फूलेंगे।

महक के गले से रुलाई का रेला-सा आ गिरा। आँखों से आँसू गिरने लगे। कृपानारायण उठकर पास आए।

—जानम, बचपना छोड़िए। जो मौक़ा बना है उसके मुताबिक़ अपने को ढालिए। माना आपके साथ ज़्यादती हो रही है, पर इसमें हम आपकी मदद नहीं कर सकते। समधियाने के आगे हमें झुकना पड़ेगा। उनकी ज़िद भी इतनी बेजा नहीं।

आँखें उठा महक ने वकील साहिब का सामना किया तो लगा चेहरे से कोई नक़ाब-सा उतर गया। अक़्लमन्दी और दानिशमन्दी की दमकती कलाई इन्हीं की तरह पुरानी तो हो चुकी है।

वकील साहिब ने महक को अपनी ओर देखते पाया तो आशिक़ होने के ठस्से से माशूक़ तक यह पहुँचाया कि आँख भर कर देख लो। शायद तुम्हें दुबारा नज़र न आवें।

महक के अन्दर पुराने बीते दिन चीख़ने लगे। दिल को सँभाला। हम भी किसी के ज़रख़रीद गुलाम नहीं।

महक को चुन्नटवाले दुपट्टे को कसकर पकड़े देखा तो कहा—दिल में मलाल न रखिए। सबकुछ ठीक होगा क्योंकि ठीक किया जा रहा है।

वही पुरानी वकालत। तड़पकर कहा—बेशक हमेशा की तरह आप इस बार भी ठीक हैं, मगर दूसरों को ही सही करने में न रहिए। कोई क़ानून तो माँ के लिए भी बना होगा !

छुन्ना ने बड़े बहनापे से महक को देखा। कृपानारायण पहले ग़ुस्सा हुए, फिर चेहरा ज़र्द पड़ गया।

महक और छुन्ना की आँखों में उन्हें एक ही पिंजरा लटका नज़र आया।

रौबीली आवाज़ में छुन्ना से कहा—अब देर न करो छुन्ना। वे लोग इन्तज़ार में होंगे। हम नेत्रचन्द के यहाँ ही मिलेंगे आपको।

छुन्ना बीबी ने कपड़े और ज़ेवर समेटे। दद्दा की ओर देखा, फिर महक को हाथ से घेरकर कहा—हमारा इन्तज़ार कीजिएगा भाभी। सो न जाइएगा। रात हम यहीं रहेंगे।

वकील साहिब को यह मिलीभगत जाने क्यों नागवार गुज़री।

हूँ। जुमलों के नीचे ही हेर-फेर। औरतें ! क्या इन्हें हम बूढ़े दिख रहे हैं जो ख़ुद फ़ैसले दिए जा रही हैं।

रद्द कर दिए हुक्म को बहाल कर कहा—यह सब बाद में तय हो जाएगा। फ़िलहाल तो उस काम को निपटाइए।

—दद्दा, तो क्या हम दुबारा आएँ भाभी को लेने ?

वकील साहिब झुँझलाए।

—क्या अनाप-शनाप कहा जा रहा है ! उस बात का फ़ैसला हो चुका।

—ख़फ़ा न होइए दद्दा, मासूमा को आज हल्दी चढ़ेगी। भाभी यहाँ क्या अकेली पड़ी रहेंगी ? इस बेकार की बात में हमें कोई तुक नज़र नहीं आती। मासूमा आप दोनों की बेटी है, यह किसे मालूम नहीं !

महक चौंकी। दिल के पार कुछ रौशन हुआ। देखा, ख़रगोश की तरह

उसका अपना दिल भागा चला जा रहा है दरीबे की ओर, हवेली की ओर।

वकील साहिब पर नज़र पड़ी। यह क्या ? इनके रुआब से भागनेवाला चुपके से फिर उन्हीं की शेरवानी में दुबक गया।

नहीं, कभी नहीं।

—आप दोनों सुनिए, बात जहाँ तक पहुँचा दी गई है वहाँ अब कोई भी दख़लअन्दाज़ी कारगर न होगी।

छुन्ना ने एक गुम नज़र महक तक पहुँचाई और जाने को क़दम उठा लिया। सीढ़ी पर पाँव रखा और पलटकर कहा—इन्तज़ार कीजिएगा भाभी। हम आप ही के साथ खाना खाएँगे। साथ लेते आएँगे।

महक बानो चुपचाप इस ख़ानदानी बन्दोबस्त को देखती रही। जितनी अक़्ल उतना ही हौसला। हौसला ! क्या हममें रत्ती-भर भी हौसला बाक़ी नहीं !

बड़े अपनापे से वकील साहिब बोले—हम आपकी तकलीफ़ को न समझते हों, ऐसा नहीं। दूसरी ओर से दबाव ही इतना कि कुछ कहना-समझाना हमारे बस का नहीं।

महक ने मुस्कुराकर वकील साहिब की ओर देखा जैसे कहीं से कोई मनचाही बात टपक पड़ी हो। आँखों में गुज़री हुई ज़िन्दगी भरकर कहा—रुकिए नहीं, कह ही डालिए। हमें भी कुछ दिलासा हो।

कृपानारायण ख़ामोशी से इस बेवजह शोख़ी की पड़ताल करते रहे। इम्तहान लिया जा रहा है !

पुराने बरसों का रस खींचकर कहा—बानो, ख़ुदा जानता है, हमारा बस चलता तो हम इस घर को हवेली में बदल देते पर बिरादरी की अपनी मर्यादा है। वह हम सभी पर लागू है। सब्र कर लीजिए यह सोचकर कि बहुत कुछ इंसान के अपने बस में नहीं हुआ करता। सारी बिरादरी हमारा तमाशा देखने को बैठी है और हम हैं कि न इधर से कोई रियायत, न उधर से कोई गुंजाइश। रह-रहकर वही दलीलें, वही हुज्जतें। आगा हाथ नहीं आ रहा, पीछा है कि पेचक की तरह खुला चला आ रहा है...

महक ने नई दिलचस्पी से वकील साहिब का चेहरा देखा और बिना उतराव-चढ़ाव के सीधी सपाट आवाज़ में कहा—सफ़र समेटने को चलना तो पड़ेगा ही वकील साहिब ! बिना क़दम उठाए तो भला कहाँ पहुँचिएगा।

मुमकिन ही नहीं।

कृपानारायण साहिब को लगा मुक़ाबले में खड़ा वकील उन्हें दलीलों से दबोचने को है। उन्होंने सिर हिलाया—नहीं, अब नहीं।

और अचम्भे से बानो के चेहरे पर अपने लिए फैली नाहमवार हिक़ारत की खोज करने लगे।

—वकील साहिब, आपकी अपनी मरज़ी तो हो गई। अब कुछ दूसरों की भी तो हो।

—आप क्या चाहती हैं, यह हम जानते हैं मगर अफ़सोस, वह हम आपको दे नहीं सकते।

एकाएक कुछ सोचा और आवाज़ को उदासी में बदल लिया—उधर तैयारियों का शोरगुल है, इधर हम आपको समझाने में लगे हैं। जानम, दिमाग़ पर इतना बोझ है जैसा ज़िन्दगी में पहले कभी नहीं था। सुननेवाला कोई नहीं।

—वकील साहिब, आप अपने बोझ दूसरों को सौंप देने के आदी हैं। देख रहे हैं न हमें ! हमारी गर्दन पर आप हमेशा नाखून रखे रहे। अब हमारी ही उम्र की पोटली बाँधकर दूर फेंकवाने की तैयारी में हैं। साहिब, हमारे बच्चों को इस बेदरेगी से छीन लेने का भला क्या हक़ है आपको !

यह औरत गुस्ताख़ी पर उतारू है। निहायत ठंडी आवाज़ में कहा—सोच के देखिए। बेटी अच्छे घर में ब्याही जा रही है। सच पूछिए तो ऐसी उम्मीद हमें ख़्वाब में भी न थी।

महक का मुखड़ा तमतमाया—वे लोग माँग के ले रहे हैं, फिर इसे बार-बार क्यों दोहराया जा रहा है ? हमारी औक़ात की ओर इशारा है क्या ? जमा ख़ातिर रहे, हमारी-आपकी बिटिया भी देखने-सुनने में तो किसी से कम नहीं।

वकील साहिब ने जिन आँखों से महक को तरेरा उसमें साफ़ यही हुआ कि इस इंसानी दफ़ा की गुनहगार भी महक बानो ही है।

महक के सामने बरसों से लटका चिलमन का परदा पल-भर में उड़कर जाने कहाँ चला गया। जो नज़र आया वह बिलकुल साफ़ था। बड़े तंज़ से कहा—हमारे ज़ेवर तो हम तक पहुँचाइए। अब हम और इन्तज़ार न करेंगे।

वकील साहिब सकते में आ गए। फटकार और हिक़ारत के मिले-जुले

तेवर से कहा—जानम, दिमाग़ तो ठिकाने है ? यह वक़्त क्या इन बातों का है ?

फिर नरम होकर कहा—आप आक़िला हैं। दुनिया का भला-बुरा जानती हैं। दूसरी ज़रूरी बातें छोड़कर आप इस पर पहुँच गईं ? कौन सिखा-पढ़ा रहा है आपको ?

—हमारी माँ के ज़ेवर हमें आज शाम तक मिल जाने चाहिए वकील साहिब ! आप अम्मी के वकील रहे, अब हम आपकी मुवक्किल की बेटी हैं जिसका उन पर पूरा हक़ है।

कृपानारायण साहिब का तन-बदन फुँकने लगा। कमरे में ख़ाक उड़ती नज़र आई।

—जानम, आप इस बात पर अड़ेंगी तो मासूमा की शादी इस ख़ानदान में न हो पाएगी।

—कुछ भी हो, ज़ेवर पहले और शादी बाद में।

कृपानारायण बिना जवाब दिए इन इरादों को भाँपते और भेदते रहे। कई देर बाद उदास आवाज़ में कहा—कुछ और भी आपका हमारी तरफ़ निकलता हो तो कहिए।

महक बेख़ौफ़ी से सचमुच ही कोई हिसाब-किताब पढ़ने लगी हो।

कृपानारायण साँस रोके जवाब का इन्तज़ार करते रहे और निगाहों से महक के पूरे वुजूद को दबोचे रहे।

महक बानो बोली तो आवाज़ वकील साहिब की हदों के बाहर थी—बेटा हमेशा से आपका है। अब बेटी को भी गोद लिया जा रहा है। अहा-हा, हमसे जो पैदा हुए। वकील साहिब, इन बिचारे लावारिसों को ख़ानदानी जामा पहनाना तो ज़रूरी है। आप ही बताएँ—इन दोनों के बिना हमारे पास आपका क्या धरा पड़ा है ? है कुछ ? आप हमारे वकील हैं, आप ही सोचकर बताइए।

—समझ से काम लीजिए जानम ! पछताइएगा। शादी रोकने का नतीजा क्या होगा, जानती हैं ?

महक बानो वकील साहिब को टकटकी लगाए देखती रही—हमारी बच्ची को हमसे खोंस लेने के बाद भी उसकी शादी नहीं होती तो हम भी भला क्या कर लेंगे ? हमीं कौन शादी करके बैठे थे ?

—आप होश-हवास में तो हैं ? उधर सारा घर आपकी बेटी की शादी

की तैयारी में लगा है, इधर आप सौदेबाज़ी कर रही हैं !

—सौदेबाज़ी ? चलिए यही सही। हमारे और आपके दरमियान अब कुछ बाक़ी नहीं। कुछ भी नहीं।

कृपानारायण खौलने लगे। दिल में आया इसकी जाँघों को रौंद डालें।

महक बानो ने पानदान खोला और खटाक से बन्द किया। लोहे की-सी आवाज़ में कहा—बदरू के सिर की क़सम, हम अपना फ़ैसला न बदलेंगे। हमारे ज़ेवर आज ही हम तक पहुँचाइए वकील साहिब ! अम्मी के ज़ेवर बड़े क़ातिल रहे। किसी को फलेंगे नहीं। इतना याद रहे !

कृपानारायण किसी बुरे ख़्वाब में हरहराती नींद के मानिन्द सीढ़ियों पर से उतरे तो चबूतरे पर पाँव लड़खड़ा गए।

सामने से बदरू चले आ रहे थे। अब्बू को देखा तो लपककर उनकी ओर बढ़े और बाँह थामकर पूछा—अब्बू, ख़ैरियत तो है ?

वकील साहिब के सामने बदरू न थे, वह ख़ुद ही अपने सामने खड़े थे। इस घर में हम जीते-जी तो न आवेंगे, इतना तो तय है।

फिर अचानक जैसे बदरू को पहचाना। समझाकर कहा—बदरू बेटे, ऊपर जाओ अपनी अम्मी के पास। परेशान होंगी वह।

बदरू ने ज़ीने की ओर क़दम बढ़ाया, फिर पलटकर कहा—अब्बू, आपको नुक्कड़ तक पहुँचाकर लौट आवेंगे।

वकील साहिब का जी भर आया। रुखाई से कहा—सुना नहीं ? जाइए, पहुँचिए। हाँ, अम्मी को अकेले मत छोड़िए। छुन्ना पहुँच जाएँगी थोड़ी देर में।

अम्मी को आईने के सामने खड़े देखा तो बदरू सकपका गए। अब्बू के कहे मुताबिक़ तो अम्मी रो रही होतीं।

क़द निकालते बेटे की तल्ख़ आवाज़ में पूछा—आज बाल धोए थे क्या अम्मी ?

अम्मी कुछ न बोलीं। बालों में कंघा घुमाती रहीं।

—अब्बू कब गए ?

—आपको नीचे ही मिले होंगे।

बदरू का माथा ठनका। चिड़चिड़ाकर कहा—आपको क्या हो गया अम्मी ? उनसे झगड़ा तो नहीं कर बैठीं ?

महक ने बेटे की ओर न देखा। बालों से कंघा निकाल दँतियों में से बाल निकाले। उँगली पर लपेट गुत्थी में डाल दिए। कंघा शीशे के आगे ताक़ पर रख दिया। फिर लम्बे बालों को घुमाव दे जूड़े में कसा।

—अम्मी, अब्बू परेशान दिख रहे थे। हमने दूर से देखा था उन्हें।

महक ने बेटे से पूछा—क्या कर आए ? आज तो हवेली में रुकने के इरादे थे न ?

—अम्मी, आपने सुबह पान के पत्तों के लिए कहा था न ! याद आया तो इधर को दौड़े। हाँ अम्मी, आज कुछ पकाइएगा नहीं। आपका खाना वहीं से आएगा।

महक बानो लड़के को घूरती रही। कुछ कहने को थी कि इरादा बदल लिया।

सन्दूक़चे में से जोड़ा निकाल पलंग पर रखा।

—अम्मी, बाहर जाने के इरादे हैं क्या ? कहाँ जाइएगा ? छुन्ना बुआ तो यहाँ आने को कह रही थीं।

—चुप रहिए बदरू मियाँ ! बहुत देखे आपके घरवाले ! बुआ-बउआजी, बहूजी और अब्बू...

—अम्मी, यह आप क्या कह रही हैं ? वे हम लोगों के लिए कितना कुछ कर रहे हैं।

—हम लोग ! तुम लोग हो कौन ? किसी क़ातिल डेरेदारन नचनिया के नवासे।

—अम्मी सुनिए, हमारी भी सुनिए।

—ख़ामोश ! ज़रा ख़ाँ साहिब के यहाँ जाइए। हमारी ओर से कहिए उन्हें, जो भी कर रहे हों, छोड़कर फ़ौरन चले आएँ।

बदरू किसी ख़तरे के अहसास से बेदम-से हो गए। .ख़ुशामद से कहा—अम्मी, मासूमा की शादी हो जाने दीजिए। घर के लड़ाई-झगड़े परायों के यहाँ क्यों लिये जा रही हैं ?

बेटे को देखा। अब्बू में ही घुले हुए। फ़ैसला देने के अन्दाज़ में कहा—अपनी समझ अपने पास ही रखिए। दौड़कर जाइए और हमारा पैग़ाम ख़ाँ साहिब को दीजिए। कुछ घपला किया तो हमसे बुरा कोई न होगा।

—अम्मी !—बदरू .ख़ुशामद करने लगे—हमारी भी सुनिए। मुरादाबादवाला

ऊँचा ख़ानदान है। आपा के लिए कुछ क़ुर्बानी तो हमें भी करनी होगी। आपकी ओर से कोई हल्की हरक़त अब्बू की शान के ख़िलाफ़ होगी।

महक बानो के चेहरे पर ख़ाक-सी बरसने लगी। अपने को सरका पहले बदरू की माँ को परे किया, फिर किसी के अब्बू की महक बानो को और ठंडी कलपती आवाज़ में कहा—बदरुद्दीन, तुम अभी नहीं समझोगे। हक़ माँगना अगर लड़ाई है तो दूसरों का हक़ मारना भी बेइंसाफ़ी है। उठिए, ख़ाँ साहिब को बुलाकर लाइए।

बदरू पसोपेश में पड़ गए। माँ के ज़ख़्मों पर मरहम लगाते हुए कहा—अम्मी, आपको ज़रूरी बात बतानी है। आपका शादी में शामिल न होने का मंसूबा रज्जो भाई के ननिहालवालों ने बनाया। अब्बू और आपको नीचा दिखाना चाहते थे। अम्मी, फ़िकर की कोई बात नहीं। कल तो आपको वहाँ जाना ही होगा। रज्जो भाई ख़ुद आपको लेने आएँगे।

इर्द-गिर्द कोई रस्सी लपेट रहा है। ढील दे रहा है। खींच रहा है। उसी पुराने खूँटे में जकड़ देगा।

बेटे को अपने चेहरे पर ठिठके देखा तो आँखों से धमका उसे आधा कर दिया।

—बड़े बाप के आधे बेटे। आज हमारा ज़ेवर हम तक न पहुँचा तो...

—वही हैं हम। हू-ब-हू अम्मी की तरह। वही !

बदरू ने जाते-जाते इतना ही कहा—हम ख़ाँ साहिब के यहाँ जा रहे हैं।

इन्तज़ार करते-करते कितना वक़्त गुज़र गया। अब तक न आए।

महक को इल्हाम हुआ हो जैसे। जिस बाप के हैं उसी के यहाँ पहुँचेंगे। कैसे सोच लिया हमने कि हमारा कहा करेंगे। वही छलावे और बहकावे।

महक हड़बड़ाहट में उठकर जूती ढूँढ़ने लगी। जूती अपनी है और छोड़ रखी है बरसों से। कुल मिलाकर जाने कितनी बार पहनी होगी !

महक ने दुपट्टा ले ऊपर गर्म चद्दर ओढ़ी। कुंडी लगा ताला चढ़ाया और पैड़ियों से उतरते सोचा—भला हमने भी इस कमरे से निकलने में इतनी देर क्यों कर दी !

कृपानारायण साहिब बदहवासी की हालत में ख़ाँ साहिब के कमरे में पहुँचे

तो परदे पर हाथ रखते ही क़दम लोहा हो गए। अन्दर महक बानो बैठी थी। वकील साहिब को देखा तो ख़ाँ साहिब ने हमपेशा शायस्तगी से कहा—आइए-आइए, तशरीफ़ रखिए।

वकील साहिब ने महक बानो की ओर न देखा। ख़ाँ साहिब की ओर झुककर कहा—आपसे अकेले में ही बात करना चाहेंगे हम।

ख़ाँ साहिब ने दोस्ताना आवाज़ में कहा—आपस का मामला है वकील साहिब ! मुनासिब समझें तो आमने-सामने ही बातचीत हो जाए।

कृपानारायण साहिब ने सिर हिलाया—नहीं, ख़ाँ साहिब, वह ठीक न होगा।

ख़ाँ साहिब ने घर के अन्दर जानेवाले किवाड़ को हौले से सरकाया और चिक उठा महक को बुलावा दिया—आइए !

महक बानो उठी।

कृपानारायण साहिब ने बिना देखे उस खड़े वुजूद को अन्दर बढ़ते देखा तो बदन थरथरा गया। यह वह औरत तो नहीं जिसे कुछ देर पहले हम उस घर में छोड़ आए थे।

वकील साहिब ने माथे पर हाथ रखा। सिर को छुआ और धीरे से कहा—ख़ाँ साहिब, पानी मिल सकेगा ? सिर में चक्कर-सा महसूस कर रहे हैं।

हलक़ से घूँट नीचे उतरा तो वकील साहिब को लगा कोई उनके उम्र के दरवाज़े को खटखटा गया है। ख़बरदार कृपा, अब कोई भी वक़्त तुम्हारा .ख़ुद का नहीं। कचहरी में तारीख़ लग चुकी है। आवाज़ पड़ेगी तो हाज़िर होना होगा। कृपानारायण साहिब थिर हुए। हस्बेमामूल दोस्ताना अन्दाज़ को बरकरार रखते हुए ख़ाँ साहिब को अपनी आँखों में लेकर कहा—हज़ूर, यह रही गहनों की सन्दूक़ची। फ़ेहरिस्त के साथ कचहरी का काग़ज़ नत्थी है। एक छोटी-सी अर्ज़ आपसे है। जब तक उस घर में इन्हें रखने का इन्तज़ाम न हो, अपने पास ही रखिए। हवेली में रखने की यही वजह थी।

अन्दर महक बानो मुस्कुरा दी। आज से पहले तो हम औरत भी नहीं थे। ओढ़नी थे, अँगिया थे, सलवार थे।...जूती अपनी थी और पाँव किसी को सौंप रखे थे।

20

छुन्ना बीबी ने चाँदी का पानदान ऐसे खोला जैसे ज़ेवरों की सन्दूक़ची हो। मलमल के टुकड़े में लिपटे बनारसी पत्तों पर चूना-कत्था लगा इलायची, सुपारी धरी और गिलौरियाँ बना-बना तश्तरी में रखती चलीं। अपने नाम का भी पत्ता बनाया। ऊपर ज़र्दा बुरका और मुन्ने भाई के हाथ महराजिन को भिजवा दिया।

वकील साहिब ने लेटे-लेटे देखा और हल्के से मुस्कुरा दिए। नौकरी के साथ छुन्नी ने पान भी छोड़ दिया। हिम्मत ! दिल में आया पूछें—कब लौट रहे हैं उमराव बहादुर बम्बई से—मगर चुप रहे।

—छुन्ना ने दद्दा के चेहरे पर कोई सवाल घुमड़ता देखा तो पास रखी कुर्सी पर आ बैठीं।

—दद्दा, अलीपुर रोडवाली कोठी के दाम भला क्या होने चाहिए ?

—तीन से ज़्यादा नहीं। भूतबँगले के साथवाली ही तो। उतावली मत दिखाइए...तवक्कली साहिब सब ढंग से कर-करा देंगे। सौदे से पहले शोर करने की ज़रूरत नहीं। उमराव बहादुर से बात तो हो चुकी है न तुम्हारी ?

—जी दद्दा।

दिल में सोचा, अच्छा किया जो दद्दा से बात कर ली। हम भी काहे छिपाते नाहक़ ग़लतफ़हमियाँ बढ़ाने को। घर की लुकी-छिपी दास्तानें देख ही चुके हैं। ऐसी बेकार की परदादारी से भी क्या फ़ायदा ! हया के डर से .खुद बेपरदा हो जाए। झूठी इ़ज़्ज़त-आबरू के लिए दिल का दामन ही झाड़कर बैठ जाए। आख़िर दद्दा के साथ भी तो यही हुआ। ठन गई। एक-न-एक दिन तो भाभी को भी जीतना था इस मैदान में।

मुहब्बत में जब बेगानगी होती है तो बहुत बुरी होती है। दद्दा बीमार पड़े हैं। बदरू सुबह-शाम किसी-न-किसी बहाने यहीं नज़र आते हैं, पर महक भाभी को यहाँ तक आने की फ़ुरसत कहाँ ! ख़ाँ साहिब घेरे रहते होंगे। क्या कहें, आदमी वही होता है पर वक़्त के साथ दूर की आवाज़ बन जाता है। गूँज ही बाक़ी नहीं रहती। कोई इक्का-दुक्का लम्हा दिल की तन्हाई में काँटा बनकर अटक गया तो बस फिर दद्दा की तरह परेशान हो-हो जाता है। जाने इन दिनों इनके दिल का सन्नाटा भी इन्हें क्या-क्या कहता होगा ! कोई गहरी कसक समेटे पड़े हैं। जानते ही हैं कि जो न होना चाहिए था, वह हुआ। नींद से जगते हैं तो आँखें खुलते ही दरवाज़े पर टिक जाती हैं। किसका इन्तज़ार है भला। उसी का जिसका अब सिर्फ़ इन्तज़ार ही इन्तज़ार है। वह भी यहाँ क्यों आने लगीं। मुहब्बत के रंग हैं। कायल हुए तो ऐसे हुए और रुसवा हुए तो कैसे हुए। रुख़सत पर ही बात पहुँच गई। पूछिए, भला अब ग़म के समुद्र में भी रह-रह गोते लगाने से फ़ायदा ? अलहदगी जो पसरी है अब उसे भी कौन पाटेगा। दोनों के दरमियान ख़ाँ साहिब अड़े पड़े हैं ! अड़े ही समझिए।

तिलिस्म ही टूट जाए तो बाक़ी क्या बचता है ! गर्द ही तो। सच तो यह है कि मासूमा के हाथों की मेहँदी दद्दा को बहुत महँगी पड़ी। पैरों तले की सतह ही नीचे खिसक गई।

वह झम्म-झम्माती रात। यह हवेली क्या तो ऊपर से सजी-बनी और क्या अन्दर से दरक पड़ी। जिस बिरादरी के डर से दद्दा फ़राशख़ानेवालों को हवेली से परे-परे रखा करते रहे उन्हीं के सामने पूरे शहर के रू-ब-रू उनकी इ़ज़्ज़त की गठरी ऐसी खुली कि नज़रें झुक गईं। यूँ सोचें तो शरमाने की बात ही क्या थी ! आपने कुछ चाहा है, किया है तो उसे सिर पर उठाइए। बिरादरी

के क़ायदे-क़ानून इस पर कैसे लागू हुए ? क़सूर दें तो किसको ? कुटुम्ब भाभी या बानो भाभी को। सोचें तो बात ही कितनी थी। खेल खिलानेवाले दद्दा ने तो अपने ख़िलाफ़ ही पेशगी दी।...ख़ामोश पड़े रहते हैं। ताश-पत्तों से भी दिल उचाट हो गया। भटकन। कसकर ओढ़े पड़े हैं अपने ग़ुस्से को। ख़ामोशी से इज़हार करने को कुटुम्ब भाभी या हम। बाक़ी सबसे वही मुख़्तसर-सी 'हाँ' या 'न'। समझाए कौन कि साहिब महक बानो आपकी हदों से बाहर हुई। अब सब्र कीजिए।

हमने देखा दद्दा लगातार छत की ओर देख रहे हैं। पूछा—मुनक्का लीजिएगा दद्दा ? भाभी ने भूनकर रखे हैं।

कृपानारायण कुछ न बोले। एक उचाट नज़र बहन पर डाली और आँखें मूँद लीं।

बाहर दिन-रात का कोई रंग न था। आसमान स्लेटी हुआ पड़ा था। वकील साहिब ऐसे उदास मौसम में आँखें चुराए रहे।

छुन्ना भी यहाँ बैठी-बैठी किसे याद कर रही है ? भुवन को ? इसके हाथ में भी कितना था भला ? कुछ भी नहीं ? हिम्मत कर अपना हक़ बना लिया।

छुन्ना बोली—दद्दा, बादल घिरे हैं। लगता है पानी बरसेगा।

कृपानारायण कुछ न बोले। चुपचाप अपने से कहा—बरसें न बरसें बादल, अब हम किसी के दरम्याँ नहीं।

गहरी नज़र से भाई की ओर देखा—कहीं दद्दा भी तो, इल्ज़ाम हमारे मत्थे नहीं मढ़ रहे ? दोनों के बीच ठंडी तो कब की हो चुकी थी। शादी के बहाने दोनों ओर से कोई रिआयत बाक़ी न रही।

उठकर खिड़की का परदा हटाया और बाहर झाँककर कहा—घटाएँ तो गुँथी पड़ी हैं। लगता है बरसेंगी ज़रूर। दद्दू, मन हो तो कुछ गाकर सुनाएँ।

जवाब में वकील साहिब ने इतना ही कहा—छुन्नो, सिर भारी हुआ पड़ा है।

—तवक्कली साहिब ने भी घंटा-भर तो लगा दिया दद्दा।

—तुम्हें लेकर बाद में कोई झगड़े-झमेले उठें, ठीक नहीं। बैंक के काग़ज़, अमराइयों के हिसाब और महरौलीवाली बग़ीची की रजिस्ट्री बाबाजी की अलमारी में हैं। तुम्हारे ज़ेवर की ताली बउआजी की पेटी में है। उसके ताले की दूसरी चाबी रज्जो के पास है।

...एकाएक याद आया—एक तो है न तुम्हारे पास ?

—जी दद्दा।

इतने में कुटुम्ब भाभी अन्दर चली आईं। तेवर चढ़ा ननद को देखा—आप भी इनसे बातें करवाने पर क्यों लगी हैं छुन्ना बीबी ? पहले तो तवक्कली साहिब माथापच्ची करते रहे। डॉक्टर आराम के लिए कह गए हैं। इन्हें नाहक़ थकन होगी।

पास बैठ कुटुम्ब ने वकील साहिब के माथे को सहलाया—क्या यख़नी ले आएँ ? मसाले की पोटली डाली थी।

वकील साहिब ने हौले से सिर हिलाया। कुछ देर सगी नज़र से बीवी को देखते रहे, फिर पूछा—हमारे सिरहाने तले एक ताली रखी थी। आपने उठाई क्या ?

कुटुम्ब कुछ झिझकीं, फिर ख़बरदारी से कहा—रखी है हमारे पास। कहें तो ले आएँ।

बीवी के चेहरे पर उलझन और बेबसी-सी देखी तो समझाकर कहा—यह ताली आपके किसी काम की नहीं, रज्जो साहिब के मतलब की है। दिन-त्योहार पर उन्हीं का वास्ता रहेगा दारू की बरकत से। आप ज़रा बुलाइए उन्हें। घर में तो हैं न ?

कुटुम्ब खिसियानी-सी कमरे से बाहर हो गईं तो छुन्ना से कहा—जो भी करो, मुरादाबादवालों से बनाए रखना। छैलबिहारी पुरानी अदावत पाले हुए हैं।

कुटुम्ब को दरवाज़े पर देखकर वकील साहिब ने कई जहानों की दूरी फलाँगकर मन-ही-मन कहा—राह-ए-फ़ना।

कुटुम्ब ने कुछ समझा, कुछ नहीं भी। छुन्ना से कहा—तुम्हारे दद्दा खामखा ज़िद किए रहेंगे तो उससे किसका फ़ायदा होनेवाला ?

—भाभी, अगर कह ही रहे हैं तो बुला भेजिए। आपकी इजाज़त के बिना तो वह आने से रहीं।

वकील साहिब ने नरमाई से बीवी को देखा। मानो उस तक पहुँचाते हों कि अब तुम्हारी ज़िद और हठ के लिए वक़्त ही कहाँ बाक़ी है।

—बच्चे कहाँ हैं ? कोई नज़र नहीं आ रहा।...बदरू दुपहर में तो यहीं थे।

—पास ही गए हैं। लौटते ही होंगे।

वकील साहिब ने घर की ख़ामोशी को अपने अन्दर महसूस किया।

—बच्चों की आवाज़ें नहीं आ रहीं।

—सभी अपने-अपने काम में मसरूफ़ हैं। कोई तो पढ़ाई-लिखाई और स्कूल का काम निबटाने में। कोई प्रसादी के लिए मन्दिर पहुँचे होंगे।

—इतनी बारिश में ?—वकील साहिब ने चौकस होकर पूछा।

—अभी आरती तो होनी है न !

—हाँ, लीजिए घंटे बजने लगे।

दोनों ननद-भाभी ने सिर नवाया।

घंटों की टनटनाती आवाज़, तेज़ थरथराहट-झनझनाहट, चाँदनी चौक के निलाहरी कोलाहल में तैरने लगी। दूकानों के मुखड़े अँधेरों की ओट होने लगे।

रोज़वाली चाट-पकौड़ी और गुजिया की गंध वकील साहिब के आस-पास मँडराने लगी।

छुन्ना बोली—याद है दद्दा, नुगदी का प्रसाद पाने को हम बचपन में क्या-क्या शरारत किया करते थे। एक दिन बउआजी ने ख़ूब पिटाई की थी हमारी। आप कहीं से आ निकले तो इमदाद के लिए हम आपसे लिपट-लिपट गए।

कृपानारायण छुन्ना की बात में बउआजी को खोजने लगे। कहाँ हैं ? कहाँ होंगी ? बाहर की झड़ी से बेख़बर कृपानारायण अपने बचपन की गलियों में घूमने लगे। तोते, कबूतर, तीतर, मुनिया, जामा मस्जिद की भीड़ में मुन्ने भाई, साहिब भाई, महबूब चचा, कर्ण दादा, युसुफ़, क़ादिर...

वकील साहिब को वह बड़ा-सा पिंजरा याद आया जिसको लेने के लिए बाबाजी को चिट्ठी लिखकर फ़रमाइश की थी। सालो-साल वह नीचे के दालान में लटका रहा। कहाँ गया ? तोतों का जोड़ा उड़ गया। क्या गया सचमुच ?

बदन में कुछ फुरती आई तो सोचा ऊपर की छत पर जाकर एक बार और पतंग चढ़ाएँ और क़ादिर को आवाज़ लगाकर कहें—यार, पेंच लड़ाने में हमेशा तुम्हारी कटती रही, इस बार हाथ आज़मा लो। अपनी चरख़ी का माँझा अब कमज़ोर है, कट जाएगा। तुम जीत जाओगे।

...कृपानारायण ने घबराकर आँखें खोल लीं। पतंग दुमछल्ला आँखों के आगे झूलता रहा। पतंग...पतंग की डोर और यह दुमछल्ला ! अँधेरे में कुछ

और दिखाई नहीं दिया। अगर उड़ती पतंग पर एक चिराग़ जलता रहे !

मोर सराय ! दुनिया का बाज़ार क्या सच में पीछे छूट गया ! होली-दिवाली, शब-बरात का हलुआ, ईद की सेवइयाँ...वह मशहूर शायर...क्या तख़ल्लुस था भला उनका...नहीं याद आ रहा।

—छुन्ना, क्या नाम था उनका जो सुल्तान की सतरहवीं पर एक-से-एक उम्दा शेर पेश किया करते थे। वही सफ़ेद बालोंवाले...

इतने में आफ़ताब बहादुर कमरे में नज़र आ गए। पूछा—आपको तो याद होगा।

—वही...जी हाँ, सरूर साहिब की याद कर रहे हैं आप।

वकील साहिब सरूर साहिब के साथ हो गए और दूसरों से अलग आँखें मीच लीं।

रज्जो अन्दर आए। वकील साहिब के पुराने नक़्शों पर ताज़ा चेहरा। कमरे में इधर-उधर नज़र फिराई और छुन्ना बुआ के उठते ही कुर्सी पर जा बैठे।

सामने बेटे को बैठा देखा तो वकील साहिब के जिस्म में कोई हल्का-सा सरूर उभरा और चेहरे पर छा गया। मुस्कुराकर बेटे की ओर देखा और दोस्ताना आवाज़ में कहा—बरखुरदार, चाहते तो थे कि आपकी शादी हमारे सामने होती...

रज्जो बड़े सलीक़े से मुस्कुराए—दादा, यह तो बउआजी का तकियाकलाम था। जो भी सामने पड़ जाए उसे यही कि तुम्हारी शादी की तमन्ना है बेटे।

कृपानारायण बेटे को निहारते रहे।

कुटुम्ब प्यारी यख़नी का प्याला उठाए अन्दर आईं तो मज़ाक से बोले—दादा, आपसे इतना तो कह ही दें कि हम आगरा में ससुराल न बनाएँगे।

माँ ने घूरकर देखा तो वकील साहिब भी थोड़ा-सा मुस्कुरा दिए।

कुटुम्ब तुनक गईं—हमें आपके यह मज़ाक नहीं भाते। गुस्ताख़ी है यह। हमारी तक़दीर में यही सुनना-सहना लिखा है क्या ?

वकील साहिब का कमज़ोर चेहरा तमतमा गया। झिड़कने के अन्दाज़ में कहा—बेहूदा लफ़्ज़ है तक़दीर। ख़ुदा के लिए अब तो इसे भूल जाइए। तक़दीर के मतलब हैं काहिली, जाहिलपन, डर, झिझक। क़तई वाहियात।

कुटुम्ब को वकील साहिब के लिए ढेरों लाड़ हो आया। बालों में हाथ

फिराकर कहा—हम उस बेगम बहार को कभी माफ़ न करेंगे। ख़ान साहिब क्या मिल गए कि पिछला क़िस्सा ही ग़ायब !

—ख़ामोश—वकील साहिब की आवाज़ भर्रा गई।

रज्जो चुपके से खिसक लिये। कृपानारायण कई पल बीवी की ओर अनमने से तकते रहे, फिर सपाट आवाज़ में कहा—इधर आप हमारी तक़दीर बनी रहीं, उधर वह हमारी आबरू रौंदकर अपनी तदबीर आज़माने चल पड़ी। और हम...हम तक़दीर का पुराना परचम लिये-लिये बीच में ही लटके रह गए।

कुटुम्ब रुआँसी-सी इधर-उधर देखने लगी। दुबारा वकील साहिब की ओर ताका तो आँखें मुँदी थीं।

साड़ी के छोर से आँखें पोंछीं। सामने छुन्ना बीबी आन खड़ी हुईं। सोचा—हर मौक़े पर मौजूद हैं हमारी बीबी।

छुन्ना ने ख़ामोशी-ही-ख़ामोशी में भाभी से हमदर्दी जताई और नरम गले से कहा—ग़लती किससे नहीं होती भाभी ! फ़राशख़ानेवाली से भी हो गई, अगर उसे ग़लती ही कहना चाहें तो। हाँ, आप और दद्दा दोनों दानाई से काम लीजिए। रंजिश पाले रहने से फ़ायदा ? इस मामले को और कितना खींचिएगा ! अब तो मासूमा के जुड़वाँ भी आन पहुँचे। उस रिश्ते से आप उन बच्चों की नानी और दद्दा हुए नाना। कुछ हक़-दस्तूर भी तो निभाइएगा !

दद्दा की ओर देखा। चेहरे पर हल्की-सी मुलायमियत छा गई थी। जान लिया कि दद्दा सोए नहीं हैं। उन्हीं को सुनाकर कहा—आप नाना-नानी हैं। दावत दीजिए और मुबारकें लीजिए। खिलाइए, पिलाइए।

वकील साहिब को पकी देगों की भुनी-भुनी .ख़ुशबू आने लगी। कुटुम्ब की ओर मुँह कर ममता से कहा—यह फ़ैसला हम आप पर छोड़ देते हैं। जो ठीक समझें, वह करें।

कुटुम्ब प्यारी ने बड़ी फ़राग़दिली से कहा—हम तो इतना जानते हैं कि आप दावत के नाम पर उठकर खड़े हो जावेंगे। यह बताइए कि बनेगा क्या ! ज़र्दा पुलाव, रोगन जोश, परसन्दे और मटकैनों में फिरनी। सुबह ही मटिया महल से तोते मियाँ को बुला भेजेंगे। हाँ, दावत के लिए दिन मुक़र्रर आपको करना होगा।

मुक़र्रर दिन।

वकील साहिब ने सिर्फ़ नज़र उठाकर देखा और कुछ न बोले तो कुटुम्ब सिर सहलाने लगी। सोचा—क्या मगन से पड़े रहते हैं। मरद के दिल का भरम। इनके-जैसा न कोई राह-सवार रहा, न तीरअन्दाज़ और न तेग़जन। जो वजअ, क़तअ इनकी रही सो तो हम जानते ही हैं।

हाथ बढ़ा बदन पर फिराया। पीठ सर्द थी।

—हकीम साहिब के यहाँ से ख़मीर आया था, लीजिएगा क्या ?

—आपका भी जवाब नहीं। यह गीला मौसम और यह वक़्त। आपको ख़मीर के अलावा और कुछ न सूझा। छुन्नो, ज़रा अपने बड़े भतीजे को तो बुलाइए।

रज्जो यूँ आन खड़े हुए ज्यों बुलाए जाने के इन्तज़ार में ही थे।

—कहिए दद्दा, क्या हुक्म है ?

—रज्जो साहिब, जो ताली आपको सौंपी गई है उसे इस्तेमाल करना भी सीखिए। अब वह...

रज्जो ने शायस्तगी से सिर हिलाया और हँस दिए।

—दारू के लिए गिलास और बर्फ़ तो ज़रूरी हैं, लेकिन रज्जो साहिब, उससे भी ज़रूरी है ठीक वक़्त पर इसकी दिलनवाज़ी।

रज्जो झुके और दद्दा का माथा चूम लिया।

वकील साहिब बड़ी रौबीली आवाज़ में बोले—गिलास मँगवाइए और सबको बुलवाइए। हाँ, बीचवाली शैल्फ़ से तो व्हिस्की निकाल लें। अलमारी के ऊपरवाले ख़ाने में जन्त्रियों की एक मोटी ज़िल्द नज़र आएगी। उसी के पीछे एक पुरानी बोतल रखी है। आप पैदा हुए तो बाबाजी ने हमें लाकर दी थी। शराब तो बहुत पी गई थी। पर इसे सँभालकर रखने का हुक्म था। उन्हीं के हुक्म की तामील आज हो रही है। ले आइए।

रज्जो वह पुरानी बोतल उठा लाए जिसमें उनके जन्म से लेकर आज तक का वक़्त मुहरबन्द था।

—लीजिए दद्दा।

—खोलिए। खोलना तो जानते हैं न !

रज्जो ने दद्दा की ओर देखा और दोस्ती से हँस-भर दिए।

कृपानारायण साहिब बोले—राजनारायण साहिब, सही मायनों में, सही वक़्त पर आज आप बालिग़ हुए।

रज्जो ने दद्दा को नटखटपन से देखा—दद्दा, खींच रहे हैं हमें आप, मगर यह .खुश-.खुल्क आप ही के हाथों खुलेगी।

वकील साहिब बेटे को गहरी नज़र से देखते रहे—बड़े बेटे बनकर पैदा हुए थे, निभा ले जाएँगे।

रज्जो ने दो गिलास बनाए। दद्दा की ओर बढ़ाकर—लीजिए दद्दा, एक-एक आपका और हमारा हो जाए, बाद में सबको बुलाएँगे।

रज्जो ने दद्दा के गिलास से अपना गिलास टकराकर बड़ी मुहब्बत से कहा—.खुशख़ुर्रम ! दद्दा, आपकी तबीयत ठीक होते ही एक दावत हो जाए।

कृपानारायण घूँट के ज़ोर से सेहतमन्द महसूस करने लगे। सिर हिलाकर सलीक़े से हँसे—ज़रूर करिए दावत, हम जहाँ भी हों शामिल रहेंगे।

—दद्दा बाहर जाइएगा ? क्या तारीख़ लगी है ?

—हाँ।

बीवी पास आन खड़ी हुई तो मज़ाक से कहा—दम्मो तो अपने ननिहालवालों के नक़्शे-क़दम पर चलेंगे। सादा खाना और सादा पहनना।

पम्मो ताश के पत्ते लिये अन्दर आए और माँ से बोले—बड़े और मँझले मामा आए हैं। क्या ऊपर लिवा ले आएँ ?

—नहीं। अमाँ उन्हें पहले खाना खिला दीजिए।

वकील साहिब ने दिल-ही-दिल मज़ा लिया—भाई लोग बहन की इमदाद को आस-पास ही जुटे रहेंगे। वक़्त की नज़ाकत ख़ूब समझते हैं।

कृपानारायण अपने में खोए-खोए जाने क्या सोचने लगे। अचानक चौंककर देखा, रज्जो नहीं हैं और कुर्सी पर छुन्ना बैठी हैं।

बड़े सगेपन से कहा—मासूमा को लेकर मुरादाबादवाले तो .खुश हैं न !

—.खुश न होंगे दद्दा ! उन्हें तो आपकी क़ीमत पर ख़ज़ाना मिल गया।

कृपानारायण साहिब बहन से जैसे कुछ माँगते हों—कुछ कहा जाए तो करेगी क्या ?

—क्यों नहीं दद्दा। हुक्म दीजिए।

—एक बार उस शाम पर हो जाए छुन्ना ! तुम्हारी ज़बानी हम वही सुनना चाहते हैं।

—दद्दा, आप परेशान तो न होंगे ?

—अब क्या बाक़ी है जो परेशान होंगे। उस वाक़ये को हम उस दिन

की निस्बत आज कहीं ज़्यादा सफ़ाई से देख सकते हैं। शुरू करो छुन्ना !

इस इसरार पर छुन्ना का जी भर आया। इंसान मजबूर है अपने दिल से। गुज़री यादें आज भी दद्दा को कचोटे चली जाती हैं। छाँट-बाँट तो पुरानी हो चुकी। बस यादें बची हैं।

छुन्ना को शशोपंज में देख वकील साहिब ने फिर मिन्नत की—छुन्नी, अब शुरू हो।

—दद्दा, बारात आ चुकी थी। बन्ने चचा, सरताज चचा, महबूब चचा बारातियों पर इत्र छिड़क रहे थे। नेत्रचन्द और विनायक भाई आपके आस-पास जमा थे।...

भाभी की फ़रमाइश पर हम अवध चचा की बैठक से कुछ लाने को सीढ़ियों की ओर मुड़े ही थे कि भौंचक्के से देखते रह गए। जिनके शादी में न शामिल होनें के लिए मार हेर-फेर होती रही, उन्हीं के यहाँ के बब्बन मियाँ, बशीरन बी और उनके पीछे लड़कों की लम्बी क़तार नमूदार हो गई। सलमे-सितारों जड़े कई थालपोश। मिठाई, फल, फूलों के ज़ेवर। गोटे के हार। जोड़े गहने।...

इत्ते देखते क्या हैं कि बग्घी में से कोई सजी-सँवरी परी-सी उतरी। कौन भला, महक भाभी।

वकील साहिब ने बहन को घुड़की दी—कितनी बार कह चुके हैं कि उन्हें भाभी बुलाना छोड़ दीजिए।

—ख़फ़ा न होइए दद्दा। पुरानी आदत ठहरी। हाँ, सलमे-सितारों से जड़ा सन्दली जोड़ा और ऊपर झिलमिलाती पूरे जाल की भारी ओढ़नी। बड़े-बड़े झुमकोंवाला वह चेहरा और उस पर उस नाक-नक्श की फबन। सच कहें, हवेली की सजावट, बरात, बत्तियाँ, हंडे सब फ़ीके लगने लगे। घरवाले सकते में आ गए। ख़ाँ साहिब साया बने हुए महक भाभी के साथ-साथ थे। समझ न पाए क्या हो रहा है, क्यों हो रहा है।...

महक भाभी सूरज दादा के साथ दालान पार कर मासूमा के पास आ पहुँचीं। वह अम्मी के आने से बेख़बर सिर झुकाए बैठी थी। लड़कियाँ हँसी-ठिठोली कर रही थीं कि महक भाभी ने मासूमा के सिर पर हाथ फिराया, ठुड्डी से मुँह ऊपर किया और गले से लगाकर कहा—हम तुम्हारे फ़र्ज़ से अदा हुए बेटी। तुम्हें अपने यहाँ के भी ज़ेवर पसन्द आएँगे। तुम्हारे अपने

हैं। तुम्हारी नानी के। हाँ, कुछ हमने अपने लिए, कुछ बदरू की दुल्हन के लिए रख लिए हैं। मासूमा, अपने ससुराल में क़ायदे से निभाना। तुम्हारे अब्बू ख़ुश होंगे, और हम भी।...

मासूमा अम्मी से लगकर रोने लगी। बानो भाभी ने हल्के से थपथपाकर बेटी का माथा चूम लिया। फिर जिस दालान से अन्दर आई थीं उसी से होकर शामियाने की ओर बढ़ गईं। और सुनिए दद्दा, पहुँचीं कहाँ...जहाँ मुरादाबादवालों के पास आप खड़े थे। ख़ाँ साहिब ने दूर से देखा तो जाकर पास खड़े हो गए। हम तो दद्दा हैरत से देखते रह गए। समझते न बने कि यह पुरानीवाली महक भाभी हैं कि कोई और। लगा बानो भाभी ने चोला बदल लिया है।...

क्या इत्मीनान से आपकी ओर बढ़ीं ! आपको आदाब किया। चेहरे पर जाने कैसा रुआब था। ओंठों पर अजीब-सी मुस्कुराहट।...

—मुबारक हो साहिब !—ख़ाँ साहिब ने आपसे हाथ मिलाया। जिनको साथ लाए थे उनके तो चेहरे की फब देखनेवाली थी। आपको सफ़ाई-सी देते हुए कहा—बेगम साहिबा के वकील की हैसियत से हाज़िर हूँ।...

आप गर्मजोशी से उनका हाथ थामे रहे और हँसकर कहा—ख़ाँ साहिब, आज की शाम आपने सज़ा दी। इनके यहाँ होने से अब ख़ैर-ख़ैरियत मालूम होती है।...

दद्दा, उस शाम भरी मजलिस में जो आपने किया उसे देखकर हम तो आप पर न्योछावर हो-हो गए। बिरादरी के रू-ब-रू ऐसे खड़े रहे जैसे कुछ भी अटपटा न हुआ हो। चेहरे पर न ग़ुस्सा-गिला, न माथे पर शिकन-तेवर। देखनेवाले के लिए ओंठों पर एक झीनी-सी उदासी।...

हाथ से घेर आप महक भाभी को उनकी समधिन के पास ले गए। ठीक उन्हें उनके सामने खड़ा कर दिया और हँसकर कहा—लीजिए साहिब, अपनी आँखों से निहारिए अपनी समधिन साहिबा को। ख़ुद ही फ़ैसला कीजिए उस बात का जो आप हमसे कहलवाना चाहती रहीं। आप दोनों के सामने हम किसी की भी तरफ़दारी कैसे कर सकते हैं!...

आप ख़ाँ साहिब की ओर मुड़े।—क्यों ख़ाँ साहिब, मुग़ालते की कहीं गुंजाइश है भला !...

ख़ाँ साहिब हँसे। आप हँसे। महक भाभी सिर हिला छोटा-छोटा मुस्कुराती

रहीं। उन्हें देखने को बाराती इधर को सरकने लगे। बच्चे उचक-उचककर उन्हें देखने लगे जैसे किसी परी की झलक पानी हो। उस शाम की तो महफ़िले-तस्वीर महक बानो ही थीं। मुरादाबादवाली बारात कहाँ भूलेगी वह शाम ! महक भाभी ने अपना बटुआ खोला और समधिन के हाथ पर गिन्नी रखकर आपकी ओर देखा—वकील साहिब, आपके लिए यह हमारी समधिन हैं और आप हुए इनके समधी। सो आप दोनों हमारे सिर-माथे। आपकी गिन्नी हमारी तरफ़ उधार रही।...

बात करने की वह अदा, वह हुस्न और वह जड़ाऊ ज़ेवर ! हम तो दद्दा देखते ही रह गए। कहाँ एक शाम पहलेवाली महक भाभी—आँखें उड़ी हुईं और चेहरा ज़र्द पड़ा था ! आज कहाँ से निकाल लाईं यह हिम्मत।

वकील साहिब पल-भर को छुन्ना की मौजूदगी से बेख़बर हो गए। एक लम्बी साँस ली ज्यों दिल-ही-दिल कहा हो—ख़ाँ साहिब पर इतना ग़रूर।

छुन्ना ने मानो दद्दा का दिल पढ़ लिया हो।—दद्दा आप हमारी बात का यक़ीन मानिए। उस मौक़े पर महक भाभी के खड़े होने का अन्दाज़, बात करने में रुआब उनका ख़ास अपना ही था। ख़ाँ साहिब का इस अदा से कोई ताल्लुक़ न था। लगता था वह ज़ेवर पहनते ही उन पर उनका ख़ानदानी स्वरूप उतर आया था, ऐसे जैसे दुनिया को पछाड़कर खड़ी हो गई हों।

वकील साहिब अपना ग़ुस्सा और खीझ न छिपा सके।

—छुन्नी, तुम नहीं समझोगी। दुनिया को नहीं, उस शाम तो ख़ास ठाने हुए थीं कि हमें पछाड़कर रहेंगी। ऐसा पछाड़ा ज़माने के सामने कि हमारी पीठ लगा दी। वही जीतीं। वह नूर क्या उन ज़ेवरों का था जिन्हें देखने-भर से हमारा दिल दहलता था, जिनकी झलक ने नसीम बानो को गुमराह कर दिया था ?

—आपने हँसते-हँसते ज़रूर कुछ मोहक-सी सगी बात की होगी कि वह भी बड़ा मीठा-सा हँसी।...

दद्दा, आप मानिए मेरी बात। उस घड़ी तो ख़ाँ साहिब आप दोनों के मेहमान लग रहे थे। नेत्र दादा उन्हें बातों में लगाए रहे। आपके किसी गिले-शिकवे पर महक भाभी क़दम बढ़ा ख़ाँ साहिब के पास जा खड़ी हुईं। फिर आपकी ओर मुड़कर धुली-उजली आवाज़ में कहा—अब इजाज़त दीजिए

वकील साहिब, कुछ ज़रूरी काम भी निबटाने को हैं।...

रज्जो रास्ता रोककर खड़े हो गए—माफ़ कीजिए, खाने के बिना तो आप जा ही नहीं सकतीं।...

बदरू आपके पास आए। बड़ी मनुहार से कहा—अब्बू, अम्मी को जाने न दीजिए। इन्हें रोकिए रज्जो भाई।...

बानो भाभी बड़ी संजीदगी से बोलीं—दस्तूर के मुताबिक़ हमें तो आज बरती रहना है बेटे। मासूमा की माँ हैं हम।...

यह कहकर आपकी ओर देखा। ख़ाँ साहिब ने देखते ही अपनी नज़र से ओट कर दी। आपकी ओर हाथ बढ़ाया—सब ठीक हुआ। शुक्र है। अब इजाज़त दीजिए।

कृपानारायण साहिब जैसे बन्द आँखों में हू-ब-हू वह नज़ारा देख रहे हों। कुछ देर बाद बोले—छुन्नी, यूँ तो अपना सारा कुनबा-क़बीला मौजूद था पर हमारी ओर तुम-जैसा चौकस गवाह सिर्फ़ एक रहा, एक।

यह हारी-हारी-सी मायूस बातें सुन छुन्ना का जी भर आया। काश ! हम भी दादा से कह सकते कि किसी एक की ज़रूरत तो हमें भी थी। शुक्र है .खुदा का। भुवन ने हमें पहचाना।

रज्जो अन्दर आए। दारू की बोतलें मेज़ पर रखीं और छुन्ना बुआ को .खुशामद से कहा—आज तो आपके हाथ की तली चाँप हो जाए बुआ ! सभी की ओर से फ़रमाइश है।

वकील साहिब जैसे चौंके—किनकी बात कर रहे हैं आप ? कौन लोग हैं, कहाँ हैं ?

—छुन्ना बुआ बात कर रही थीं, हम उन्हें रोके रहे। अवध चचा के कमरे में घर के सभी लोग इन्तज़ार कर रहे हैं। आप सबको पिला रहे हैं। मौसम भी अच्छा है। बारिश हो रही है दद्दा।

रज्जो पहली बार बाप के सामने बालिग़ हो गए।

कृपानारायण .खुश हुए मगर कुछ बोले नहीं।

नीचे चाँप तली जा रही है...छुन्ना बुआ का हाथ लगते ही घर महक गया।

रज्जो दद्दा की आँखों में देख मुस्कुराए—आपके सामने हाज़िरी के लिए सबको तैयारी करनी पड़ती है। कोई कपड़े बदलने में, कोई ऊपर का बटन

टँकवाने में, कोई आईने के सामने खड़े हो आपकी निगाह से बढ़े हुए बालों का मुआयना करने में। दद्दा, आपसे डरते हैं।

—बदरू नहीं दीख रहे।

—घंटेवाले तक गए हैं। उनकी अम्मी और ख़ाँ साहिब आनेवाले हैं।

धड़कन ऐसी जैसे बन्द हुई, फिर खुली—खुल गई।

दिल में आया कुछ और भी माँग लिया होता।

वकील साहिब हाथ दाढ़ी पर फिराने लगे।

रज्जो ने छोटे भाई की तरह बाइज़्ज़त मुस्कुराकर कहा—दद्दा, इसके लिए परेशान न होइए, ख़ूब जँच रहे हैं आप !

आनेवाले मेहमानों की ख़बर पर कुटुम्ब परेशान-सी अन्दर आई—वकील साहिब के माथे पर हाथ फिराया। लिहाफ़ ठीक किया और बौखलाई-सी बेचारगी से दोनों बाप-बेटे की ओर देखा की।

रज्जो बेटे ने माँ का हाथ सहलाया तो वकील साहिब चौकन्ने हो उठे। बीवी को पुचकारकर कहा—उन दोनों से मुलाक़ात हो जाएगी, यह अच्छा ही होगा। कहते हैं न, आत्मा भटकती फिरती है। बाद में हम भी किस-किसको खटखटाते रहेंगे !

कुटुम्ब प्यारी उफ़न गईं—क्यों साहिब, यह क्या तमाशा है ? आपको ऐसा कुछ हुआ-हवाया नहीं। अब भी मिलने की आस हो मन में तो हम क्या आपको रोकेंगे ?

रज्जो धीरे-धीरे कुछ कहते रहे और माँ को बाहर लिवा ले गए।

महक बानो अन्दर आई तो बदरू साथ थे।

पास आ महक बानो ने बाअदब वकील साहिब को आदाब किया।

चाहा महक से लगकर रो दें पर हँसकर कहा—बेगम साहिबा, आख़िर आपको फ़ुरसत तो मिली !

—आपका भी जवाब नहीं वकील साहिब। आराम फ़रमा रहे हैं और अपने को बीमार बता रहे हैं। ऐसे मौसम में तो यह बहाना बुरा नहीं। बाहर तो तेज़ बारिश है।

वकील साहिब पुराने माथे पर नए तेवर चढ़ाए रहे, फिर तल्ख़ी से कहा—आपके कपड़ों पर तो एक छींटा तक नहीं। वह कैसे ?

महक पुरानी अदा से मुस्कुराई—हमारी भी आपके हज़ूर में हाज़िरी थी।

इसका इन्तज़ाम तो हमें ही करना था। किया और बिना भीगे आपके सामने हाज़िर हो गए।

कृपानारायण अन्दर कमज़ोरी महसूस करने लगे। गुज़री हुई मुस्कुराहट से महक की ओर देखते चले।

महक ने ख़ामोशी से वकील साहिब तक पहुँचाया कि सब याद आ रहा है। कुछ भी भूला नहीं।

बदरू पास आकर बोले—रज्जो भाई, ख़ाँ साहिब के लिए आपके कपड़े निकालने को कह रहे हैं।

—क्या ?

—अब्बू, उनके जूते, मोज़े, पाजामा, शेरवानी, सब गीले पड़े हैं। परनालेवाली हौदी है न, उसी में पैर रपट गया।

कृपानारायण पहले मुस्कुराए, फिर हँस दिए।

महक बोली—कुछ हमें भी बताइए साहिब, हँसी आई तो किस पर !

—जो अच्छा-बुरा होना-हवाना है वह दूसरों का हो बेगम साहिबा ! आपकी ओढ़नी पर तो भला छींटा भी क्यों पड़ने लगा !

वकील साहिब ने जाने कहाँ देखकर कहा—बानो, कुछ नज़र आता है, कुछ ओझल होता चला जाता है। जाने हम कहाँ देख रहे हैं !

—वकील साहिब, कहीं कुछ गुम नहीं हुआ। हो ही नहीं सकता। अपनी-अपनी जगह सब क़रीने से धरा है।

महक का हाथ उठा अपने माथे पर रख लिया—ज़रा महसूस कीजिए। यह माथे की नस किस क़द्र फड़कती है।

महक हथेली से माथा दबाए रही। फिर हल्की-फुल्की आवाज़ में कहा—वकील साहिब, यह वकालत की नस ठहरी। इसे परेशान भी आपने कम नहीं किया।

कृपानारायण हँस दिए। फिर रुखाई और रुँधाई की मिली-जुली आवाज़ में कहा—आप .ख़ुश हैं ? आराम से तो हैं ?

महक ने वकील साहिब का नीम सर्द हाथ उठाकर चूमा।

कृपानारायण सफ़र में जैसे हाँफने लगे हों। दरवाज़े से ख़ाँ साहिब अन्दर आए। साथ रज्जो थे।

—आदाब अर्ज़ करता हूँ हज़ूर, कैसे मिज़ाज हैं ?

—हज़ूर, अपनी तबीयत तो हम आप लोगों के चेहरों पर देख रहे हैं। क्या बहुत बिगड़ गई ?

—कमाल कर रहे हैं वकील साहिब ! क्या हम जानते नहीं कि जाड़े की बारिश का बहाना है।

बदरू रज्जो भाई के पीछे खड़े थे। पास आकर आवाज़ दी—अब्बू, हम हैं बदरू !

वकील साहिब ने बदरू का हाथ छूकर पूछा—बेटे, अम्मी तो ठीक हैं न तुम्हारी !

—अब्बू, यह रहीं। आपसे कहा था न वह आएँगी ज़रूर।

—हाँ, हमें हक़-दस्तूरी देने तो आतीं।

आँखें बेख़बरी में मुँदने लगीं।

ख़ाँ साहिब ने अवधबिहारी साहिब को इशारा किया—आपे में नहीं हैं। डॉक्टर साहिब को बुलवा लें।

—अब्बू ! अब्बू ! हम हैं बदरू।

महक ने बदरू के कंधे पर हाथ रखा—अब्बू को आराम की ज़रूरत है बेटे।

बदरू ने देख लिया, अम्मी की आँखों में आँसू थे।

ख़ाँ साहिब और महक साथ-साथ कमरे से बाहर हो गए। दरवाज़े में मुड़कर महक ने अन्दर ताका और दबे पाँव सीढ़ियाँ उतरने लगी।

दुमंज़िले से रज्जो माँ और मामाओं के साथ ऊपर जाते थे।

नीचे पहुँचते-न-पहुँचते घर-भर ऊपर की ओर मुँह किए था। ड्योढ़ी में मिल गए मासूमा और उसके शौहर शाहज़ादा। जुड़वाँ बेटों का एक-एक मुखड़ा गोद में सटाए थे।

अम्मी और ख़ाँ साहिब को देखा तो मासूमा हड़बड़ा-सी गई। मियाँ को कहा—देखिए तो, अम्मी और ख़ाँ साहिब हैं।

दामाद ने झुककर दोनों को सलाम किया।

—जीते रहो बेटे। बच्चों के नाम क्या रखे हैं भला ?

—आफ़ताब और महताब।

—बेटे, अब्बू तुम्हारे ठीक नहीं। ऊपर पहुँचते बनो।

मासूमा ने रुँधे गले से पूछा—आप हमसे नाराज़ तो नहीं हैं न अम्मी ?

—नहीं। कभी ख़त लिख दिया करो बेटी।

ऊपर कुनबे-भर की मौजूदगी में वकील साहिब बेख़बरी के किनारों पर ऊँघ-से रहे हैं। बेटे, भाई-भतीजे, चचा, मौसा, फूफा, साले सभी मौजूद हैं। पलंग के पैताने कुटुम्ब बैठी हैं।

पुरानी दारू की गंध कमरे में बिछौने के आस-पास मँडला रही है।

मोगरा कि मोतिया !

—किसकी .ख़ुशबू !

—सूँघ के देखिए।

—मोतिया की गंध है नेत्रचन्द, मोतिया की।

—लो कृपा, यह छोटी शीशी सूँघो, ख़स है।

—और यह रहा मिट्टी का इत्र। आह ! वाह ! मिट्टी सराबोर कर रही है।

—अपनी सोंधी .ख़ुशबू से। .ख़ुशबू ही क्यों ! चाँदनी चौक की चकाचौंध को भर दिया इत्रफ़रोशों ने इस मुनिया-सी शीशी में।

—वही जुगल अत्तार दरीबे के नुक्कड़वाला।

—महक बानो, लो इसे सूँघो। यह हम दोनों की पुरानी गंध है। अरे, तुम्हारी कमर में बउआजी की करधनी कैसे ? यह तो कुटुम्ब प्यारी को दी गई थी न ?

—यह क्या ? हमारे कमरे की तालियों का गुच्छा कहाँ गया ? ख़ाँ साहिब के हाथ में ! मगर कैसे ?

वकील साहिब डूबते-उतराते अलकस में तैरने लगे। बेशुमार पाँखियों की चहचही कानों को सुरसुराती रही। ज्यों कोई गिलहरी फुदककर सीने के आर-पार हो जाए।

किर...किर...किर...खट...खट...कौन ?

पैनी नोकवाली कोई मेख रेंगती-रेंगती कनपटियों तक पहुँच गई। कहाँ-कहाँ पहुँचे हैं हम भला ! ऊँचे घने पेड़ों की सीध आसमान की ओर सलेटी धुएँ की लकीर मँडला रही है।

घबराकर आँखें खोल दीं। लिहाफ़ पर उघड़े पड़े दोनों हाथों को देखा। बाक़ी बदन कहाँ है भला हमारा ? पाँव, धड़, पीठ। हाथ उठाकर गले पर फिराया। अपनी-अपनी जगह मौजूद हैं, क़ायम हैं। लगता है बाहर कोहरा

छाया है।

चाहा कुटुम्ब को आवाज़ दें पर ओंठ न हिले।

नई सड़कवाले जगतनारायण साहिब फुसफुसाए—हरकत-सकनत में नहीं हैं।

डॉक्टर साहिब चुप रहे।

कई जोड़ी आँखों ने एक साथ एक दूजे तक पहुँचाया—गंगाजल।

कृपानारायण ओंठों-ही-ओंठों में—रज्जो बेटे, नीचे श्याम दादा आए हैं। उन्हें ऊपर लिवा लाओ।

परिवार के कर्त्ता को रुख़्सत करने के लिए खड़ा सारा कुनबा मन-ही-मन पुराने वक़्तों और नामों की फ़ेहरिस्त पढ़ने लगा। वकील साहिब की सलहज बोली—गीता का पाठ...

वकील साहिब मुँदी आँखों से श्याम दादा के रू-ब-रू हो गए।

चले आओ कृपा...आओ...आ जाओ...। डरने की तो कोई बात ही नहीं। इस इलाक़े में कोई ख़लल और ख़राश नहीं। अमाँ यार, थोड़ी देर तक ही अँधेरा है। बाद में तो खुले आसमान पर ख़ूब जमेगी। बिरादरी के बहुतेरे पहुँचे पड़े हैं वहाँ। आओ...। आओ...।

लाल बही के पन्ने से

ज़िन्दगी शमए-हयात है। दुनिया की महफ़िल में मुक़र्रर वक़्त तक जलती है और अपने को बच्चों में क़ायम करके गुल हो जाती है। जा मिलती है उसमें जो .ख़ुर्द से .ख़ुर्द, बारीक से बारीक, दूर से दूर और नज़दीक से नज़दीक है।

हम कृपानारायण, वल्द जनाब श्यामनारायण, साकिन कोठी क़िलामुख, उर्फ़ हवेली चारबुर्जी, होशो-हवास में अपने परदादा साहिब के दस्ते-मुबारक से शुरू की गई दास्ताने-ख़ानदान में अपनी ज़िन्दगी का आख़िरी पन्ना जोड़ने जा रहे हैं। अपने ऊपर के सभी दस्तख़त देखकर हम अपने और अपने बुज़ुर्गों के दरमियान बहुत कम फ़ासला महसूस कर रहे हैं।

हम बीमार ज़रूर हैं पर हमें नहीं लगा कि चले जाने के बाद हमारे और हमारी ज़िन्दगी के बीच धड़कती कहानी ख़त्म हो जाएगी। आँखें मूँद लेने के बाद भी हम अपनी औलाद में जिएँगे। हम ज़िन्दगी से हमेशा के लिए फ़रार नहीं हो रहे। मौत के बरअक्स भी ज़िन्दगी कभी ख़ारिज नहीं हो जाती। इसके कमानचे के तार लगातार सारंगी के-से सुर निकालते चले जाते हैं।

हमारे आबख़ाने में पीढ़ियों का अर्क़ प्रसाद महफ़ूज़ है। परदादा साहिब के वक़्तों की अंगूरी अब भी हमारी अलमारी में पड़ी है। अशरफ़ियों की नज़र पर .खुश होकर यह बोतल फ्रेज़र साहिब ने परदादा साहिब को दी थी। दादा साहिब की मुरादाबादी मीनाकारीवाली सुराही उनके ननसाल से होली के तोहफ़े में आई थी। वह भी अभी अनखुली है। उनके हुक्म के मुताबिक़ हमारे पोते के जन्म पर हमारे बेटे राजनारायण इसे खोलेंगे। हमारे वालिद साहिब की विलायती ख़रीद चाँदी की पतली गर्दनवाली हसीना जिसे दादा साहिब पूजा में रखा करते थे, हमारे पोते के नौशा सजने पर ही खुलेगी।

हम भी अपना नाम लिखकर छोड़ रहे हैं इस काँच की लाल परी के मुँह पर जो इन्तज़ार करनेवालों का जाने कब तक दिल लुभाती रहेगी ! ग़ालिबन हमारे पोते के बालिग़ होने पर खुलेगी।

हमारे ख़ानदान का शजरा इस पुराने धारदार क़ीमती अर्क़ में बँधा है जिसकी तासीर से हमारी बिरादरी के तहज़ीब और तमद्दुन जुड़े हैं। हमारे लिए यह शराब नहीं, देवी का प्रसाद है। इसी में हमारे पूर्वजों की बरकत पैबस्त है।

ज़िन्दगी बड़ी दीदनी है। .खुबरू और गन्दुमगू। इसका हासिल मौत नहीं, हरकत और तब्दीली है जो क़ुदरत के जलवे से बसिलसिला जारी रहती हैं। इस हवेली में धड़कती ज़िन्दगी क़रीब-क़रीब उसी नक़्शे-क़दम पर चलती रही है जिसे हमारे बुज़ुर्गों ने बनाया-चलाया था। दिन, त्योहार, शादी-ब्याह, जन्म-मरण के मौक़ों पर वही रीति-रस्म और नियम निभाए जाते रहे हैं।

ज़िन्दगी बज़्मे-ऐश नहीं, अपने और अपने कुल-ख़ानदान को सँवारने की पेशकश है। आज हम महसूस कर रहे हैं कि हम जितना कुछ कर पाए हैं उससे कहीं ज़्यादा हमें कर डालना चाहिए था। दिल की गहराइयों में हम यह भी जानते हैं कि मनचाहा करने के लिए बहुत कुछ की क़ुर्बानी करनी होती है। बुज़ुर्गों के नक़्शे-क़दम पर चलने की पूरी कोशिश के बाद हमारा कुल हासिल काफ़ी नहीं। फिर भी हमने जो किया, संजीदगी, सोच-समझकर और आहिस्तगी के साथ किया। कुनबे को चलाना-बनाना बाज़ीगर का खेल-तमाशा नहीं। परिवार के हर छोटे-बड़े की तमन्ना, अरमान को परवान चढ़ाने के लिए धीरज और अक़्लमन्दी से क़तरा-क़तरा समेटना पड़ता है। उसे ख़ानदान के मूलधन में जोड़ना पड़ता है।

इस बाज़ारे-ज़हाँ में कौन क्या ख़रीद लेता है, क्या बेच जाता है वह सिर्फ़ चाहने पर नहीं, इत्तिफ़ाक़ पर मयस्सर है। इस क़ुदरती करिश्मे के तहत किसी को यकमुश्त इनाम मिल जाता है और किसी को क़िस्तों-क़िस्तों में। ज्योतिषी-पंडित जन्मपत्री पढ़ सकते हैं, तक़दीर को बदल नहीं सकते। हमारे ख़ानदान की मूल शाखा के मूरिसे आला जनाब परमानारायण साहिब और जनाब धर्मनारायण साहिब की सगोत्री संतति पुश्त-दर-पुश्त इस चारबुर्जी हवेली में क़याम करती आई है। यह हमारी पुश्तैनी जायदाद है और नाक़ाबिले-इंकिसाम है, बाँटी नहीं जा सकती। यह हवेली तवारीख़ के पन्नों में से उभरी थी। इसके उतार-चढ़ाव में जाने कितनी कहानियों ने करवट ली और गुम हो गईं ! हमारे परदादा साहिब के पितामह ने यह कोठी ख़रीद न ली होती तो हम और हमसे पहले हमारे भाई-बन्द कैसे तो दिल्ली में पैदा होते और कैसे यहाँ से रुख़सत होते !

हमारे बड़े बेटे राजनारायण ख़ानदान के चलन-दस्तूर के मुताबिक़ सभी छोटे-बड़ों का लिहाज़ रखते हुए निगहबानी से अपना फ़र्ज़ निभा सकें—हमारी ओर से दया-आशीर्वाद उनके लिए।

कुनबे-क़बीले में कमी-बेशी शिकायत-मलाल को नज़रअन्दाज़ किया जा सकता है मगर ख़ानदान में नाइत्तिफ़ाक़ी को सँभालना किसी भी दूसरे काम से ज़रूरी है। यह करतब सूई के महीन नक्के में तागा डालने जैसा है जो कुनबे को एक-दूसरे से जोड़े रहता है।

वक़्त हमेशा सरशार नहीं होता। उसमें फेर-बदल होते रहते हैं। सलीक़ामन्दी और सलीक़ाशियारी से सबकी तसल्ली करना हर कर्त्ता का फ़र्ज़ है। ख़ूबी इसमें कि वह अच्छे सलाहअन्देश को कभी अपने से दूर न करे। छोटे-मोटे झगड़ों से अपने को बचाकर रिश्तए-ख़ूँ की इज़्ज़त करे। ऐसा करने पर ही ख़ानदान का बड़ा बेटा अपने सही क़द में पहचाना जाता है।

हम राजनारायण साहिब में अपने ख़ानदान की वे सब ख़ूबियाँ देखते हैं जो हमारे दादा साहिब ने कभी हममें देखना चाही थीं। वह दूरअन्देश हैं। उनमें सबकी सुनने और वक़्त पर अपनी कह सकने की ख़ूबी मौजूद है। वह ख़ामोशी से मुस्कुरा सकते हैं और मुस्कुराकर धमका भी सकते हैं। उन्हें कोई फ़ैसला करने की जल्दी नहीं होती। हमने उनको चचेरों, मौसेरों और बुआ-फूफी के बेटे-बेटियों से सलूक करते देखा है। अपने से बड़े और छोटों

से दोस्ती, शऊर और इज़्ज़त से पेश आते हैं। ऐसा बरताव पुरपेचोख़म से नहीं, सबके लिए शरीके-रंजो-राहत होकर ही किया जा सकता है। कुनबे-भर को देखने-पढ़ने की तीन आँखें और चार पहलू नहीं, दो आँखें और छह पहलू होने चाहिए। कुनबे को चलाने के लिए दादा साहिब की मर्ज़ी मुताबिक़ कुछ इन्तज़ाम किए गए थे। बेशक उनमें फेर-बदल किए जा सकते हैं पर उन्हें जारी रखने में भी कोई हर्ज नहीं।

कटरा बेगम से लगा वृन्दावनी अहाता और किराए पर उठाई गई दस कोठरियों की सालाना आमदन कालकाजी मन्दिर में ख़ानदान के लिए बने कमरों की देखभाल के लिए मुक़र्रर है।

किनारी बाज़ारवाली कुछ आठ दूकानें जिनके किराए की रक़म हवेली की देखभाल, मरम्मत, रंग-रोग़न के लिए ख़र्च होती रही है, वैसी ही चलती रहनी चाहिए।

फाटक हाबशख़ाँ, गली नम्बर 3, मकान नम्बर 23 कायस्थ सुधार सभा को सौंप दिया गया था। सुधार सभा को हस्बेमामूल सौ रुपया सालाना जाता रहेगा।

गंगा झूसी के नहर बँगले के सामनेवाली ज़मीन का मामला जो दादा साहिब के वक़्त से कचहरी में लटका हुआ है, अब निपटने पर है। इसके आधे हिस्से के दावेदार बताते रहे। अब बेनीमाधो ने समझौते की ख़्वाहिश ज़ाहिर की है। हमारे वकील तवक्कली साहिब जल्द ही समझौते के काग़ज़ात बना लेंगे। हमें उम्मीद है कि हम इस फ़ैसले पर दस्तख़त कर सकेंगे।

नरेलेवाली बग़ीची साहिब ग़ुलाम दद्दू ख़ाँ साहिब ने दादा साहिब के वक़्तों में उनके पास रेहन रखी थी। दद्दू ख़ाँ साहिब के बेटे अच्छन ख़ाँ और रहमत ख़ाँ इसे छुड़वाने की कोशिश में रहे। रहमत ख़ाँ साहिब के कोई बेटा न हुआ। सो यह बग़ीची हमने उनकी दोनों बेटियों—बड़की नकचढ़ी और छुटकी दिलफिरी को लौटा उनके नाम कर दी है। बग़ीची दो हिस्सों में बाँट दी गई है। नरेला मंडी की ओर खुलता दरवाज़ा नकचढ़ी और पिछवाड़े की दीवारवाला दिलफिरी के लिए तय कर दिया गया है। उनके शादी-निकाह में अब कोई दिक़्क़त पेश न आएगी। बेटियाँ दिल्ली के उस पुराने ख़ानदान से हैं जिसमें कभी हिन्दुस्तान-भर का दिल धड़का करता था। इससे ज़्यादा और कुछ भी कहा नहीं जा सकता, सो कम कहे तो ज़्यादा समझा जाए।

दोनों नकचढ़ी और दिलफिरी के ज़ेवर और जोड़ों के लिए पाँच-पाँच सौ की रक़म दरीबा के आफ़ताब सेठ के धर्मखाते में जमा कर दी गई थी। उसके अलावा शहनाई और दावत का इन्तज़ाम हवेली की ओर से कर दिया जाए।

अलीपुरवाला गेंदे के फूलों का खेत, रक़बा एक एकड़ एक बीघा, ख़सरा नम्बर 147, सोच-विचार के बाद सन्तोषी बुआ के बेटे प्यारे बाबू को बेच दिया गया है। फूफा जनाब रंगबिहारी लाल को सरकार से मिली ज़मीन इसी से अटी पड़ी है। काग़ज़ात प्यारे बाबू को सौंप दिए गए हैं।

निकल्सन रोडवाली फ़सील के पिछवाड़े एक-दूसरे से सटे मकान नम्बर 341 और 342 जिनमें एक-एक ड्योढ़ी के दाएँ-बाएँ एक-एक बैठक, दो-दो कमरे और अलग-अलग सहन हैं—दोनों छतों को जाती अलग-अलग सीढ़ियाँ और अलग-अलग बरसातियाँ हैं—हमारे दादा के चचेरे भाई मुकन्दी लाल और चिरंजी लाल जो चर्खेवालान में अपने ननिहाल में रह रहे थे, अब इन दोनों घरों के मालिक हैं। इन दोनों की ख़रीदारी के काग़ज़ात तवक्कली साहिब के पास हैं।

कश्मीरी गेट के ब्रैडला साहिब से ख़रीदी गई कोठी नम्बर 13 हमारे तीनों बेटों—राजनारायण, दयानारायण और प्रेमनारायण के नाम कर दी गई है। नीचे की मंजिल में दो हिस्से हैं और ऊपर एक। टैनिस ग्राउंड और नौकरों की रिहाइश के लिए छह कोठरियाँ इसी के अहाते का हिस्सा हैं। यह कोठी किराए पर देने के ख़याल से ही हमने ख़रीदी थी। मैसर्स विलियम एंड संस को 25 साल के पट्‌टे पर सौ रुपया माहवार पर दी जा चुकी है।

कोठी नम्बर 11, अलीपुर रोड, छुन्ना और भुवन ने हमसे ख़रीद ली है। रजिस्ट्री और ज़रूरी काग़ज़ात तवक्कली साहिब के पास हैं।

भोरगढ़वाला बाग़ जो बाबा साहिब ने धर्मोत्तर सम्पत्ति की शक्ल में कूचा पातीरामवाले हनुमानजी के मन्दिर को लगा दिया था, वह वैसे ही मन्दिर के महन्त श्री नरहरिनाथजी के नाम बना रहेगा। इस बाग़ में किसी समवंशीय का कोई हिस्सा नहीं। यह बाग़ रेहन में बाबाजी के पास आया था। महीपत चौहान से करवाई गई रजिस्ट्री मौजूद है। वैसे रेहननामे का मालिकाना हक़ बिना रजिस्ट्री के भी जायज़ होता है।

आर्यसमाज में हुई भुवन और छुन्ना की शादी को न हम ठीक समझते हैं, न ग़लत। छुन्ना का बड़ा भाई होने के नाते हमने उनकी मर्ज़ी मुताबिक़

उनके लिए रिहाइश का इन्तज़ाम-भर किया है। 11, अलीपुर रोड क्योंकि हमारी बीवी कुटुम्ब प्यारी के नाम थी, बिक्री का रुपया उनके नाम से जमा करवा दिया गया है—सेविंग एकाउंट नम्बर 1436, इम्पीरियल बैंक, चाँदनी चौक।

नम्बर 7, जमुना रोड, हमने अपने और महक बानो के बेटे बदरुद्दीन उर्फ़ बदरीनारायण के नाम कर दी है। इसे हमने महक की बचत रक़म से ख़रीदा था। ख़ाँ साहिब के मुताबिक़ क्योंकि अब महक को इसकी ज़रूरत नहीं रह गई सो यह बदरुद्दीन को दे दी गई है। महक चाहें तो अब भी अपने बेटे के पास रह सकती हैं। कुनबे और वकालत के कामों में लगातार महरूफ़ रहने की वजह से हम बदरू की आगे की पढ़ाई का कोई इन्तज़ाम नहीं कर सके थे। बहरहाल, खेड़ा ख़ुर्द के लालडोरे से लगा तिलोकचन्द बैंस का गुलाबी बाग़ हमने ख़रीद लिया है। इसकी आमदन बदरुद्दीन की पढ़ाई के लिए इस्तेमाल होगी।

बदरुद्दीन की पढ़ाई को लेकर कोई भी फ़ैसला करने का अख़्तियार हमारे वकील तवक्कली साहिब और महक बानो के वकील ख़ाँ साहिब और हमारे बेटे राजनारायण साहिब को होगा जो कर्त्ता की हैसियत से अपने सभी छोटे भाई-भतीजों पर नज़र रखेंगे।

इस कुनबे का जो लड़का क़ानून की पढ़ाई कर वकालत करना चाहे वह चाँदनी चौकवाले कमरे में बैठक और क़ानून की लायब्रेरी इस्तेमाल करने का हक़दार होगा। जब तक ख़ानदान का कोई बच्चा तैयार नहीं हो जाता तवक्कली साहिब के साहबज़ादे रघुवंश बहादुर हमारे दफ़्तर में बैठा करेंगे। उनसे एक रुपया महीने का किराया वसूल किया जाता रहेगा। वकालत के पेशे में हमने जो भी कामयाबी हासिल की, उसकी बरकत बेशक हमारे ख़ानदान की आला क़ानूनी विरासत से जुड़ी थी, फिर भी अपने मुंशी फ़रमान अली को हम भला कहाँ भूल सकते हैं!

फ़राशख़ानेवाला मकान जो मुक़द्दमे की फ़ीस के एवज़ में महक बानो की वालिदा बेगम नसीम बानो साहिबा ने बल्लीमारान के नवाब ख़ाँ साहिब के पास रेहन रख दिया था और जिसकी पूरी रक़म अदायगी के बाद हमने महक बानो के लिए छुड़वा लिया था, अब इसे फ़रमान अली साहिब के बेटे सुल्तान अली को बेच दिया गया है।

मोर सरायवाला दो मंज़िला मकान नम्बर 132—तीन कमरे, एक दालान,

बरसाती, मशरिक़ की जानिब दो कोठरियाँ—वालिदा साहिबा की आख़िरी ख़्वाहिश के मुताबिक़ उनके भाई मुंशी भोलानाथ के नाम कर दिया गया है। मकान पुराना और ख़स्ताहाल है इसीलिए इसकी मरम्मत का ख़र्चा हवेली से कर दिया जाना चाहिए।

कुर्सीनशीन हमारे परदादा साहिब का सोने की मूठवाला बेंत जिसमें हीरे-जवाहरात जड़े हैं, हम सबके लिए ख़ानदान की आन-बान और इज़्ज़त का निशान रहा है। इसे हम अपनी धर्मपत्नी कुटुम्ब प्यारी को सुपुर्द कर रहे हैं। उनमें हर छोटी-बड़ी चीज़ को सहेज-सँभालकर रखने का सलीक़ा है। हम उनसे उम्मीद करते हैं कि वह सुहागनों के दिन-त्योहार-व्रत पर इसे बाइज़्ज़त बाहर निकालेंगी। ख़ानदान की बहू-बेटियाँ इसके सामने नमन करेंगी। हममें यह इच्छा अपने बुज़ुर्गों के चाहने से ही जगी होगी। हमने जब-जब बाबाजी के इस जड़ाऊ बेंत को देखा, उनके क़लम की तरह ही हममें अपने ख़ानदान के लिए मुकम्मल अहसास जगा।

हवेली के पिछवाड़े तहख़ानों में उतरती चोर सीढ़ियों के ऊपर बनी दो बैठकें जहाँ बड़े-बड़े बल्टोये, कड़ाहियाँ, सन्दूक़चे, सन्दूक़चियाँ, लोहे की पेटियाँ, लकड़ी की चौखटें, शहतीर, चिलमनें, पुराना कबाड़ पड़ा रहता है, वहीं ढेर के नीचे कहीं वह हाथीदाँत की सन्दूक़ची पड़ी है जो बेगम समरू के सरधाना जाते छूट गई थी। दादा साहिब भगवान को प्यारे हुए तो रुख़सत से पहले दद्दा को इसकी खोज करने की हिदायत दी थी। ढूँढ़ हमने भी कम नहीं करवाई पर जाने वह क़ीमती शय कहाँ दुबकी पड़ी है। शायद कभी कहीं से किसी के हाथ लगे। हो सकता है बदरू इसका सुराग़ निकालें। बदरू की निगाह दूर तक खोजनेवाली है और अपने भगत नाना से मिला इल्हाम सोने पर सुहागे का काम कर सकता है।

अपने नाना साहिब और दादा साहिब दोनों की ओर से बदरू परिवार की पूजा-आरती में शरीक होना चाहें तो उन्हें भला कौन रोकेगा ! हवेली में रहने-ठहरने के लिए रज्जो के कमरे के साथ लगी बृजमोहन चचा की बैठक बदरू के लिए ठीक रहेगी। रज्जो और बदरू के बीच एक ऐसी नज़दीकी है जो दो सगे भाइयों को भी पीछे छोड़ देती है। दोनों एक-दूसरे को साधे रहेंगे तो ख़ानदान के हक़ में अच्छा होगा। हमने जब-जब भी एक साथ देखा दोनों मिलकर हमारे ख़ानदान का एक माहौल बनाते हैं।

फ़व्वारे की चार दूकानें और मैजेस्टिक टॉकीज़ के पीछे के गोदाम रायचन्द बिसाखचन्द को पचास-सालाना पट्टे पर दे दिए गए थे। पेशगी किराया इम्पीरियल बैंक, सेविंग एकाउंट नम्बर 333 में जमा कर दिया गया था। यह रक़म ख़ानदान की बेटियों के लेन-देन में काम आती रहेगी। बाप-दादा की जायदाद पर क्योंकि बेटियों का हक़-अख़्तियार नहीं होता, उन्हें दिन-त्योहार, शादी-ब्याह में पुरतकल्लुफ़ पुरजोशी से पीहर में बुलाना लाज़िमी है। ख़ानदान की बहनें-बेटियाँ और फूफियाँ अपने-अपने घरों में आबाद रहें और पीहर की छोटी-बड़ी बरकतों से शाद रहें—हर बाप और भाई की तरह हम भी उनके लिए यही दुआ करते हैं।

आज हम जाने क्या-क्या करना चाहते हैं। पर कुछ कर सकने की मोहलत कहाँ बाक़ी है !

मंज़िले-ऐश नहीं है ये सराए-फ़ानी
रात की रात ठहरते हैं ठहरनेवाले।

जो दुनिया इस घर में अपनी तौफ़ीक़ से हमने बनाई, सजाई थी, उसी में हम मेहमान हैं अब। अपने आर-पार फैले उम्र के दोनों किनारों से हमसे ज़िन्दगी की गूँज टकरा रही है। गौरीशंकर के मन्दिर के घंटे-घड़ियाल बज रहे हैं--नुगदी के प्रसाद की तरह चन्द रातें या कुछ घंटे और। जो आता है वही जाता भी है। जन्म-मरण। बच्चो, पैदा होते रहो। हमें मालूम है कि हम यहाँ से चले जाने के बाद भी दिल्ली की इन्हीं गलियों में घूमा करेंगे। अपने पोतों की आँखों से अपने मनपसन्द खोमचों की ताक-झाँक करते रहेंगे। दिल्ली के शहरियों के शोरगुल के गुलदस्तों को सूँघते रहेंगे। जामुन, शहतूत, खिरनी, चाट-पकौड़ी, इमरती, जलेबी, बेड़मी कचौड़ी, रबड़ी खुरचन। आह ! घंटेवाले की पिस्ते की लौज। सर्दी की दुपहर में घंटाघर की ओर टहलने जाना, गर्मियों की शाम चाँदनी चौक की ओर सरकते जाना, बारिश में जामा मस्जिद पर इठलाते बादलों को देखते जाना—क्या-क्या नज़ारा इस शहर में पिरोया पड़ा है !

जमुनाजी के किनारे से लगी-बँधी इस शहर की हस्ती ने सदियों तलक जाने किस-किस को अपनी ओर बुलाया, खींचा और औलाद समझकर अपनी मिट्टी और पानी से सींचा। ख़ुदा करे दिल्ली कभी वीरान न हो ! अपने कमाल और कलाम में सरसब्ज़ बनी रहे ! दिल्लीवालों के दीदा और दिल

इन्हीं गलियों में चहलक़दमी करते रहें ! दरीबे की भीड़ में अपने को भी ढूँढ़ लेने को किस दिल्लीवाले का दिल न मचलेगा ! नुक्कड़ के रसिया बनारसी के हलक़ में घुल जानेवाले पान के लिए किसका दिल न तरसेगा ! जियो प्यारे, जियो ! तुम्हारे साथ-साथ हर घर के पानदान भी तरो-ताज़ा बने रहें और तुम्हारी गिलौरियों के दाम बढ़ते रहें ! इस दिलफ़रेब दिल्ली को छोड़कर भला हम कहाँ जा रहे हैं—इस लज़्ज़त और जीने के लुत्फ़ को छोड़कर !

रोशनी कम-सी क्यों लग रही है ? क्या कम हो गई ?

फ़रिश्ता ख़स्लत मास्टर अमीचन्द कुछ कहा करते थे न !

याद नहीं आ रहा।

मिशन कॉलेज के हंगामी मुशायरे...वह मिसरा :

गुलशने-दुनिया सदरंग में आबाद रहे...

अब इजाज़त लें—

आपसे, अपने से और इस जहाँ से जहाँ बरसों-बरसों-बरसों हम जिया किए।

ख़ुदा हाफ़िज

—कृपानारायण

●●●